AVANT QU'IL NE VOIE

(UN MYSTÈRE MACKENZIE WHITE—VOLUME 2)

BLAKE PIERCE

ISBN : 978-1-64029-725-8

PROLOGUE

Susan Kellerman comprenait la nécessité de bien s'habiller. Elle représentait son entreprise et elle essayait de gagner de nouveaux clients, alors son apparence était importante. Par contre, ce qu'elle ne comprenait vraiment pas, c'était la raison pour laquelle elle devait porter des hauts talons. Elle avait une belle robe d'été qu'elle aurait pu assortir avec de jolies chaussures plates. Mais non… la compagnie insistait sur le fait qu'elle porte des talons. Quelque chose à voir avec une apparence sophistiquée.

Je doute que porter des talons ait quoi que ce soit à voir avec le fait d'obtenir une vente, pensa-t-elle. Tout spécialement si le potentiel client était un homme. Et d'après sa fiche de vente, la personne qui habitait dans la maison dont elle s'approchait était *de fait* un homme. Susan vérifia l'encolure de sa robe. Elle avait un *léger* décolleté mais rien de provocant non plus.

Ça, pensa-t-elle, *c'est être sophistiquée.*

Tenant en main son étui de présentation plutôt volumineux et encombrant, elle monta d'un pas lourd les marches menant à la porte d'entrée et appuya sur la sonnette. Pendant qu'elle attendait, elle jeta un coup d'œil rapide autour d'elle. C'était une petite maison assez basique située dans la périphérie d'un quartier de classe moyenne. La pelouse avait été récemment tondue mais les parterres de fleurs de chaque côté du petit escalier menant à la porte d'entrée auraient bien eu besoin d'un sérieux désherbage.

C'était un quartier tranquille mais pas le style d'endroit où Susan aimerait vivre. Les maisons étaient de petits pavillons en rez-de-chaussée éparpillés le long des rues. Elle supposait que la plupart d'entre eux étaient occupés par des couples âgés ou par des personnes ayant des difficultés à finir le mois. Cette maison en particulier avait l'air de n'être qu'à un pas de se retrouver propriété d'une banque.

Elle tendit à nouveau la main vers la sonnette mais la porte s'ouvrit avant qu'elle n'ait eu le temps de la toucher. L'homme qui apparut était d'âge moyen et bien bâti. Elle estima qu'il devait avoir environ la quarantaine. Il y avait quelque chose de féminin en lui, quelque chose qu'elle remarqua tout de suite dans la manière qu'il eut d'ouvrir la porte et de lui décocher un large sourire radieux.

« Bonjour, » dit l'homme.

« Bonjour, » dit-elle.

Elle connaissait son nom mais ceux qui l'avaient formée lui avaient bien dit de ne jamais utiliser le nom d'un potentiel client avant que la communication ne soit entamée. En les interpelant directement par leur nom, ils avaient l'impression d'être des cibles plutôt que des clients… même lorsque le rendez-vous était prévu à l'avance.

Pour ne pas lui laisser le temps de poser des questions et afin de prendre tout de suite le contrôle de la conversation, elle ajouta : « Je me demandais si vous auriez un moment à me consacrer pour parler de votre diète actuelle ? »

« Diète ? » demanda l'homme avec un sourire en coin. « Les diètes, ce n'est pas trop mon truc. J'ai plutôt tendance à manger ce que je veux. »

« Oh, ça doit être bien agréable, » dit Susan d'une voix charmante et en lui décochant son sourire le plus enjôleur. « Comme vous le savez sûrement, la plupart des gens au-delà de trente ans ne peuvent pas en dire autant pour maintenir une silhouette et un corps en bonne santé. »

L'homme jeta un coup d'oeil à l'étui qu'elle portait à la main gauche. Il sourit à nouveau mais cette fois-ci d'une manière un peu paresseuse… le type de sourire qu'on affiche quand on sait qu'on a été eu.

« Alors, qu'est-ce que vous vendez ? »

C'était un commentaire sarcastique mais au moins, ce n'était pas une porte qui se fermait. Elle prit ça comme une première victoire vers une possible invitation à entrer. « Et bien, je suis ici au nom de l'université de développement personnel, » dit-elle. « Nous offrons aux adultes de plus de trente ans une manière très facile de rester en forme sans devoir se rendre au fitness ni changer drastiquement son style de vie. »

L'homme soupira et tendit la main vers la porte. Il avait l'air de s'ennuyer et prêt à la remballer. « Et comment y parvenez-vous ? »

« À travers une combinaison de shakes protéinés élaborés avec nos propres poudres de protéines et de plus de cinquante recettes saines afin de donner à votre alimentation quotidienne l'énergie dont elle a besoin. »

« Et c'est tout ? »

« C'est tout, » dit-elle.

L'homme réfléchit durant un instant en regardant Susan et le volumineux étui qu'elle portait en main. Puis il jeta un coup d'œil à sa montre et haussa les épaules.

« Bon, » dit-il. « Je dois partir dans dix minutes. Si vous parvenez à me convaincre durant ce laps de temps, vous aurez un nouveau client. Je ferais n'importe quoi pour ne pas avoir à retourner au fitness. »

« Formidable, » dit Susan, grimaçant intérieurement en entendant le ton faussement joyeux de sa voix.

L'homme s'écarta et lui fit un signe de la main. « Rentrez, » dit-il.

Elle accepta l'invitation et entra dans un salon de petite taille. Une vieille télé était posée sur un meuble écorné. Quelques vieilles chaises poussiéreuses et un divan abîmé trônaient dans la pièce. Il y avait des figurines en céramique et des napperons partout. Ça ressemblait plus à la maison d'une femme âgée plutôt qu'à celle d'un homme de la quarantaine.

Pour une raison qu'elle ne s'expliqua pas, elle sentit un signal d'alarme retentir en elle. Mais elle se raisonna en faisant appel à la logique. *Ou bien il n'est pas tout à fait normal ou ce n'est pas sa maison. Peut-être qu'il vit avec sa mère.*

« Là, c'est bon ? » demanda-t-elle en montrant du doigt la table de salon qui trônait devant le divan.

« Oui, là, c'est très bien, » dit l'homme. Il lui sourit en fermant la porte.

Au moment où la porte se referma, Susan sentit son estomac se serrer. Elle eut l'impression que la pièce s'était refroidie et tous ses sens étaient en éveil. Il y avait quelque chose qui ne tournait pas rond. C'était un sentiment bizarre. Elle regarda une figurine en céramique à proximité - un petit garçon qui tirait un wagon - comme si elle y cherchait une réponse.

Elle s'affaira et ouvrit son étui de présentation. Elle sortit quelques paquets de poudre protéinée de l'université de développement personnel et le petit mixeur offert gratuitement (d'une valeur de $35 mais totalement gratuit avec votre premier achat !) afin de se distraire.

« Alors voyons, » dit-elle en essayant de rester calme et d'ignorer la peur qu'elle ressentait toujours. « Êtes-vous plus intéressé par perdre du poids, par en prendre ou par conserver votre apparence actuelle ? »

« Je ne suis pas sûr, » dit l'homme, en se penchant au-dessus de la table du salon et en regardant les articles exposés. « Qu'est-ce que vous en pensez ? »

Susan ne parvenait plus à sortir un mot. Elle avait peur maintenant et sans raison apparente.

Elle jeta un coup d'oeil vers la porte. Son cœur battit à tout rompre. Est-ce qu'il avait *verrouillé* la porte lorsqu'il l'avait fermée ? Elle ne parvenait pas à le savoir de là où elle était assise.

Puis elle réalisa que l'homme attendait toujours une réponse. Elle reprit contenance et tenta de se remettre en mode présentatrice.

« Et bien, je ne sais pas, » dit-elle.

Elle avait envie de jeter de nouveau un coup d'oeil à la porte. Soudain, elle eut l'impression que chaque figurine de porcelaine présente dans la pièce la fixait du regard… la lorgnant tels des prédateurs.

« Je ne m'alimente pas *si* mal que ça, » dit l'homme. « Mais j'ai une faiblesse pour les tartes au citron vert. Est-ce que je pourrai toujours en manger si je suis votre programme ? »

« Peut-être bien, » dit-elle. Elle tria ses documents en rapprochant l'étui d'elle. *Dix minutes,* pensa-t-elle, en se sentant de plus en plus mal à l'aise. *Il a dit qu'il n'avait que dix minutes. Je peux y arriver.*

Elle mit la main sur la petite brochure qui expliquait ce que l'homme pourrait continuer à manger en suivant le programme et leva les yeux vers lui en la lui donnant. Il la prit en lui effleurant légèrement la main durant une fraction de seconde.

De nouveau, un signal d'alarme retentit en elle. Elle devait sortir d'ici. Elle n'avait jamais rien ressenti de pareil en rentrant dans la maison d'un client potentiel mais c'était une sensation tellement suffocante qu'elle ne parvenait pas à penser à autre chose.

« Je suis désolée, » dit-elle, en rassemblant son étui et ses documents. « Mais je viens juste de me rappeler que j'ai une réunion dans moins d'une heure et c'est de l'autre côté de la ville. »

« Oh, » dit-il en regardant la brochure qu'elle venait juste de lui tendre. « Et bien, je comprends. Bien sûr. J'espère que vous arriverez à temps. »

« Merci » dit-elle rapidement.

Il lui rendit la brochure et elle la prit d'une main tremblante. Elle la rangea dans son étui et se dirigea vers la porte d'entrée.

Elle *était* verrouillée.

« Excusez-moi, » dit l'homme.

Susan se retourna, la main toujours tendue vers la poignée de la porte.

Elle ne vit pas le coup venir. Tout ce qu'elle vit, ce fut le poing aveuglant au moment où il la frappa à la mâchoire. Elle sentit directement le goût du sang couler sur sa langue. Elle retomba dans le divan.

Elle ouvrit la bouche pour crier mais elle eut l'impression que le côté droit de sa mâchoire était bloqué. Elle tenta de se mettre debout mais l'homme était déjà sur elle, lui enfonçant un genou dans l'estomac. L'air s'échappa de ses poumons et elle ne put que se recroqueviller en essayant de retrouver son souffle. Elle fut vaguement consciente que l'homme l'avait prise dans ses bras et l'avait jetée par-dessus son épaule comme si elle était une femme des cavernes sans défense qu'il traînait jusqu'à sa grotte.

Elle essaya de lutter mais elle ne parvenait toujours pas à retrouver son souffle. C'était comme si elle était paralysée, comme si elle se noyait. Tout son corps était mou, y compris sa tête. Du sang coulait de sa bouche sur le dos du t-shirt de l'homme et c'est tout ce qu'elle parvenait à voir alors qu'il l'emportait à travers la maison.

À un moment, elle se rendit compte qu'il l'avait amenée dans une autre maison - une maison qui était apparemment attachée à celle où elle se trouvait quelques instants plus tôt. Il la jeta au sol comme un vulgaire sac de pommes de terre et sa tête heurta violemment un linoleum abîmé. La douleur l'aveugla mais elle commença finalement à retrouver un peu son souffle. Elle roula sur le côté mais au moment où elle parvint enfin à se mettre debout, l'homme était de nouveau sur elle.

Elle voyait flou mais elle parvint à distinguer qu'il avait ouvert une sorte de petite porte dissimulée derrière un faux panneau dans un mur. Là-dedans, il faisait sombre et poussiéreux et elle vit des morceaux d'isolation en ruines qui pendaient du plafond. Son cœur battit à tout rompre lorsqu'elle réalisa qu'il l'emmenait à l'intérieur.

« Tu seras en sécurité ici, » lui dit l'homme en se penchant et en la traînant dans le petit cagibi.

Elle se retrouva dans le noir, allongée sur des planches rigides qui servaient de plancher. Tout ce qu'elle pouvait sentir, c'était l'odeur de la poussière et de son propre sang qui coulait toujours. L'homme - elle connaissait son nom mais elle ne parvenait pas à s'en rappeler. Le mot s'associait au sang et à la douleur qu'elle ressentait alors qu'elle cherchait encore son souffle.

Elle finit par le retrouver et eut envie de s'en servir pour crier. Mais elle préféra en remplir ses poumons et soulager son corps. Durant ce bref instant, elle entendit la porte du cagibi se refermer quelque part derrière elle et elle se retrouva coincée dans l'obscurité.

La dernière chose qu'elle entendit avant qu'il ne fasse complètement noir, ce fut son rire, de l'autre côté de la porte.

« Ne t'en fais pas, » dit-il. « Ce sera bientôt terminé. »

CHAPITRE UN

La pluie tombait de manière continue, juste assez fort pour que Mackenzie White ne puisse pas entendre le bruit de ses propres pas. C'était une bonne chose. Ça voulait dire que l'homme qu'elle poursuivait ne pourrait pas les entendre non plus.

Mais elle devait tout de même avancer avec prudence. Non seulement il pleuvait mais il était aussi tard dans la nuit. Le suspect pouvait très bien utiliser l'obscurité à son avantage, tout comme elle le faisait. Et la faible lumière vacillante des réverbères ne l'aidait pas.

Les cheveux trempés et l'imperméable tellement mouillé qu'il lui collait au corps, Mackenzie traversa la rue déserte d'un pas prudent. Devant elle, son partenaire était déjà arrivé à l'édifice en question. Elle pouvait voir sa silhouette accroupie sur le côté de la vieille structure en béton. Alors qu'elle s'approchait de lui, éclairée uniquement par le clair de lune et un seul réverbère au coin de la rue, elle resserra sa prise autour du Glock qu'elle avait reçu de l'académie.

Elle commençait à apprécier la sensation de tenir une arme en main. Elle lui offrait plus qu'un sentiment de sécurité, c'était une véritable relation. Quand elle avait une arme en main et qu'elle savait qu'elle allait s'en servir, elle s'y sentait intimement liée. C'était une sensation qu'elle n'avait jamais ressentie lorsqu'elle travaillait en tant que détective au Nebraska. C'était quelque chose de neuf que l'académie du FBI avait généré en elle.

Elle atteignit l'édifice et se colla au mur à côté de son partenaire. Au moins maintenant, elle était à l'abri de la pluie.

Son partenaire s'appelait Harry Dougan. Il avait vingt-deux ans, était bien bâti et un peu présomptueux mais d'une manière subtile et presque correcte. Elle fut soulagée de voir qu'il avait aussi l'air un peu sur les nerfs.

« Tu es parvenu à voir à l'intérieur ? » lui demanda Mackenzie.

« Non, Mais la pièce à l'avant est vide. C'est tout ce qu'il est possible de voir à travers la fenêtre, » dit-il en montrant du doigt une fenêtre brisée qui se trouvait devant eux.

« Combien de pièces ? » demanda-t-elle.

« Trois, d'après ce que j'ai pu en voir. »

« Je passe devant, » dit-elle. Elle veilla à ce que son ton ne laisse aucun doute. Même ici à Quantico, les femmes devaient s'affirmer pour être prises au sérieux.

Il l'invita d'un geste à passer devant. Elle se faufila rapidement devant lui et longea la façade de l'édifice. Elle jeta un regard autour d'elle et vit que la voie était libre. Les rues étaient désertes et tout semblait tranquille.

D'un geste rapide, elle fit signe à Harry d'avancer, ce qu'il fit sans aucune hésitation. Il tenait fermement son propre Glock en main, le canon baissé en direction du sol, comme on le leur avait appris. Ensemble, ils avancèrent sans bruit vers la porte d'entrée de l'édifice. C'était un endroit abandonné construit en blocs de béton - peut-être un ancien entrepôt ou un lieu de stockage - et la porte était vétuste. Elle était fendue et une large ouverture sombre révélait en partie l'intérieur de l'édifice.

Mackenzie regarda Harry and compta sur ses doigts. *Trois, deux... un !*

Elle appuya fermement le dos contre le mur en béton pendant qu'Harry s'avançait en se baissant, ouvrait la porte d'un coup et se ruait à l'intérieur. Elle le suivit de près. Ils fonctionnaient comme une machine bien huilée. Mais il n'y avait presque pas de lumière à l'intérieur de l'édifice. Elle tendit la main vers la torche qu'elle portait au flanc. Mais au moment où elle allait l'allumer, elle se ravisa. Un faisceau lumineux trahirait leur position. Le suspect pourrait les voir de loin et s'échapper… à nouveau.

Elle remit la torche à sa place et reprit la tête des opérations, en se faufilant devant Harry avec le Glock maintenant pointé vers la porte se trouvant à sa droite. Maintenant que ses yeux s'étaient adaptés à l'obscurité, elle pouvait distinguer d'autres éléments présents dans la pièce. Elle était presque vide. Quelques boîtes en carton trempées se trouvaient le long du mur opposé. Un tréteau et quelques vieux câbles étaient abandonnés à l'arrière. Le centre de la pièce était vide.

Mackenzie se dirigea en direction de la porte se trouvant à sa droite. Ce n'était vraiment qu'une embrasure vu que la porte avait été enlevée depuis longtemps. L'intérieur était plongé dans l'obscurité. À part une bouteille brisée et des excréments de rat, la pièce était vide.

Elle s'arrêta et commença à se retourner quand elle réalisa qu'Harry la suivait de bien trop près. Elle faillit lui marcher sur le pied en s'éloignant de la pièce.

« Désolé, » murmura-t-il dans le noir. « Je pensais que… »

Il fut interrompu par un coup de feu, qui fut immédiatement suivi par un gémissement de douleur sortant de sa bouche au moment où il tomba au sol.

Mackenzie se colla au mur au moment où un autre coup de feu retentit. Il atteignit le mur derrière elle depuis l'autre côté de la pièce et elle sentit l'impact du coup vibrer dans son dos.

Elle savait que si elle agissait rapidement, elle pourrait arriver à arrêter ce type tout de suite et éviter de s'engager dans une fusillade depuis sa position derrière le mur. Elle jeta un œil à Harry, vit qu'il bougeait toujours et avait plus ou moins l'air cohérent et elle tendit la main vers lui. Elle le traîna à travers l'embrasure de la porte, à l'abri des tirs. C'est à ce moment qu'un autre coup de feu retentit. Elle sentit la balle passer juste au-dessus de son épaule, faisant voler son imperméable.

Lorsqu'elle eut mis Harry en sécurité, elle ne perdit pas une seconde et décida d'agir. Elle attrapa sa torche, l'alluma et la jeta par l'embrasure de la porte. Elle tomba au sol avec fracas quelques secondes plus tard, son faisceau lumineux blanc dansant frénétiquement sur le mur opposé.

Juste après que la torche ait touché le sol, Mackenzie se faufila à travers l'embrasure. Elle s'accroupit, les mains au sol et roula rapidement sur le côté gauche. Elle vit la silhouette du type juste à sa droite, distrait par le faisceau lumineux.

Au moment où elle se redressait, elle déplia fermement la jambe droite avec force. Elle atteignit le type à l'arrière de la jambe, juste en-dessous du genou. Le suspect perdit un peu l'équilibre et c'est tout ce dont elle avait besoin. Elle bondit et entoura sa nuque du bras droit au moment où il vacillait et elle le plaqua fermement au sol. Elle lui enfonça un genou dans le plexus solaire et d'un mouvement adroit du bras gauche, elle immobilisa le type qui se retrouva désarmé au moment où son fusil lui échappa des mains.

Quelque part dans l'édifice, une voix forte retentit, « *Stop !* »

Toute une série d'ampoules s'allumèrent avec un clic audible, baignant l'édifice de lumière.

Mackenzie se mit debout et baissa les yeux vers le suspect. Il lui souriait. C'était un visage familier – un visage qu'elle avait souvent vu durant ses modules d'entraînement, aboyant des ordres et des instructions aux apprentis agents.

Elle lui tendit la main et il l'attrapa de là où il se trouvait au sol. « Du très bon boulot, White. »

« Merci, » dit-elle.

Derrière elle, Harry s'avançait en titubant, les mains serrées sur le ventre. « Vous êtes sûrs qu'il n'y a que des balles à grain dans vos trucs là ? » demanda-t-il.

« Non seulement ce ne sont que des balles à grain, mais en plus elles sont de mauvaise qualité, » dit l'instructeur. « La prochaine fois, on utilisera des balles anti-émeute. »

« Super, » grommela Harry.

Quelques personnes commençaient à pénétrer dans la pièce alors que se terminait la simulation de la ruelle Hogan. C'était la troisième fois que Mackenzie s'entraînait dans cette ruelle, une maquette d'une rue délabrée que le FBI utilisait souvent pour entraîner ses apprentis agents et les préparer à des situations réelles.

Alors que deux instructeurs se tenaient près d'Harry pour lui faire part des erreurs qu'il avait commises et de comment il aurait pu éviter de se faire tirer dessus, un autre instructeur se dirigea directement vers Mackenzie. Il s'appelait Simon Lee, un homme plus âgé auquel la vie ne paraissait pas avoir fait de cadeau et qui avait l'air de lui avoir rendu la pareille.

« Du très bon travail, agent White, » dit-il. « Cette roulade était tellement rapide que je l'ai à peine vue. Mais tout de même… c'était un peu téméraire. S'il y avait eu plus d'un suspect, le résultat aurait pu être totalement différent. »

« Oui, monsieur. Je comprends. »

Lee lui sourit. « Je suis sûr que tu comprends, » dit-il. « Il faut que je te dise qu'à seulement la moitié de ton programme d'entraînement, je suis déjà ravi par tes progrès. Tu feras un excellent agent. Beau boulot. »

« Merci, monsieur, » dit-elle.

Lee prit congé et s'éloigna. Il entama une conversation avec un autre instructeur présent dans l'édifice. Alors que le bâtiment commençait à se vider, Harry s'approcha d'elle, en faisant encore un peu la grimace.

« Beau boulot, » dit-il. « C'est beaucoup moins douloureux quand celle qui sort vainqueur est exceptionnellement jolie. »

Elle leva les yeux au ciel et rengaina son Glock. « La flatterie est inutile, » dit-elle, « Tu sais ce qu'on dit, la flatterie ne mène nulle part. »

« Je sais, » dit Harry. « Mais ça vaut peut-être bien un verre ? »

Elle lui décocha un large sourire. « Si tu l'offres. »

« Oui, c'est ma tournée, » acquiesça-t-il. « Je ne voudrais pas que tu me bottes les fesses. »

Ils sortirent de l'édifice et marchèrent sous la pluie. Maintenant que l'exercice était terminé, la pluie était presqu'agréable. Et avec les nombreux instructeurs et agents parcourant le terrain pour terminer la soirée, elle se sentit enfin fière d'elle.

Ça faisait onze semaines qu'elle avait été admise et elle avait déjà terminé la majorité des cours théoriques de l'académie. Elle y était presque… à seulement neuf semaines avant la fin du programme et la possibilité de devenir agent de terrain pour le FBI.

Elle se demanda soudain pourquoi elle avait attendu aussi longtemps pour quitter le Nebraska. Quand Ellington l'avait recommandée à l'académie, ça avait été une opportunité en or, le coup de pouce dont elle avait besoin pour tester ses capacités, pour se détacher de ce qui était confortable et rassurant. Elle s'était débarrassée de son boulot, de son petit ami, de son appartement… et elle avait commencé une nouvelle vie.

Elle pensa aux grandes étendues de terrain, aux champs de maïs et au ciel bleu qu'elle avait laissés derrière elle. Bien qu'ils possèdent leur propre beauté, ils avaient également été, d'une certaine manière, une prison pour elle.

Tout ça était derrière elle maintenant.

Maintenant qu'elle était libre, il n'y avait rien qui puisse la retenir.

*

Le reste de sa journée fut rempli d'exercices physiques : des pompes, des sprints, des abdos, encore des sprints et des haltères. Durant ses premiers jours à l'académie, elle avait détesté ce type d'entraînement. Mais au fur et à mesure que son corps et son esprit s'y étaient habitués, elle avait l'impression que son corps commençait à les *réclamer*.

Tout l'entraînement s'effectua avec rapidité et précision. Elle effectua cinquante pompes si vite qu'elle ne se rendit compte de la brûlure dans ses épaules qu'après les avoir terminées et au moment de se diriger vers la course d'obstacles. Pour toutes les activités physiques, elle partait avec un état d'esprit où elle considérait ne pas atteindre ses limites jusqu'à ce que ses bras et ses jambes se mettent à trembler ou que ses abdos ressemblent à des plaques d'acier.

Ils étaient soixante stagiaires dans son unité et il n'y avait que neuf femmes. Ça ne la dérangeait pas, probablement car son expérience au Nebraska l'avait endurcie au point qu'elle ne se préoccupait plus vraiment du sexe des gens avec qui elle travaillait. Elle se tenait tranquille et travaillait au maximum de ses capacités qui, et elle n'en était pas peu fière, étaient assez exceptionnelles.

Quand l'instructeur annonça la fin de l'entraînement après son dernier parcours – une course de trois kilomètres à travers bois et sentiers boueux – les stagiaires s'éparpillèrent, allant chacun de leur côté. Mackenzie, par contre, s'assit sur l'un des bancs le long du circuit et étira ses jambes. N'ayant pas grand-chose d'autre à faire durant la journée et encore sous le coup de son épisode victorieux dans la ruelle Hogan, elle envisageait de faire un dernier jogging.

Bien qu'elle déteste l'admettre, elle était devenue l'une de ces personnes qui adorait courir. Elle n'envisageait pas non plus de s'inscrire à un marathon de sitôt, mais elle avait appris à apprécier l'exercice. En dehors des tours de pistes et des circuits qui faisaient partie intégrante de son entraînement, elle trouvait encore l'occasion d'aller faire des joggings le long des sentiers boisés du campus, situé à neuf kilomètres des bureaux du FBI et, par conséquent, à environ treize kilomètres de son nouvel appartement à Quantico.

Son débardeur de sport trempé de sueur et les joues en feu, elle termina sa journée avec un dernier sprint autour de la course d'obstacles, en omettant les collines, les troncs d'arbre et les filets. Pendant qu'elle courait, elle remarqua que deux hommes la regardaient – pas comme dans une sorte de rêve lubrique éveillé mais avec une certaine admiration qui l'encouragea à continuer.

En fait, pour dire vrai, quelques regards lubriques de temps à autre ne l'auraient pas dérangée. Ce corps d'athlète qu'elle s'était forgé à force de travail intense méritait d'être apprécié. Ça faisait bizarre de se sentir autant à l'aise dans son propre corps, mais elle commençait à aimer cette sensation. Elle savait qu'Harry Dougan l'appréciait aussi. Mais pour l'instant, il n'avait encore rien dit. Et même s'il *finissait* par dire quelque chose, Mackenzie n'était pas vraiment sûre de ce qu'elle dirait en retour.

Lorsqu'elle eut terminé son dernier jogging (environ trois kilomètres), elle se doucha dans les vestiaires et attrapa un paquet de crackers dans le distributeur en sortant. Elle avait le reste de la journée devant elle ; quatre heures pour faire ce qu'elle avait envie avant de faire un dernier entraînement sur le tapis roulant de la salle de fitness – une routine qu'elle avait fini par adopter histoire d'avoir une longueur d'avance sur tous les autres.

Elle se demanda ce qu'elle allait faire du reste de la journée. Peut-être qu'elle pourrait enfin terminer de déballer ses affaires. Il y avait encore six caisses dans son appartement qu'elle n'avait pas encore ouvertes. Ce serait une bonne chose de faite. Mais elle se demanda aussi ce qu'Harry allait faire ce soir et si la proposition d'aller boire un verre tenait toujours. Est-ce qu'il avait voulu dire ce soir, ou un autre soir ?

Et, au-delà de ça, elle se demanda ce que l'agent Ellington faisait.

Elle n'avait rencontré Ellington que quelques fois et ça s'était toujours bien passé – et c'était pour le mieux, du point de vue de Mackenzie. Elle n'aurait aucun problème à passer le reste de sa vie sans jamais devoir se rappeler le moment de gêne qu'ils avaient eu au Nebraska.

En réfléchissant à ce qu'elle allait faire du reste de son après-midi, elle se dirigea vers sa voiture. Au moment où elle inséra la clé dans la portière, elle vit une silhouette familière occupée à faire son jogging. Il s'agissait de l'une des stagiaires de son unité, Colby Stinson. Cette dernière lui sourit et se dirigea vers elle en courant avec une énergie qui trahissait qu'elle n'était qu'au début de son entraînement et non pas à la fin.

« Salut, » dit Colby. « Les autres sont partis sans toi ? »

« Je suis restée pour un petit jogging extra. »

« Bien sûr, c'est tout à fait toi. »

« Qu'est-ce que tu veux dire par là ? » demanda Mackenzie. Elles se connaissaient assez bien mais elles ne se considéraient pas non plus comme des *amies*. Mackenzie n'était jamais sûre si Colby essayait juste d'être amusante ou si elle essayait de la faire mousser.

« Je veux dire par là que tu es super motivée et un peu du style à en faire beaucoup, » dit Colby.

« C'est vrai. »

« Alors, qu'est-ce que tu as de prévu ? » demanda Colby. Elle montra du doigt le paquet de crackers que Mackenzie avait en main. « C'est ton déjeuner ? »

« Oui, » dit-elle. « Un peu triste, hein ? »

« Oui, un peu. On pourrait aller manger un bout ? Ça te dit une pizza ? »

L'idée d'une pizza plaisait aussi à Mackenzie. Mais en même temps, elle n'avait pas spécialement envie de supporter les bavardages d'une femme qui avait tendance à aimer les commérages. Cependant, elle savait aussi qu'il était temps qu'elle remplisse sa vie avec d'autres choses que l'entraînement, toujours plus d'entraînement, et d'arrêter de se terrer dans son appartement.

« OK, bonne idée, » dit Mackenzie.

C'était une petite victoire – sortir de sa zone de confort et essayer de se faire des amis dans ce nouvel endroit, dans ce nouveau chapitre de sa vie. Mais à chaque pas en avant, une page se tournait et elle avait franchement très envie de commencer à en écrire les lignes.

*

La pizzeria Donnie n'était qu'à moitié remplie lorsque Mackenzie et Colby y arrivèrent dans l'après-midi vu que le rush du déjeuner était passé. Elles s'assirent à une table à l'arrière de la salle et commandèrent une pizza. Mackenzie commençait à se relaxer et à relâcher ses bras et ses jambes endoloris mais elle n'eut pas l'occasion d'en profiter très longtemps.

Colby se pencha en avant et soupira. « Est-ce qu'on peut parler du sujet tabou ? »

« Il y a un sujet tabou ? » demanda Mackenzie.

« Oui, de fait, » dit Colby. « Bien qu'il essaie de passer inaperçu et de se fondre dans la masse. »

« OK, » dit Mackenzie. « Alors explique-moi ce que tu veux dire et pourquoi tu as attendu aussi longtemps avant d'en parler. »

« C'est quelque chose dont je ne t'ai jamais parlé mais le premier jour où tu es arrivée à l'académie, je savais qui tu étais. En fait, tout le monde le savait. Il y a eu beaucoup de rumeurs. Et c'est pourquoi j'ai attendu jusqu'à maintenant pour t'en parler. Vu que ça touche maintenant à sa fin, je ne pense pas que ça puisse avoir un quelconque impact. »

« Quelles rumeurs ? » demanda Mackenzie, tout en étant déjà assez sûre de savoir où cette conversation allait mener.

« Et bien, les parties importantes concernent le tueur épouvantail et la modeste jeune femme qui est parvenue à l'attraper. Une jeune femme tellement douée dans son boulot de détective au Nebraska que le FBI a fait appel à elle. »

« C'est une version assez magnifiée des faits, mais oui… je vois ce que tu veux dire. Mais tu as parlé de *parties importantes.* C'est qu'il y a d'autres parties ? »

Colby eut soudain l'air mal à l'aise. Elle glissa nerveusement une mèche de ses cheveux bruns derrière l'oreille. « Et bien, il y a aussi des rumeurs. J'ai entendu qu'un agent avait joué un rôle important dans le fait de te faire admettre à l'académie. Et bien… dans un environnement majoritairement dominé par des hommes, tu peux imaginer le genre de rumeurs qui courent. »

Mackenzie leva les yeux au ciel, se sentant mal à l'aise. Elle n'avait jamais cessé de se demander quel genre de rumeurs pouvait circuler concernant sa relation avec Ellington, l'agent qui avait de fait joué un grand rôle dans l'opportunité qu'elle avait eue de tenter sa chance au Bureau.

« Désolée, » dit Colby. « Tu aurais préféré que je ne te dise rien ? »

Mackenzie haussa les épaules. « Non, ne t'en fais pas. J'imagine que nous avons tous nos histoires. »

Sentant qu'elle en avait peut-être dit de trop, Colby baissa les yeux vers la table et se mit à siroter nerveusement son soda. « Désolée, » dit-elle doucement. « Je pensais qu'il fallait que tu sois au courant. Tu es la première vraie amie que j'ai ici et je voulais être aussi franche que possible. »

« Pareil pour moi, » dit Mackenzie.

« Alors, tu ne m'en veux pas ? » demanda Colby.

« Non, Mais si on changeait de sujet maintenant ? »

« Oh, ça, ça va être facile, » dit Colby. « Raconte-moi, qu'est-ce qu'il y a entre toi et Harry ? »

« Harry Dougan ? » demanda Mackenzie.

« Oui, ce futur agent qui te déshabille du regard à chaque fois que vous êtes ensemble dans la même pièce. »

« Il n'y a rien à raconter, » dit Mackenzie.

Colby sourit et leva les yeux au ciel. « Si tu le dis… »

« Non, vraiment, ce n'est pas mon genre d'homme. »

« Peut-être que c'est toi qui n'es pas *son* genre de femme, » dit Colby. « Peut-être qu'il a juste envie de te voir nue. Je me demande d'ailleurs… c'est quoi *ton* type d'homme ? Profond et porté sur la psychologie, j'imagine. »

« Qu'est-ce qui te fait dire ça ? » demanda Mackenzie.

« À cause de ton intérêt et de ta tendance à exceller dans les cours de profilage et de scénarios. »

« Je pense que c'est une idée fausse assez courante concernant toute personne intéressée par le profilage. » dit Mackenzie. « Si tu as besoin de preuves, je peux te renseigner au moins trois hommes plus âgés faisant partie de la police d'état du Nebraska. »

La conversation évolua par la suite sur des sujets plus superficiels – sur leurs cours, leurs instructeurs et autres. Mais durant tout ce temps, Mackenzie bouillonnait à l'intérieur. Les rumeurs que Colby avaient mentionnées étaient justement la raison pour laquelle elle avait décidé de ne pas se faire remarquer. Elle n'avait pas essayé de se faire des amis – une décision qui aurait *dû* lui laisser assez de temps pour terminer de s'installer dans son appartement.

Et bien sûr, il y avait Ellington… l'homme qui était venu au Nebraska et qui avait changé sa vie. Ça paraissait assez cliché de le voir ainsi mais c'était ce qui s'était passé. Et le fait qu'elle ne parvenait toujours pas à se le sortir de la tête lui soulevait légèrement le cœur.

Même lorsqu'elle et Colby échangèrent des plaisanteries au moment de terminer leur déjeuner, Mackenzie se demandait ce que pouvait bien faire Ellington. Elle se demandait également ce qu'*elle* serait occupée à faire maintenant s'il n'était pas venu au Nebraska lors de son enquête sur le tueur épouvantail. Ce n'était pas une vision agréable : elle serait probablement encore occupée à patrouiller ces routes aux lignes droites infinies, entourées de champs et de maïs. Et elle travaillerait probablement avec un partenaire macho et suffisant qui ne serait qu'une version plus jeune et plus tenace de Porter, son ancien partenaire.

Le Nebraska ne lui manquait pas. La routine de son boulot là-bas ne lui manquait pas non plus. Et la mentalité du coin lui manquait encore moins. Mais ce qui lui *manquait* par contre, c'était de savoir qu'elle était à sa place. Mais plus que ça encore, elle faisait partie du top de son département. Ici à Quantico, ce n'était pas le cas. Ici, la compétition était plus rude et elle devait se battre pour rester au top.

Heureusement, elle était plus que prête pour ce défi et elle était heureuse de laisser le tueur épouvantail et sa vie d'avant derrière elle.

Maintenant, si seulement les cauchemars pouvaient s'arrêter.

CHAPITRE DEUX

La journée suivante débuta de bon matin avec un entraînement au tir, une activité à laquelle Mackenzie était de plus en plus adepte. Elle avait toujours été assez bonne tireuse mais avec un bon entraînement et une classe de vingt-deux autres stagiaires en compétition avec elle, elle était devenue vraiment bonne. Elle avait toujours une préférence pour le Sig Sauer qu'elle avait utilisé au Nebraska et elle avait été ravie de savoir que l'arme standard du Bureau était un Glock – qui était assez similaire.

Elle fixa des yeux la cible en papier au bout du couloir de tir. Une longue feuille de papier était fixée au rail mécanique à vingt mètres de distance. Elle visa, tira trois fois de suite et posa son arme. Les coups de feu continuaient à faire vibrer ses mains, une sensation qu'elle commençait à vraiment apprécier.

Lorsque la lumière verte s'alluma au bout du couloir, elle appuya sur un bouton sur le petit panneau de contrôle qui se trouvait devant elle et rapprocha la cible. Au moment où elle s'approchait d'elle, elle put voir les trois impacts de balle sur la cible en papier. Cette dernière représentait le torse d'un homme. Deux balles avaient atteint le haut du torse et une autre avait effleuré l'épaule gauche. C'était un tir satisfaisant, mais pas incroyable, et bien qu'elle soit un peu déçue par les tirs à la poitrine, elle savait qu'elle s'était tout de même beaucoup améliorée depuis sa première session.

Onze semaines. Elle était ici depuis onze semaines et elle continuait encore à apprendre. Elle était contrariée par les tirs au torse car ils pourraient avoir une issue fatale. Elle avait été entraînée au tir dans le but unique de neutraliser un suspect – et d'effectuer des tirs mortels au torse ou à la tête que dans les situations les plus extrêmes.

Son instinct s'affinait de plus en plus. Elle sourit en regardant la cible en papier, puis regarda la petite boîte de munitions posée devant elle sur le panneau de contrôle. Elle rechargea le Glock et appuya sur un bouton afin de mettre en place une nouvelle cible, qu'elle plaça cette fois-ci à vingt-cinq mètres de distance.

Elle attendit que la lumière rouge sur le panneau de contrôle passe au vert, puis tourna le dos à la cible. Elle prit une profonde inspiration, se retourna et tira à trois reprises.

Une rangée bien nette d'impacts était visible juste en-dessous de l'épaule de la figure.

C'est bien mieux, pensa Mackenzie.

Satisfaite, elle enleva les protections qu'elle portait pour protéger ses oreilles et ses yeux. Elle mit de l'ordre dans son poste de tir et appuya sur un autre bouton sur le panneau de contrôle pour rapprocher la cible le long du système mécanique auquel elle était fixée. Elle détacha la cible, la plia et la rangea dans le petit sac qu'elle emmenait partout avec elle.

Elle venait au stand de tir durant son temps libre afin d'améliorer sa dextérité dans un domaine où elle avait l'impression d'être un peu à la traîne, comparé aux autres stagiaires de sa classe. Elle était l'une des plus âgées de son unité et des rumeurs circulaient déjà – des rumeurs concernant la manière dont elle avait été découverte dans un obscur département de police du Nebraska, juste après avoir clôturé l'enquête sur le tueur épouvantail. Ses compétences au tir la situaient dans la moyenne de la classe et elle était bien déterminée à être parmi les meilleurs avant que son entraînement à l'académie ne soit terminé.

Elle devait faire ses preuves. Et ça ne lui posait pas de problème.

*

Après le stand de tir, Mackenzie ne perdit pas une seconde pour se rendre à son dernier cours théorique, une session sur la psychologie, donnée par Samuel McClarren. McClarren était un ancien agent de soixante-six ans et auteur à succès de six ouvrages bestsellers du *New York Times* concernant la psychologie de certains des tueurs en série les plus vicieux de ces cent dernières années. Mackenzie avait lu tout ce qu'il avait écrit et elle aurait pu l'écouter donner cours pendant des heures durant. C'était de loin son cours préféré et bien que le sous-directeur pense, sur base de son curriculum et de son expérience, qu'elle n'ait aucun besoin de suivre ce cours, elle avait sauté sur l'occasion de pouvoir y assister.

Comme à son habitude, elle était l'une des premières à arriver en classe et elle s'assit à l'avant de la salle. Elle prépara son cahier et son stylo pendant que d'autres étudiants arrivaient et installaient leur MacBooks. Samuel McClarren prit place sur le podium. Derrière Mackenzie, les quarante-deux autres étudiants attendaient avec impatience. Chacun d'entre eux semblait suspendu aux lèvres de McClarren lorsqu'il se mettait à parler.

« Nous en avions terminé hier avec les constructions psychologiques qui semblaient avoir motivé Ed Gein, au grand plaisir de ceux d'entre vous qui n'auraient pas l'estomac bien accroché, » dit McClarren. « Mais aujourd'hui, ça ne va pas être mieux, vu que nous allons nous plonger dans l'esprit bien souvent sous-estimé mais incroyablement tordu de John Wayne Gacy. Vingt-six victimes connues, tuées par strangulation ou asphyxie en utilisant un garrot. Depuis le sous-sol de sa maison jusqu'au fleuve Des Plaines, il a éparpillé ses victimes à différents endroits après les avoir tuées. Et, bien entendu, on parlera de ce à quoi pense la majorité des gens lorsqu'ils entendent son nom – le maquillage de clown. À sa source, l'affaire Gacy est un cas clinique de fracture psychologique. »

Et le cours continua ainsi, McClarren parlait et les étudiants prenaient fébrilement des notes. Comme toujours, l'heure et quinze minutes de cours passèrent en un clin d'œil et Mackenzie avait envie d'en entendre davantage. À quelques reprises, le cours de McClarren avait mentionné la démarche qu'elle avait adoptée alors qu'elle traquait le tueur épouvantail, particulièrement le fait qu'elle soit retournée sur les lieux des crimes dans le but de rentrer dans l'esprit du tueur. Elle avait toujours su qu'elle avait un don pour ce genre de choses mais elle avait toujours veillé à ne pas en parler. Ça lui faisait parfois un peu peur et c'était un peu morbide, alors elle le gardait pour elle.

Quand le cours fut terminé, Mackenzie rassembla ses affaires et se dirigea vers la porte. En traversant le corridor, elle pensait encore à ce qui s'était dit durant le cours et elle ne vit pas l'homme qui se tenait près de l'embrasure de la porte. En fait, elle ne le remarqua que lorsqu'il l'appela par son prénom.

« Mackenzie ! Hé, attends ! »

Elle s'arrêta lorsqu'elle entendit son nom, se retourna et reconnut un visage familier parmi la foule.

L'agent Ellington se trouvait juste derrière elle. Le voir était une telle surprise qu'elle resta immobile durant un instant, essayant de comprendre pourquoi il se trouvait là. Alors qu'elle restait sans bouger, il lui adressa un sourire timide et s'approcha rapidement d'elle. Un autre homme l'accompagnait et se tenait juste derrière lui.

« Agent Ellington, » dit Mackenzie. « Comment allez-vous ? »

« Je vais bien, » dit-il. « Et vous ? »

« Très bien, merci. Qu'est-ce que vous faites là ? Vous venez pour un cours de recyclage ? » demanda-t-elle en essayant d'introduire une note d'humour.

« Non, pas vraiment, » dit Ellington. Il lui sourit à nouveau, ce qui lui rappela pourquoi elle avait tenté sa chance avec lui et s'était ridiculisée trois mois plus tôt. Il fit un geste en direction de l'homme à ses côtés et dit, « Mackenzie White, je vous présente l'agent spécial Bryers. »

Bryers fit un pas en avant et tendit la main. Mackenzie la serra et prit un moment pour étudier l'homme qui se tenait devant elle. Il avait l'air d'avoir la cinquantaine. Il avait une moustache grisonnante et des yeux bleus chaleureux. Elle remarqua tout de suite qu'il devait avoir un tempérament doux et faire partie de ces fameux gentlemen du Sud dont elle avait tant entendus parler depuis son arrivée en Virginie.

« Je suis enchanté de faire votre connaissance, » dit Bryers au moment où ils se serrèrent la main.

Une fois les présentations faites, Ellington alla droit au but, comme à son habitude. « Êtes-vous occupée pour l'instant ? » demanda-t-il à Mackenzie.

« Pas pour l'instant, » répondit-elle.

« Et bien, si vous avez une minute à nous consacrer, nous aimerions vous faire part de quelque chose. »

Mackenzie remarqua un doute sur le visage de Bryers au moment où Ellington finissait de parler. En fait, en y réfléchissant bien, Bryers avait l'air un peu mal à l'aise. C'était peut-être *ça*, la raison pour laquelle il avait l'air aussi timide.

« Bien sûr, » dit-elle.

« Viens, » dit Ellington en lui montrant la petite zone d'étude à l'arrière de l'édifice. « Je t'offre un café. »

Mackenzie se rappela de la dernière fois où Ellington avait été aussi intéressé par elle ; ça l'avait amenée jusqu'ici, jusqu'à cet instant où elle était sur le point de réaliser son rêve de devenir un agent du FBI. Le suivre maintenant était logique et c'est ce qu'elle fit, en jetant un coup d'oeil à l'agent Bryers et en se demandant pourquoi il avait l'air aussi mal à l'aise.

*

« Alors, tu es presqu'au bout, n'est-ce pas ? » demanda Ellington pendant qu'ils s'asseyaient tous les trois devant les tasses de café qu'Ellington venait d'acheter au bar.

« Plus que huit semaines, » dit-elle.

« Il te reste la lutte antiterroriste, quinze heures de simulation et environ douze heures d'exercice de tir, n'est-ce pas ? » demanda Ellington.

« Et comment le sais-tu ? » demanda Mackenzie, préoccupée.

Ellington haussa les épaules et eut un sourire en coin. « Je garde un œil sur toi depuis que tu es arrivée ici. C'est un peu devenu mon hobby. Je t'ai recommandée, alors ma carrière est aussi un peu en jeu. Tes performances impressionnent tous les gens qui comptent vraiment. À ce stade, ce n'est vraiment plus qu'une formalité. À moins que tu parviennes à échouer totalement ces dernières huit semaines, je dirais que tu fais déjà partie du Bureau. »

Il prit une profonde inspiration et se prépara à continuer.

« Ce qui nous amène à la raison pour laquelle je voulais te parler. L'agent Bryers se trouve dans une situation un peu délicate et pourrait avoir besoin de ton aide. Mais je vais le laisser te l'expliquer. »

Bryers avait toujours l'air incertain concernant la situation. Ça se traduisait même dans la manière qu'il eût de reposer sa tasse de café et d'attendre quelques secondes avant de commencer à parler.

« Et bien, comme l'agent Ellington vous le disait, vous avez *vraiment* impressionné les personnes qui comptent. Durant ces deux derniers jours, votre nom m'a été présenté à trois reprises. »

« À quel sujet ? » demanda-t-elle un peu nerveusement.

« Je suis pour l'instant sur une affaire qui a amené l'agent qui était mon partenaire depuis treize ans à quitter le Bureau, » expliqua Bryers. « Il est proche de l'âge de la retraite de toutes façons, alors ce n'est pas vraiment une surprise. J'adore ce gars comme si c'était mon frère, mais il en a assez. Il en a vu de trop durant ses vingt-huit ans de service en tant qu'agent et il ne voulait pas d'un autre cauchemar qui le poursuive jusqu'à la retraite. Du coup, ça laisse une possibilité ouverte pour qu'un nouveau partenaire prenne sa place. Ce ne serait pas permanent – juste le temps de clôturer l'affaire qui nous occupe. »

Mackenzie sentit son coeur battre d'excitation et elle sut qu'elle devait se contrôler avant que son besoin de plaire et d'impressionner ne prenne le dessus. « C'est pour ça que mon nom vous a été présenté ? » demanda-t-elle.

« C'est ça, » dit Bryers.

« Mais il doit y avoir d'autres agents avec de l'expérience et qui pourraient mieux convenir que moi, non ? »

« Il y *a* probablement des agents qui conviendraient mieux, » dit Ellington sur un ton neutre. « Mais, autant qu'on puisse en juger, cette affaire a beaucoup de similarités avec celle du tueur épouvantail. Ça, plus le fait que ton nom apparaît régulièrement, fait que nos supérieurs pensent que tu es la candidate parfaite. »

« Mais je ne suis pas encore agent, » dit Mackenzie. « Je veux dire par là, qu'avec ce que vous me dites, pouvez-vous vraiment vous permettre d'attendre huit semaines ? »

« On n'attendrait pas, » dit Ellington. « Et au risque de paraître prétentieux, ce n'est pas une offre que le Bureau ferait à n'importe qui. Une opportunité comme celle-là – et bien, je suis sûr que tous ceux qui étaient en cours tout à l'heure avec toi sauteraient dessus. C'est tout à fait contraire aux règles et quelques personnes importantes ont décidé de regarder ailleurs. »

« Ça paraît vraiment... contraire à l'éthique, » dit Mackenzie.

« Ça l'est, » dit Ellington. « C'est même *techniquement* illégal d'une certaine manière. Mais on ne peut pas ignorer les similarités entre cette affaire et celle que tu as résolue au Nebraska. Soit on fait discrètement tout de suite appel à toi, soit on attend encore trois ou quatre jours en espérant trouver un nouveau partenaire à l'agent Bryers. Et le temps joue contre nous. »

Elle avait bien sûr envie de sauter sur l'occasion, mais tout était trop rapide. C'était précipité.

« Est-ce que je peux y réfléchir ? » demanda-t-elle.

« Non, » dit Ellington. « En fait, après cette réunion, je vais envoyer tous les dossiers de l'affaire à ton appartement pour que tu les révises. Je te laisse quelques heures pour que tu prennes connaissance du dossier et je te contacterai à la fin de la journée pour avoir ta réponse. Mais, Mackenzie... Je te recommande vivement d'accepter. »

Elle savait déjà qu'elle accepterait mais elle n'avait pas envie d'avoir l'air trop impatiente ou prétentieuse. En plus, il y *avait* un certain degré de nervosité qui commençait à s'installer en elle. C'était vraiment une opportunité énorme. Et pour qu'un agent aussi expérimenté que Bryers ait envie de son aide… et bien, c'était tout simplement incroyable.

« Pour te donner une idée générale, » dit Bryers, en se penchant au-dessus de la table et en baissant le son de sa voix. « Pour l'instant, nous avons retrouvé deux corps dans la même décharge. Les victimes étaient toutes les deux de jeunes femmes – l'une avait vingt-deux ans, l'autre dix-neuf. Elles ont été retrouvées nues et couvertes de bleus. Le corps le plus récent montrait des signes d'attouchements mais aucune trace de fluides corporels n'a été retrouvée. Les corps ont été retrouvés à un intervalle de deux mois et demi mais le fait qu'ils aient été trouvés dans la même décharge avec le même type de bleus… »

« Ce n'est pas une coïncidence, » dit Mackenzie, en y réfléchissant.

« Non, probablement pas, » dit Bryers. « Alors dis-moi… imaginons que ce soit ton affaire. Tu viens *juste* de la recevoir. Quelle serait la première chose que tu ferais ? »

La réponse lui vint à l'esprit en moins de trois secondes. Et lorsqu'elle la formula, elle se sentit glisser dans une sorte de vide – un endroit où elle *savait* qu'elle avait raison. Si elle avait eu un quelconque doute concernant le fait d'accepter ou pas cette affaire, il disparut au moment où elle donna sa réponse.

« Je commencerais par la décharge, » dit-elle. « Je voudrais voir la zone de mes propres yeux. Je voudrais également parler avec les membres de la famille. Est-ce que ces femmes étaient mariées ? »

« Celle de vingt-deux ans, » dit Ellington. « Elle était mariée depuis seize mois. »

« Alors oui, » dit Mackenzie. « Je commencerais par la décharge et j'irais parler avec le mari. »

Ellington et Bryers échangèrent un regard entendu. Ellington hocha la tête et pianota des doigts sur la table. « Alors, tu acceptes ? » demanda-t-il.

« J'accepte, » dit-elle, incapable de contenir plus longtemps son enthousiasme.

« Super, » dit Bryers. Il sortit un trousseau de clés de sa poche et le fit glisser à travers la table. « Pas besoin de perdre plus de temps. On y va. »

CHAPITRE TROIS

Il était treize heures trente-cinq quand ils atteignirent la décharge. Les trente degrés de chaleur intensifiaient la puanteur qui y régnait et le bruit des mouches était si intense qu'il résonnait telle une musique bizarre. Mackenzie avait conduit pendant que Bryers la mettait au courant des détails de l'affaire, depuis le siège passager.

Au moment où ils sortirent de voiture et s'approchèrent du dépotoir, Mackenzie pensait avoir une idée assez précise au sujet de Bryers. Il était dans l'ensemble un type du genre réglo. Et bien qu'il ne le dise pas, il était extrêmement nerveux par le fait qu'ils soient embarqués ensemble sur cette affaire, même si la hiérarchie avait approuvé ce choix les yeux fermés. Ça se trahissait dans la manière dont il se tenait et dans les coups d'oeil fugaces qu'il lui jetait de temps à autre.

Mackenzie marcha lentement pendant que Bryers se dirigeait vers les grandes poubelles vertes. Il s'en approcha comme si cet endroit lui était vraiment familier. Elle dut se rappeler qu'il était déjà venu auparavant sur ce site. Il savait à quoi s'attendre et en comparaison, elle se sentit comme une débutante – ce qu'elle était en fait.

Elle prit un moment pour observer l'endroit, vu qu'elle n'avait jamais vraiment eu l'occasion d'étudier des dépotoirs de près dans le passé. L'endroit où ils se trouvaient actuellement – la partie de la décharge qui était ouverte au trafic – n'était rien d'autre qu'un dépotoir. Six bennes à ordures en métal était alignées, placées dans un espace vide du terrain. Derrière le dépotoir, elle put voir la zone en contrebas où les camions à ordures venaient chercher leur charge. Pour arriver à cette zone où se trouvait la plupart des bennes à ordures, la route d'accès traversait une colline bien entretenue. La zone où elle se trouvait actuellement avec Bryers, en constituait le sommet, et la route à travers la décharge continuait en suivant les courbes de la colline pour permettre aux voitures de rejoindre un chemin qui connectait à l'autoroute, située derrière les bennes à ordures.

Mackenzie observa le sol à ses pieds. À l'endroit où elle se tenait, il se limitait à de la terre battue qui menait à une zone recouverte de graviers, puis à du goudron de l'autre côté des poubelles. Elle était debout sur la partie en terre battue et regardait les traces de pneus incrustées au sol. L'enchevêtrement des innombrables traces allait rendre très difficile l'identification d'une empreinte fiable. Il avait fait chaud et sec dernièrement ; la dernière pluie datait d'il y avait une semaine et ça n'avait été qu'une faible bruine. Le sol asséché allait rendre la tâche encore plus difficile.

Se rendant compte qu'obtenir des empreintes pertinentes dans ce fouillis allait probablement être mission impossible, elle rejoignit Bryers près de la poubelle où il se tenait.

« Le corps a été retrouvé dans cette poubelle, » dit Bryers. « La police scientifique a déjà pris des échantillons de sang et relevé les empreintes. La victime s'appelait Susan Kellerman, vingt-deux ans, résidant à Georgetown. »

Mackenzie hocha de la tête, sans rien dire. Au moment où elle jetait un coup d'œil à l'intérieur de la poubelle, elle décida de changer son approche dans l'observation des lieux. Elle travaillait maintenant avec le FBI, alors elle pouvait se permettre de sauter quelques étapes. Elle n'allait pas perdre son temps à analyser ce qui était évident. Ceux qui l'avaient précédée ici – y compris probablement Bryers – avaient déjà fait le travail de terrain. Alors Mackenzie essaya plutôt de concentrer son attention sur les aspects obscurs… sur les choses qui pourraient ne pas avoir été remarquées.

Après avoir observé quelques minutes la zone environnante, Mackenzie considéra qu'elle savait tout ce qu'il y avait à savoir. Et pour l'instant, ce n'était pas grand-chose.

« Alors dis-moi, » dit Bryers. « À ton avis, quelle peut être la raison pour laquelle le tueur abandonne ses victimes ici ? »

« Je ne pense pas que ce soit par souci de commodité, » dit Mackenzie. « Je pense qu'il essaie de ne pas prendre de risque. Il abandonne ses victimes ici car il veut s'en débarrasser. Je parierais également qu'il habite à proximité… à pas plus de trente à cinquante kilomètres de distance. Je ne pense pas qu'il ferait de longs trajets juste dans le but de se débarrasser d'un corps… tout spécialement de nuit. »

« Pourquoi de nuit ? » demanda Bryers.

Mackenzie savait qu'il la testait et ça ne la dérangeait pas. Vu l'opportunité incroyable qui lui avait été offerte, elle s'attendait un peu à devoir faire ses preuves.

« Car il est presqu'*impératif* qu'il vienne de nuit pour abandonner un cadavre. Le faire de jour serait stupide, avec tous les travailleurs présents sur le site. »

« Donc tu penses qu'il est intelligent ? »

« Pas forcément. Il est prudent et vigilant. Mais ça ne veut pas dire qu'il soit *intelligent*. »

« J'ai vu que tu cherchais des traces au sol, » dit-il. « On a essayé mais on n'a rien trouvé. Il y en a de trop. »

« Oui, ce serait difficile d'en identifier, » dit-elle. « Mais, comme je le disais, je pense que le cadavre a été abandonné après les heures de travail. C'est aussi ton hypothèse ? »

« Oui, de fait. »

« Alors il n'y aurait pas de traces ici, » souligna Mackenzie.

Il lui sourit. « C'est vrai, » dit-il. « Enfin, pas des traces de pneus. Mais il y aurait des empreintes de *pas*. Et il y en a de trop aussi pour parvenir à les identifier. »

Mackenzie hocha la tête, se sentant un peu stupide de ne pas avoir pensé à ce détail si évident. Mais tout de suite, une autre idée prit forme dans son esprit.

« Il n'a pas non plus amené le cadavre sur son dos, » dit Mackenzie. « Ses traces de pneus *doivent* se trouver quelque part. Pas ici, mais peut-être devant la barrière de l'entrée. On pourrait essayer de comparer les traces devant la barrière et celles trouvées ici. On pourrait également regarder juste de l'autre côté de la barrière et chercher des traces d'impact où il a probablement jeté ou laissé tomber le corps. »

« C'est une bonne idée, » dit Bryers sur un ton amusé. « C'est aussi une idée que les gars de la police scientifique ont eue mais que j'ai ignorée. Mais oui, tu as raison. Il a certainement dû arrêter sa voiture devant la barrière. Alors l'idée serait de trouver des traces de pneus qui arrivent jusqu'à la barrière, s'arrêtent et font demi-tour, et ça pourrait être notre homme. »

« Ça se *pourrait*, » dit Mackenzie.

« Ton cheminement est correct mais il n'offre aucune nouvelle piste. Tu as autre chose à proposer ? »

Il n'était ni dédaigneux, ni condescendant. Elle le savait à travers le ton de sa voix. Il essayait juste de l'encourager et de la motiver à continuer à réfléchir.

« On sait combien de véhicules passent par ici chaque jour ? »

« Environ onze cents par jour, » dit Bryers. « Mais si on parvient à obtenir des traces qui s'approchent de la barrière, puis *s'arrêtent…* »

« Ce serait un début. »

« C'est l'idée, » dit Bryers. « Une équipe y travaille depuis hier après-midi mais nous n'avons encore obtenu aucune piste. »

« Je peux y jeter un coup d'œil si vous voulez, » dit Mackenzie.

« Si tu veux, » dit Bryers. « Mais tu travailles pour le FBI maintenant, mademoiselle White. Ne te surcharge pas de travail s'il y a un autre département qui peut faire le boulot mieux que toi. »

Mackenzie se retourna pour regarder la benne à ordures en essayant de distinguer les déchets qu'elle contenait. Une jeune femme y avait été retrouvée récemment, le corps nu et couvert de bleus. Elle avait été jetée au même endroit où les gens jettent leurs ordures, les choses dont ils n'ont plus besoin. Peut-être que le tueur pensait que les femmes qu'il avait tuées ne valaient pas mieux que des ordures ménagères.

Elle aurait aimé être présente au moment où Bryers et son partenaire à la retraite, étaient arrivés sur le site. Elle aurait peut-être eu davantage d'idées. Peut-être qu'elle aurait pu mieux aider Bryers à trouver un potentiel suspect. Mais pour l'instant, elle avait au moins fait rapidement ses preuves avec son idée concernant les traces de pneus.

Elle se retourna vers lui et vit qu'il restait là à ne rien faire, en regardant en direction de la barrière. Il était clair qu'il lui laissait du temps pour traiter les informations. Elle lui en était reconnaissante mais ça lui rappelait aussi à nouveau combien elle n'était qu'une débutante.

Elle s'avança vers la clôture grillagée qui entourait la décharge. Elle commença son inspection à la barrière, par laquelle les véhicules entraient sur le site, et continua sur la gauche. Elle examina le bas de la clôture durant un instant, avant qu'une autre idée lui vienne en tête.

Il a sûrement dû escalader la clôture, pensa-t-elle.

Elle commença à examiner la clôture de près. Elle n'était pas sûre de savoir ce qu'elle cherchait vraiment. Peut-être de la boue ou des fibres sur le grillage. Tout ce qu'elle pourrait y trouver serait probablement peu de chose mais ce serait quelque chose.

En moins de deux minutes, elle trouva quelque chose d'intéressant. C'était tellement minuscule qu'elle avait failli passer complètement à côté. Mais quand elle s'en approcha, elle se rendit compte que ça pouvait être beaucoup plus utile que ce qu'elle n'avait pensé.

À environ un mètre cinquante du sol et à deux mètres à gauche de la barrière d'entrée, un bout de tissu blanc pendait accroché à l'un des losanges de la clôture. Le tissu en soi ne leur apprendrait probablement pas grand-chose mais il pourrait peut-être leur permettre de relever d'éventuelles empreintes digitales.

« Agent Bryers ? » dit-elle.

Il se dirigea lentement vers elle, comme s'il s'attendait à ne pas voir grand-chose. Alors qu'il s'approchait, elle l'entendit émettre un grognement au moment où il vit le morceau de tissu.

« Beau boulot, mademoiselle White, » dit-il.

« S'il te plaît, appelle-moi juste Mackenzie, » dit-elle. « Ou Mac, si tu t'en sens le courage. »

« Qu'est-ce que tu en penses ? » demanda-t-il.

« Ce n'est peut-être rien. Ou peut-être que c'est un bout de tissu provenant du vêtement d'une personne ayant récemment escaladé la clôture. Le tissu en lui-même ne nous apprendra probablement pas grand-chose, mais c'est un bon point de départ pour relever des éventuelles empreintes digitales. »

« Dans le coffre de la voiture, il y a une petite trousse pour relever les preuves. Peux-tu aller la chercher pendant que je fais un rapport là-dessus ? »

« Bien sûr, » dit-elle en se dirigeant vers la voiture.

Quand elle revint vers lui, il terminait déjà son appel téléphonique. Avec Bryers, tout était rapide et efficace. C'était une des choses qu'elle commençait à vraiment apprécier à son sujet.

« OK, Mac, » dit-il. « Maintenant, on peut passer à l'étape suivante, celle que tu avais mentionnée précédemment. Le mari de la victime vit à vingt minutes d'ici. Tu es prête pour une visite ? »

« Oui, » dit Mackenzie.

Ils retournèrent vers la voiture et sortirent de la décharge qui était toujours fermée au public. Au-dessus d'eux, quelques charognards remplissaient consciencieusement leurs fonctions, observant le drame qui se déroulait sous eux d'un œil indifférent.

***

Caleb Kellerman recevait déjà la visite de deux policiers quand Mackenzie et Bryers arrivèrent chez lui. Il vivait dans la banlieue de Georgetown, dans une mignonne petite maison à un étage, idéale pour un jeune couple commençant leur vie en commun. En pensant que les Kellerman n'avaient été mariés qu'un peu plus d'un an avant que la jeune femme ne soit assassinée, Mackenzie ressentit beaucoup de tristesse pour le mari mais également de la colère concernant ce qui s'était passé.

Une maison pour débuter une vie en commun et qui n'a jamais eu l'occasion d'évoluer vers autre chose, pensa Mackenzie alors qu'ils pénétraient dans la maison. *Comme c'est triste !*

Une fois passé le seuil, ils entrèrent dans un petit vestibule qui s'ouvrait directement sur le salon. Mackenzie reconnut ce sentiment de solitude et de silence qui envahissait la plupart des maisons après un décès. Elle espérait finir par s'y habituer, mais elle en doutait.

Bryers se présenta aux policiers à l'extérieur du vestibule et les deux hommes en uniforme eurent l'air soulagés quand il leur demanda de céder leur place. Quand ils furent partis, Bryers et Mackenzie entrèrent dans le salon. Mackenzie fut surprise de constater que Caleb Kellerman avait l'air incroyablement jeune. On aurait dit qu'il n'avait que dix-huit ans avec son aspect bien rasé, son t-shirt Five Finger Death Punch et son short trop large. Mackenzie parvint rapidement à passer au-dessus et se concentra plutôt sur la douleur indescriptible qui se lisait sur le visage du jeune homme.

Il leva les yeux vers eux, en attendant qu'ils prennent la parole. Mackenzie remarqua que Bryers l'encourageait à prendre les devants, en faisant un signe subtil de la tête en direction de Caleb Kellerman. Elle s'avança, terrifiée et flattée à la fois qu'il lui laisse une telle responsabilité. Soit Bryers avait une haute opinion d'elle, soit il essayait de la mettre mal à l'aise.

« Monsieur Kellerman, je suis l'agent White et voici l'agent Bryers. » Elle hésita durant un instant. Venait-elle vraiment de se présenter en tant qu'*agent* White ? Elle devait avouer que ça sonnait assez bien. Elle écarta cette pensée et continua. « Je sais que vous faites face à la perte d'un être cher et je ne vais pas prétendre être capable de comprendre votre douleur, » dit-elle. Le ton de sa voix était doux, chaleureux mais ferme. « Mais si nous voulons trouver la personne qui a fait ça, nous avons vraiment besoin de vous poser quelques questions. Est-ce que vous êtes d'accord ? »

Caleb Kellerman hocha de la tête. « Je ferais n'importe quoi pour m'assurer que l'homme qui a fait ça soit retrouvé, » dit-il. « Je ferais n'importe quoi. »

Il y avait de la colère dans sa voix et Mackenzie espéra que quelqu'un proposerait une sorte de thérapie pour Caleb dans les jours à venir. Il y avait une forme de démence dans son regard.

« Et bien, tout d'abord, j'aimerais savoir si Susan avait des ennemis… n'importe qui pouvant être une sorte de rival. »

« Quelques filles qui étaient au lycée avec elle l'ennuyaient parfois sur Facebook, » dit Caleb. « Mais c'était en général au sujet de la politique. Et aucune de ces filles n'aurait fait ça, de toutes façons. C'était juste de méchantes disputes ou des trucs dans le genre. »

« Et son boulot ? » demanda Mackenzie. « Elle aimait son boulot ? »

Caleb haussa les épaules. Il s'enfonça dans le divan et essaya de se détendre. L'expression de son visage restait cependant figée dans un froncement de sourcils permanent. « Elle l'aimait autant que puisse l'aimer une femme qui a fait l'université et qui finit par décrocher un travail qui n'a rien à voir avec ses études. Ça permettait de payer les factures et les bonus étaient parfois très généreux. Mais les horaires étaient horribles par contre. »

« Connaissiez-vous les gens avec lesquels elle travaillait ? » demanda Mackenzie.

« Non. J'entendais parler d'eux lorsqu'elle me racontait des histoires du boulot mais c'est tout. »

Bryers intervint et sa voix résonna de manière très différente dans le silence de la maison. Son ton était plus maussade. « Elle était représentante, c'est bien ça ? Pour l'université de développement personnel ? »

« Oui. J'ai déjà donné le numéro de son chef à la police. »

« Des gens du FBI ont déjà parlé avec lui, » dit Bryers.

« Ça n'a pas beaucoup d'importance, de toutes façons, » dit Caleb. « Ce n'est pas quelqu'un de son travail qui l'a assassinée. J'en suis certain. Je sais que ça peut avoir l'air stupide mais c'est ce que je ressens. Tous les gens de son boulot sont des gens bien… dans la même galère que nous, à travailler pour payer les factures et arriver aux fins de mois. Des gens honnêtes, vous voyez ? »

Durant un instant, il chancela au bord des larmes. Il réprima ses sanglots, baissa le regard pour reprendre contenance puis les regarda à nouveau. Des larmes étaient encore visibles au coin de ses yeux.

« OK, alors est-ce que vous pensez à quelque chose que vous pourriez nous dire et qui pourrait nous mener dans la bonne direction ? » demanda Bryers.

« Je ne sais pas, » dit Caleb. « Elle avait une fiche avec les clients auxquels elle allait rendre visite ce jour-là, mais personne n'est parvenu à la retrouver. La police pense que le tueur l'a probablement prise et jetée. »

« C'est probablement le cas, » dit Mackenzie.

« Je n'arrive toujours pas à m'y faire, » dit Caleb. « Ça a toujours l'air complètement irréel. Je m'attends à ce qu'elle rentre par cette porte à tout instant. Le jour où elle est morte… ce jour-là avait commencé comme chaque jour. Elle m'a embrassé sur la joue pendant que je m'habillais pour aller travailler et elle m'a dit au revoir. Elle est partie à l'arrêt de bus et ce fut tout. Ce fut la dernière fois où je l'ai vue. »

Mackenzie vit que Caleb était sur le point de perdre pied et, bien que ce ne soit pas le plus approprié, elle lui posa une dernière question avant qu'il ne s'effondre.

« Arrêt de bus ? » demanda-t-elle.

« Oui, elle prenait le bus tous les jours pour se rendre au bureau. Elle prenait celui de huit heures vingt pour arriver au travail à l'heure. La voiture nous a lâchés il y a deux mois. »

« Où se trouve l'arrêt de bus ? » demanda Bryers.

« À deux pâtés de maisons, » dit Caleb. « C'est l'un de ces petits arrêts de bus en forme de vestibule. » Il regarda soudainement Bryers et Mackenzie, avec de l'espoir dans les yeux, visible sous la douleur et la haine. « Pourquoi ? Vous pensez que c'est important ? »

« Il n'y a aucun moyen d'en être sûr, » dit Mackenzie. « Mais nous vous maintiendrons au courant. Merci pour le temps que vous nous avez consacré. »

« De rien, » dit Caleb. « Dites ? »

« Oui ? » dit Mackenzie.

« Ça fait plus de trois jours maintenant, n'est-ce pas ? Trois jours depuis que je l'ai vue pour la dernière fois et presque deux jours entiers depuis qu'on a retrouvé son corps. »

« C'est ça, » dit doucement Bryers.

« Alors il est trop tard ? Ce type va pouvoir s'échapper ? »

« Non, » dit Mackenzie. C'était sorti de sa bouche avant qu'elle n'ait eut le temps de se raviser et elle sut directement qu'elle venait de commettre sa première erreur en présence de Bryers.

« Nous allons faire tout notre possible, » dit Bryers, en posant une main légère mais insistante sur l'épaule de Mackenzie. « N'hésitez pas à nous appeler si vous pensez à quoi que ce soit qui pourrait nous être utile. »

Sur ce, ils sortirent. Mackenzie frémit lorsqu'elle entendit Caleb éclater en sanglots avant qu'ils n'aient eu le temps de refermer la porte derrière eux.

Le bruit de ces sanglots déclencha quelque chose en elle… quelque chose qui lui rappela l'endroit d'où elle venait. La dernière fois qu'elle avait ressenti ça, c'était au Nebraska, quand la tâche d'arrêter le tueur épouvantail s'était mise à la consumer entièrement. Elle ressentit à nouveau ce feu qui la dévorait alors qu'elle sortait de la maison de Caleb Kellerman. Et elle réalisa qu'elle ne s'arrêterait devant rien, tant qu'elle n'aurait pas attrapé ce tueur.

CHAPITRE QUATRE

« Tu ne peux pas faire des choses pareilles, » dit Bryers au moment où ils se retrouvèrent dans la voiture. Il avait pris place derrière le volant.

« Je ne peux pas faire quoi ? »

Il soupira et fit de son mieux pour avoir l'air sincère et éviter un ton de remontrance. « Je sais que tu n'as probablement jamais été auparavant dans une situation exactement identique, mais tu ne peux pas dire à la famille d'une victime que *non*, le tueur ne s'en tirera pas. Tu ne peux pas leur donner de l'espoir quand il n'y en a pas. Et même s'il y en *avait*, tu ne peux pas dire des choses pareilles. »

« Je sais, » dit-elle, sur un ton déçu. « Je l'ai su au moment où ces mots sont sortis de ma bouche. Je suis désolée. »

« Pas besoin de t'excuser. Essaie juste de garder l'esprit clair, OK ? »

« OK. »

Comme Bryers connaissait mieux la ville que Mackenzie, c'est lui qui conduisit jusqu'au département des transports publics. Il conduisait rapidement et demanda à Mackenzie d'appeler pour annoncer leur visite et de s'assurer qu'ils puissent parler avec quelqu'un qui pourrait répondre à leurs questions afin qu'ils soient rapidement sortis de là. C'était une méthode vraiment simple, mais Mackenzie était impressionnée par son efficacité. C'était bien loin de ce qu'elle avait connu au Nebraska.

Durant la demi-heure de trajet, Bryers lui posa de nombreuses questions. Il voulait tout savoir sur son expérience dans les forces de police au Nebraska, et surtout sur l'affaire du tueur épouvantail. Il lui posa des questions sur ses études et sur ses centres d'intérêt. Ça ne la dérangeait pas de lui donner des informations superficielles mais elle évita d'aller en profondeur – surtout parce que lui-même ne se dévoilait pas beaucoup non plus.

En fait, Bryers était assez réservé. Quand Mackenzie lui avait posé des questions sur sa famille, il en parla de la manière la plus générale possible sans être désobligeant. « Une femme, deux fils à l'université et un chien en fin de vie. »

Bon, pensa Mackenzie. *C'est seulement notre premier jour ensemble et il ne me connaît pas du tout – à part ce qu'il a lu à mon sujet dans les journaux il y a six mois et ce qu'il y a dans mon dossier de l'académie. C'est normal qu'il garde des réserves.*

Quand ils arrivèrent au département des transports publics, Mackenzie avait toujours une opinion plus que favorable concernant Bryers mais il y avait aussi une certain tension entre eux qu'elle ne parvenait pas à définir. Peut-être qu'il ne la sentait pas, peut-être que c'était juste elle. Le fait qu'il ait littéralement balayé toutes les questions qu'elle lui avait posées au sujet de son travail, la mettait mal à l'aise. Elle se rappela aussi qu'il ne s'agissait pas encore de son boulot. Elle avait été embarquée sur cette affaire pour faire une faveur à Ellington, une manière de se roder, d'une certaine façon.

Elle était également impliquée dans tout ça suite à des arrangements dans l'ombre où la hiérarchie avait décidé de parier sur elle. Ça ajoutait un tout autre niveau de danger non seulement pour elle, mais aussi pour les personnes avec lesquelles elle travaillait – Bryers et Ellington compris.

Le département des transports publics se trouvait dans un édifice qui abritait dix autres départements. Mackenzie suivit du mieux qu'elle put l'agent Bryers à travers les corridors. Il marchait rapidement, faisant de temps en temps un signe de la tête aux personnes qu'ils rencontraient, comme s'il venait souvent ici. Quelques personnes avaient l'air de le reconnaître, lui souriaient ou le saluaient de la main. La journée se terminait et tout le monde avait l'air de s'affairer en attendant dix-sept heures.

Quand ils arrivèrent à la section de l'édifice qui les concernait, Mackenzie prit un moment pour apprécier l'instant. Quatre heures auparavant, elle sortait de la classe de McClarren et maintenant elle était plongée jusqu'au cou dans une affaire d'homicide et elle travaillait avec un agent plein d'énergie et exceptionnellement bon dans son boulot.

Ils s'approchèrent d'un comptoir et Bryers se pencha légèrement au-dessus en regardant la jeune femme qui était assise derrière un bureau juste devant eux. « On a appelé pour parler avec quelqu'un qui s'occupe des horaires de bus, » dit-il à la femme. « Agents White et Bryers. »

« Ah oui, » dit la réceptionniste. « Vous pouvez parler avec madame Percell. Elle est dans le garage des bus. Vous continuez dans le corridor, vous descendez les escaliers et c'est à l'arrière. »

Ils suivirent les indications de la réceptionniste et se dirigèrent vers l'arrière de l'édifice où le bruit de moteurs et le grondement de machines se faisaient entendre. L'édifice était conçu pour que le bruit ne soit pas perceptible dans les parties les plus animées mais à l'arrière, on aurait dit un garage de réparation pour voitures.

« Quand on sera en présence de cette madame Percell, » dit Bryers, « je voudrais que tu mènes la conversation. »

« OK, » dit Mackenzie, avec l'impression bizarre qu'elle passait encore un test.

Ils descendirent les escaliers en suivant un panneau qui indiquait *Garage à bus*. En bas, un étroit corridor menait à un petit bureau ouvert. Un homme portant un bleu de travail se tenait derrière un vieil ordinateur et tapait quelque chose. À travers une grande baie vitrée, Mackenzie pouvait voir un immense garage. Quelques bus de la ville y étaient garés, en vue de passer à l'entretien. Alors qu'elle regardait autour d'elle, une porte s'ouvrit à l'arrière du bureau et une femme rondouillette et enjouée fit son entrée.

« Vous êtes les types du FBI ? »

« Oui, c'est nous, » dit Mackenzie. À côté d'elle, Bryers montra rapidement son badge – probablement parce qu'elle n'en avait pas encore un à montrer. Percell eut l'air satisfaite et commença tout de suite à parler.

« D'après ce que j'ai compris, vous avez des questions concernant les horaires de bus et la rotation des chauffeurs, » dit-elle.

« Tout à fait, » répondit Mackenzie. « Nous voudrions savoir quel est le bus qui a desservi un arrêt en particulier il y a trois jours et, si possible, parler avec le chauffeur. »

« Bien sûr, » dit-elle. Elle se dirigea vers le petit bureau où le mécanicien était occupé à taper à l'ordinateur et le poussa gentiment du coude. « Doug, laisse-moi prendre les commandes, veux-tu ? »

« Avec plaisir, » dit-il en souriant. Il se leva du bureau et se dirigea vers le garage pendant que madame Percell s'asseyait derrière l'ordinateur. Elle appuya sur quelques touches puis leva fièrement la tête vers eux, manifestement enchantée de pouvoir rendre service.

« Où se trouve l'arrêt en question ? »

« Au coin de la rue Carlton et de la rue Queen. » dit Mackenzie.

« À quelle heure la personne serait-elle montée ? »

« À huit vingt du matin. »

Madame Percell tapa rapidement les informations à l'ordinateur et étudia l'écran durant un instant avant de donner sa réponse. « C'était le bus numéro 2021, conduit par Michael Garmond. Ce bus dessert trois autres arrêts avant de revenir au même arrêt de bus à neuf heures trente-cinq. »

« Nous aimerions parler avec monsieur Garmond, » dit Mackenzie. « Pourriez-vous nous donner ses coordonnées, s'il vous plaît ? »

« Je peux faire mieux que ça, » dit madame Percell. « Michael est dans le garage en ce moment même. Il termine sa journée. Je vais voir si je peux le harponner pour vous. »

« Merci, » dit Mackenzie.

Madame Percell se précipita vers la porte du garage à une vitesse qui défiait sa taille. Mackenzie et Bryers la virent déambuler de manière experte dans le garage, à la recherche de Michael Garmond.

« Si seulement tout le monde pouvait être aussi enthousiaste à l'idée d'aider les fédéraux, » dit Bryers, avec un large sourire. « Crois-moi… ne t'habitue pas à ça. »

En moins d'une minute, madame Percell revint dans le petit bureau, suivie par un homme noir âgé. Il avait l'air fatigué mais, tout comme madame Percell, il avait l'air plus que ravi de pouvoir rendre service.

« Salut, les gars, » dit-il, avec un sourire fatigué. « Comment puis-je vous aider ? »

« Nous cherchons des informations concernant une femme qui est montée dans votre bus à l'arrêt de huit heures vingt, au coin de la rue Carlton et de la rue Queen, il y a trois jours, » dit Mackenzie. « Vous pensez pouvoir nous aider ? »

« Probablement, » dit Michael. « Il n'y a pas beaucoup de gens à cet arrêt le matin. Jamais plus de quatre ou cinq personnes. »

Bryers sortit son téléphone et le consulta durant un instant avant d'y afficher une photo de Susan Kellerman.

« C'est elle, » dit-il. « Est-ce que ce visage vous est familier ? »

« Oh oui, bien sûr que je la reconnais, » dit Michael, sur un ton un peu trop excité au goût de Mackenzie. « Une gentille fille, Toujours très aimable. »

« Vous rappelez-vous où elle est descendue du bus il y a trois jours ? »

« Oui, je me rappelle, » dit Michael. « Et j'ai même pensé que c'était bizarre car tous les matins depuis deux semaines, elle descendait à un autre arrêt. Un jour, on s'était un peu parlé et elle m'avait dit que son bureau n'était qu'à deux pâtés de maisons de son arrêt habituel. Mais il y a trois jours, elle est descendue à la station de bus, au lieu de descendre à un arrêt. Je l'ai vue prendre un autre bus. J'ai pensé qu'elle avait peut-être trouvé un autre boulot et qu'elle faisait un autre trajet pour y arriver. »

« C'était où ? » demanda Mackenzie.

« Dupont Circle. »

« À quelle heure pensez-vous qu'elle soit descendue du bus ? »

« Probablement vers huit heures quarante-cinq, » répondit Michael. « Et certainement pas plus tard que neuf heures. »

« Je peux vérifier ça dans notre système, » dit madame Percell.

« Ce serait vraiment super, » dit Bryers.

Madame Percell retourna travailler derrière le petit bureau crasseux pendant que Michael regardait les agents avec un air de désespoir. Il regarda à nouveau la photo sur le téléphone de Bryers et fronça les sourcils. « Quelque chose de grave lui est arrivé ? » demanda-t-il.

« Oui, de fait, » dit Mackenzie. « Alors si vous vous rappelez de quoi que ce soit la concernant ce matin-là, ça nous aiderait beaucoup. »

« Et bien, elle avait un étui, pareil à celui que les représentants transportent avec eux. Pas une serviette mais un étui de mauvais goût, vous voyez ? Elle vendait des trucs pour gagner sa vie – des compléments nutritionnels et des trucs dans le genre. J'ai imaginé qu'elle avait un client à aller voir. »

« Vous savez dans quel bus elle est montée après être descendue du vôtre ? » demanda Mackenzie.

« Et bien, je ne me rappelle pas du numéro du bus mais je me rappelle d'avoir vu la rue Black Mill affichée comme destination sur le pare-brise. J'ai pensé que c'était un peu louche... aucune raison pour qu'une jolie fille comme ça aille dans ce coin de la ville. »

« Et pourquoi ? »

« Et bien, le quartier en soi, ça va, j'imagine. Les maisons ne sont pas trop mal et je pense que la majorité des habitants sont des gens bien. Mais c'est aussi un de ces endroits où les gens un peu moins bien se retrouvent et font leurs petites affaires. Quand j'ai été formé pour ce boulot il y a six ans, on nous avait prévenus des endroits où il fallait rester vigilant. Et la rue Black Mill était l'un d'entre eux. »

Mackenzie réfléchit à tout ça et estima qu'ils avaient obtenu toutes les informations utiles que pourrait détenir Michael Garmond. Elle avait envie d'avoir l'air efficace devant Bryers mais elle n'avait pas non plus envie d'avoir l'air de perdre du temps avec des détails.

« Merci beaucoup, monsieur Garmond, » dit Mackenzie.

Depuis le bureau, madame Percell ajouta : « Le bus s'est arrêté à Dupont Circle à huit heures quarante-huit. »

Ils prirent congé et se dirigèrent en silence vers les escaliers. Lorsqu'ils commencèrent à les monter, Bryers se mit à parler.

« Ça fait combien de temps que tu es à Quantico ? » demanda-t-il.

« Onze semaines. »

« Alors tu ne connais probablement pas la banlieue de la ville, hein ? »

« Non. »

« Tu n'es jamais allée à la rue Black Mill ? »

« Non, jamais, » dit Mackenzie.

« Tu ne rates pas grand-chose. Mais bon, on n'aura peut-être pas besoin d'aller si loin. On va commencer par Dupont Circle et jeter un œil dans les alentours. Peut-être qu'on pourra trouver quelque chose sur les caméras de sécurité. »

« Maintenant ? »

« Oui, maintenant, » dit Bryers. Il y avait une petite pointe d'agacement dans son ton, premier signe qu'il commençait à en avoir assez de trimballer une novice, même prometteuse. « Quand un tueur est en liberté, tu ne rentres pas chez toi après journée. »

Elle était sur le point de répliquer mais elle se ravisa. Il avait raison, de toute façon. Si elle avait appris quelque chose de son épreuve avec le tueur épouvantail, c'était que quand tu traquais un tueur qui n'avait apparemment pas de mode opératoire, chaque minute était précieuse.

CHAPITRE CINQ

La station Dupont Circle commençait à se calmer après le rush de l'heure de pointe de dix-sept heures quand Mackenzie et Bryers y arrivèrent. La conversation qu'ils eurent durant le trajet était retournée à un niveau superficiel et inintéressant vu que Bryers restait silencieux et réservé. Au moment où ils sortirent de voiture et se dirigèrent vers la station, Mackenzie se sentit vraiment mal à l'aise pour la première fois. Elle ne pensait pas qu'il lui en voulait spécialement mais elle avait l'impression qu'il regrettait un peu la décision qu'il avait prise avec Ellington.

Bryers finit par briser le silence au moment où ils entrèrent dans la station. Il se plaça sur le côté des portes d'entrée et regarda la foule de gens qui fourmillaient à l'intérieur.

« Tu connais cet endroit ? » demanda-t-il.

« Non, » dit Mackenzie. « Je passe toujours par Union Station. »

Bryers haussa les épaules. « Peu importe la station où tu te trouves, il y aura toujours un coin un peu plus glauque que le reste. En général, il est plutôt bien dissimulé. »

« Tu penses qu'elle a pu être enlevée lors du trajet retour vers chez elle ? Tu penses que quelqu'un a pu la kidnapper au moment où elle changeait de bus ? »

« C'est une possibilité. Qu'est-ce que *tu* en penses ? »

« Je pense qu'on devrait aller jeter un œil à la rue Black Mill. Le chauffeur de bus *et* toi-même étiez assez d'accord pour dire que ce n'était pas un endroit fréquentable. »

« Et on finira probablement par y aller, » dit Bryers. « Mais là, j'ai comme un pressentiment. Quand tu travailles assez longtemps dans cette ville, tu finis par développer pas mal d'intuitions sur différentes choses. »

Son ton énigmatique était assez ennuyant mais elle se dit qu'elle pourrait peut-être apprendre quelque chose si elle se limitait à se taire et à observer. Après quelques minutes passées à côté des portes à regarder la foule, Bryers s'avança lentement en faisant signe à Mackenzie de le suivre. Elle le suivit, mais en laissant une distance entre eux. Il traversa nonchalamment la foule en avançant sans but précis. Il se fondait assez bien dans la masse. Il aurait vraiment fallu qu'une personne prenne le temps de l'observer pour éventuellement penser qu'il pourrait être une sorte d'officier de police.

Ils traversèrent le hall principal, en direction de six bus à l'arrêt. Des passagers sortaient de deux des bus pendant que les autres véhicules attendaient des voyageurs. Alors qu'ils se dirigeaient vers les bus, Mackenzie jeta un œil aux destinations indiquées au-dessus des pare-brises. D'après ce qu'elle en vit, les prochains arrêts de ces bus se situaient tous à l'intérieur du quartier historique de Georgetown.

« Par ici, » dit Bryers.

Mackenzie détourna le regard des bus et suivit Bryers le long du hall principal. Les bus se trouvaient derrière eux maintenant et la foule commençait à être moins dense. Tout d'un coup, l'atmosphère de l'endroit changea complètement. Il y avait de moins en moins de gens bien habillés et en tenue de bureau. Elle vit un sans-abri assis contre le mur et trois adolescents vêtus de noir, arborant de nombreux piercings et tatouages.

Bryers ralentit et se mit à observer la scène. Mackenzie fit de même et observa la disposition de l'endroit et le type de personnes qui s'y trouvaient, de la même manière que le faisait Bryers. En quelques secondes, elle vit quelque chose qui la mit directement sur ses gardes.

Un jeune homme arborant une coupe de cheveux courte, quasi militaire, et vêtu d'un t-shirt uni et d'un jeans, était occupé à parler avec une fille qui ne devait pas avoir plus de seize ans. Mackenzie pouvait lire l'expression sur le visage de la fille car elle était facile à lire sur le visage de la plupart des filles de cet âge. Elle appréciait l'attention que lui portait le jeune homme mais elle était également mal à l'aise d'avoir été abordée. Elle vit aussi que le type avait la main dans sa poche et qu'il y dissimulait certainement quelque chose.

Sans se retourner pour lui parler, Bryers lui demanda : « Tu le vois, celui-là ? »

« Le type d'une vingtaine d'années, cheveux courts, qui parle à une mineure ? » dit-elle.

« Bingo. »

Mais ils restèrent immobiles. Mackenzie savait pourquoi, bien qu'elle n'aime pas beaucoup la manière dont la scène se déroulait. Bryers attendait que le type agisse, qu'il fasse quelque chose qui permette à quelqu'un comme Bryers de s'interposer et d'intervenir.

Ils observèrent la scène qui se déroulait sous leurs yeux en essayant de se fondre dans la masse. Mackenzie eut envie de bondir et d'intervenir en voyant qu'elle se déroulait de manière tout à fait prévisible. Le type s'approchait de plus en plus. Il souriait beaucoup et essayait de regarder la fille dans les yeux. Elle souriait en retour de manière coquette mais elle baissait plus les yeux au sol qu'elle ne regardait le type.

Lentement, il tendit la main et lui toucha l'épaule. Sa main resta posée là durant un instant avant que la fille n'essaye maladroitement de s'éloigner. Le type se mit à rire et se rapprocha d'elle en la prenant dans ses bras. Il essaya de l'attirer vers lui mais la fille parvint à s'éloigner. Un éclair de frustration traversa le visage du type avant qu'il ne s'avance à nouveau, de manière assez irritée cette fois. Lorsqu'il tendit le bras pour attirer la fille vers lui, Bryers intervint. Mackenzie le suivit en essayant de rester dans un rôle d'apprentie.

« Il y a un problème ? » demanda Bryers, en s'interposant entre la fille et le type. « Est-ce que ce type vous ennuie ? »

La fille leva les yeux, avec un air surpris. Elle eut tout de suite l'air soulagée puis baissa de nouveau le regard, d'un air embarrassé.

« Je ne pense pas, » dit la fille. « C'est juste que certains gars ne comprennent pas quand on leur dit *non.* »

« Ferme-la, connasse, » dit le type aux cheveux courts. Puis il regarda directement Bryers dans les yeux et dit : « Et de toutes façons, c'est pas tes affaires. »

Bryers sortit son badge rapidement, à la manière d'un cowboy du Far West qui dégainerait son arme. « C'est plus mes affaires que tu ne le voudrais, » dit-il.

« Oh, » dit le type. « Et bien, je pense que je devrais… »

Puis il se retourna et partit en courant.

« Et merde, » dit Bryers. Il allait se lancer à la poursuite du type mais Mackenzie ne parvenait plus à rester en place.

« Tu restes avec la fille, » dit-elle. « Je me charge de lui. »

« Tu es sûre ? » demanda Bryers. « Je ne sais pas si… »

« Je suis sûre, » dit-elle, en se lançant à la poursuite du suspect.

Sans se retourner pour avoir la confirmation de Bryers, Mackenzie s'élança. Il n'y avait pas trop de monde dans le hall principal et peu d'obstacles à éviter. En quelques secondes, elle sut qu'elle rattraperait facilement le type. Il s'enfuyait, motivé par la peur alors que sa foulée à elle était équilibrée et contrôlée.

L'imbécile s'était même arrêté pour regarder au-dessus de son épaule, lui donnant encore un peu l'avantage. Quand il vit qu'elle était sur ses talons, il passa à la vitesse supérieure. Mais Mackenzie le rattrapait déjà. Elle donna une dernière impulsion, passant elle aussi à la vitesse supérieure, et se retrouva très vite juste derrière lui. Les quelques personnes qui se trouvaient sur son chemin virent ce qui se passait et s'écartèrent, motivés par leur propre sécurité mais également pour voir ce qui allait se passer.

Elle tendit le bras et fit retomber sa main sur l'épaule du type. Il lui suffit de donner une dernière impulsion pour parvenir à l'arrêter. Ses jambes se dérobèrent sous lui et il s'affala de tout son long sur le trottoir en ciment. Il poussa un cri presque comique mais le bruit de l'impact de son corps heurtant le ciment l'était beaucoup moins.

Elle prit un instant pour évaluer l'état du type et quand elle fut certaine qu'il ne s'était rien cassé et qu'il était toujours cohérent, elle lui planta un genou dans la poitrine et se retourna en direction de Bryers. Il venait en courant, avec un air plutôt inquiet. La fille qu'ils avaient peut-être sauvée avançait à grands pas à côté de lui. Elle avait l'air un peu effrayée mais également contente. Mackenzie vit de la joie dans ses yeux quand elle vit que le type qui la harcelait était cloué au sol.

Autour d'eux, quelques témoins se mirent à applaudir. D'autres avaient l'air plutôt horrifiés par ce qu'ils venaient juste de voir. Bryers sortit son badge et le montra à la foule rassemblée. « Continuez votre chemin, » dit-il. “Le spectacle est terminé. Allez, c'est fini. »

Quand ils commencèrent à se disperser et à partir chacun de leur côté, Bryers s'approcha de Mackenzie et posa un genou à terre.

« Allez, mets-toi debout, » dit Bryers sur un ton sec.

Mackenzie se releva en essayant de deviner l'expression de son visage. Il était fâché, c'était évident. Elle se demanda si elle n'avait pas été trop brusque au moment d'arrêter le suspect. Ou peut-être qu'elle n'aurait pas dû le poursuivre sans son autorisation expresse.

Pendant qu'elle se remettait sur pieds, Bryers aida lentement le type à se relever. Mackenzie vit que du sang coulait d'une petite entaille qu'il s'était faite du côté droit de la tête. Ce côté de son visage était également un peu rouge. Elle était sûre qu'il aurait une belle ecchymose demain.

« Toi, tu viens avec moi, » dit Bryers.

« Ne me touche pas, mec ! »

Bryers agrippa le type du bras et l'attira vers lui. « Tu te rappelles ce badge que je t'ai montré ? Celui qui t'a poussé à courir comme un lunatique ? Et bien, ce badge veut dire que c'est toi qui m'écoutes sinon tu vas te retrouver dans une belle merde. Tu as compris ? »

« Ouais, c'est ça, mec, » dit le type. Il cessa de lutter contre Bryers et se laissa emmener loin de la foule rassemblée.

Bryers dirigea son regard en direction de Mackenzie mais sans *vraiment* la regarder. Il était clair qu'il était très fâché. « Surveille la fille pendant que je m'occupe de ce bordel, » dit-il.

Ce n'était ni une question, ni une demande… c'était un ordre. Il lui demandait de faire du babysitting pendant qu'il interrogeait le suspect. Et peut-être qu'elle le méritait… mais c'était une sensation horrible.

Mackenzie le regarda s'éloigner et se dirigea vers la fille. Elle essaya d'ignorer la réaction de Bryers pendant qu'elles se dirigeaient toutes deux vers un banc à proximité. Elles s'assirent côte à côte mais il était clair que la fille n'avait pas envie de s'éterniser.

« Ça va ? Tu vas bien ? » demanda Mackenzie.

« Ça va, » dit-elle.

« Tu connais ce type ? » demanda Mackenzie.

« Non. Il s'est approché de moi quand je suis sortie du bus et il a commencé à me parler. »

« De quoi t'a-t-il parlé ? »

« Oh, il n'a pas perdu de temps. Il m'a dit que j'étais jolie et il m'a demandé quel âge j'avais. Quand je lui ai dit que j'avais seize ans, il m'a demandé si je voulais me faire un peu d'argent facile. »

« Où se trouvent tes parents ? Tout près d'ici ? »

« Pas ici, non. Je rends visite à mon père. Maman m'a mise dans un bus pour aller passer le weekend avec lui. Mais mon cher père travaille tard. Alors j'allais devoir prendre un taxi d'ici. »

« Comment tu t'appelles ? » demanda Mackenzie.

La fille la regarda d'un air méfiant mais lui donna tout de même son nom… ou un nom qu'elle voulait bien leur donner. « Jen, » dit-elle.

« Et bien, Jen, si on t'appelait ce taxi ? » demanda Mackenzie.

Jen la regarda d'un air stupéfait. « Ce serait vraiment chouette. Merci. »

Mackenzie sortit son téléphone et commença à composer un numéro mais Jen l'interrompit.

« Ce type… vous pensez qu'il m'aurait fait du mal si vous n'étiez pas intervenus ? »

« Il n'y a aucun moyen d'en être certain, » dit Mackenzie.

« Merci quand même. »

Mackenzie hocha de la tête et appela la compagnie de taxi. Pendant que le téléphone sonnait à son oreille, elle regarda en direction de Bryers. Elle vit qu'il avait menotté le suspect et l'avait placé contre le mur. Pendant ce temps, Bryers était au téléphone et faisait un rapport sur la situation.

Et peut-être aussi, pensa Mackenzie, *pour se plaindre de ma négligence envers un suspect.*

Et c'est à ce moment-là que Mackenzie sentit comment cette incroyable opportunité qui lui avait été offerte lui échappait des mains.

CHAPITRE SIX

Quand Mackenzie arriva finalement dans son appartement, elle ferma la porte derrière elle et resta debout immobile durant un instant. Les huit dernières heures de cette journée avaient été surréalistes – un peu comme si un de ses rêves de lycéenne de devenir un agent du FBI avait été exaucé et qu'elle ne savait pas comment faire face à la situation. Elle sentait également la menace bien réelle de se faire retirer l'enquête suite à une erreur commise durant une fraction de seconde.

Et derrière tout ça, il y avait l'enquête. Qu'elle continue à travailler dessus ou pas, il y avait un meurtrier là-dehors qui avait assassiné deux femmes et jeté leurs corps dans une décharge publique. Elle ne savait pas comment elle réagirait si on lui retirait l'enquête après qu'elle ait eu l'occasion d'y jeter un œil et sans lui donner une chance de la résoudre.

Avec un profond soupir, elle s'avança dans l'appartement. Elle regarda les quelques caisses qu'elle n'avait pas encore déballées – elles étaient empilées dans le coin opposé du salon où elle installerait probablement un jour une télé – en supposant qu'elle reste à Quantico, après l'après-midi mouvementé qu'elle avait eue. Elle avait prévu de déballer ces trois caisses ce soir mais elle était trop fatiguée… et en même temps, trop grisée par les événements pour penser à déballer des caisses contenant des objets appartenant à ce qu'elle considérait comme *son ancienne vie*.

Elle reprit ses esprits et plaça le dossier que Bryers lui avait donné sur la petite table du salon qui trônait devant le divan. Elle était encore encombrée d'objets qu'elle avait déballés mais qu'elle n'avait pas encore rangés. Elle se dit qu'elle n'avait aucune raison de *supposer* qu'elle serait retirée de l'affaire. Il valait mieux être proactive plutôt qu'être démoralisée et broyer du noir.

De plus… Bryers était resté silencieux comme à son habitude durant le trajet depuis la station. Le suspect avait été placé en garde à vue et c'était tout ce qu'elle savait. S'il y avait une quelconque information intéressante venant du suspect, de son historique ou de ce qu'il pensait faire avec la jeune ado de seize ans, personne n'avait pris la peine de l'en informer.

Mackenzie commença à examiner le peu d'informations récoltées concernant le cadavre de Susan Kellerman et l'autre victime découverte trois mois plus tôt, une jeune femme de dix-neuf ans du nom de Shanda Elliot.

Mais elle ne parvenait pas à rester concentrée. Elle examinait le dossier devant elle et ne parvenait pas à s'empêcher de penser combien sa vie avait changé de manière drastique durant ces dernières heures. Elle envisagea de se préparer un peu de café mais il était presque vingt-et-une heures et elle voulait être sûre d'être en forme et reposée pour la journée de demain.

Bryers lui avait demandé de le retrouver à la réception de l'édifice du FBI, ce qui en soi était un événement important pour elle. Mais le fait qu'il veuille la retrouver à huit heures du matin afin de débuter la journée aussi tôt que possible signifiait également autre chose… et elle n'était pas sûre de savoir quoi. Mais elle avait la sensation que si aujourd'hui avait été une sorte de test, demain serait le jour des résultats.

Après un dernier coup d'oeil aux informations contenues dans le dossier, elle décida d'en rester là pour aujourd'hui et d'aller se coucher. Elle ferma le dossier, le mit de côté (loin des restes de sa vie antérieure) et se leva du divan. Alors qu'elle se dirigeait vers sa petite chambre à coucher, son téléphone se mit à sonner. Elle le tenait en main quand il sonna et le bruit la fit sursauter, lui signalant qu'elle avait définitivement un manque de sommeil à rattraper.

Elle regarda le nom qui s'affichait sur l'écran et vit que c'était Zack qui appelait. C'était bizarre mais il lui fallut quelques secondes pour faire la connexion – et ça la fit se sentir incroyablement bien.

Zack ? Qui est Z- ah oui, lui…

Ils ne s'étaient parlé que deux fois depuis qu'elle avait déménagé : une fois durant son séjour très bref à Dallas et une fois il y avait trois mois. Les deux conversations avaient été déprimantes et remplies d'accusations et d'apitoiements de la part de Zack. Il avait maugréé sur le fait de passer à autre chose tout en se plaignant qu'elle avait été lâche de fuir comme elle l'avait fait. Il n'en avait pas dit beaucoup plus mais elle avait compris ce qui se cachait derrière tout ça : elle avait blessé son orgueil de mâle en osant, elle, une femme, changer le cours de sa vie terne et inintéressante. Il était affligé et n'avait aucune idée de comment faire face à la situation car il ne s'était jamais permis d'être vulnérable et à découvert.

Elle ignora l'appel et eut un soupir de soulagement quand elle n'entendit aucun *bip* signalant qu'elle avait un nouveau message vocal.

Elle entra dans la chambre à coucher, se dirigea vers la toute petite salle de bains et se prépara à aller se coucher. Alors qu'elle se glissait entre les draps quelques instants plus tard, elle pensa à Zack et se dit qu'il était facile d'échapper aux fantômes de son passé tant qu'il était possible de contrôler la fréquence de leur apparition.

Mais elle savait aussi qu'il y avait des fantômes qui rôdaient et fondaient sur vous sans crier gare, affectant votre moral et vous rappelant qu'ils étaient là pour rester, sans aucun espoir de leur échapper.

***

Mackenzie entra dans la chambre de ses parents. L'odeur du sang remplissait l'air et la Mackenzie de neuf ans reconnut l'odeur avant même de voir le sang recouvrant les draps de lit et les murs. Elle vit son père sur le lit et elle ne tressaillit pas. Elle se dirigea vers le côté du lit, en regardant à peine son père. Dans les rêves qu'elle avait faits auparavant, elle le regardait à chaque fois et elle savait à quoi il ressemblerait aujourd'hui. Des yeux vides et un trou béant noir sur le haut de son crâne. L'arme qu'il avait soi-disant utilisée pour se tirer une balle gisait quelque part sur le lit, dissimulée entre les draps, tel un serpent enroulé sur lui-même et observant la scène.

Mackenzie passa à côté du cadavre de son père et se dirigea vers la fenêtre qui se trouvait à gauche du lit. Elle ouvrit le rideau et regarda par la fenêtre. Elle vit quelque chose dans le jardin devant la maison, une silhouette enveloppée d'ombres. Une voiture s'approchait dans l'allée et inonda la silhouette de lumière. C'était une femme, attachée à un poteau, en sous-vêtements et qui luttait pour s'échapper.

La voiture continua dans l'allée et se gara derrière la femme attachée, projetant une ombre similaire à celle du Christ à travers le jardin. Une autre silhouette sortit de la voiture et resta debout immobile devant les phares. Il avait l'air incroyablement grand et de là où se tenait Mackenzie, on aurait dit qu'il n'avait pas de visage. Il n'accorda aucune attention à la femme attachée et se dirigea directement vers la fenêtre. Mackenzie resta sur ses positions et examina l'homme alors qu'il s'approchait de la fenêtre. Ses yeux étaient noirs et il lui adressa un large sourire jusqu'aux oreilles.

Mackenzie sut alors qu'il s'agissait du tueur épouvantail. Mais c'était aussi l'homme qui avait assassiné Susan Kellerman et Shanda Elliot. Ils se fondaient l'un dans l'autre pour devenir cette incarnation de la corruption humaine qu'elle avait tentée de comprendre depuis cette nuit où elle avait découvert le cadavre de son père.

« Viens m'attraper, » lui dit la sombre silhouette, en posant une main énorme et remplie de cicatrices contre la vitre. La maison entière parut trembler sous cette main. *« J'attends... »*

Mackenzie recula et heurta quelque chose de solide. Elle se retourna et vit son père qui se tenait là. Il était debout, ses yeux vides la regardant. Il ouvrit la bouche pour lui parler et un murmure étouffé en sortit.

« Je serai toujours mort, Mac, » dit-il, en tendant la main vers elle. *« Peu importe les efforts que tu fasses, je serai toujours mort. »*

Sa main s'abattit sur son épaule et à travers son t-shirt, elle put sentir que sa chair morte était incroyablement glacée.

« Papa... » dit-elle.

Mackenzie se réveilla en sursaut à quatre heures trente-deux du matin et elle sut directement qu'elle ne se rendormirait pas. Le débardeur qu'elle portait était trempé de sueur et son coeur battait à tout rompre. Elle se leva rapidement du lit comme si c'était le lit lui-même qui avait fait apparaître cet horrible cauchemar.

Elle prit une douche et se prépara une cruche de café. Elle en but deux tasses tout en examinant les notes concernant les affaires Kellerman et Eliot. Elle avait également pris des notes elle-même concernant le suspect appréhendé à la station Dupont Circle et les fibres qu'elle avait retrouvées à la décharge.

Un peu avant six heures du matin, elle reçut un message de texte sur son téléphone. Elle y jeta un œil et vit que le message venait d'Ellington :

Tu vas recevoir un email dans quelques minutes qui a l'air plus effrayant qu'il ne l'est en réalité. Reste calme. Si tu as besoin de parler à quelqu'un, contacte-moi.

Le message était mystérieux au possible mais elle se retint de répondre en posant des questions. Elle ne pouvait pas nier le fait que ce message la rendait terriblement nerveuse. Elle regarda la troisième tasse de café qu'elle s'était versée et décida de la jeter dans l'évier. Elle se changea les idées en se préparant, en s'habillant et en se coiffant, en faisant tout ce qu'elle pouvait pour ne pas stresser en pensant à la manière dont la journée d'hier s'était terminée et au message alarmant d'Ellington.

Quand elle ouvrit ses emails sur son téléphone vingt minutes après avoir reçu le message d'Ellington, elle vit qu'elle avait reçu un nouvel email. Il venait du directeur adjoint Justin McGrath, un homme qu'elle n'avait jamais rencontré mais dont elle avait beaucoup entendu parler. C'était lui qui supervisait les agents actifs et leurs affectations. D'après ce qu'elle avait pu comprendre, il n'y avait qu'une ou deux positions au-dessus de lui au sein de la hiérarchie du Bureau.

Plus nerveuse que jamais, elle ouvrit l'email. Elle vit directement que l'email avait été écrit par McGrath en personne et non pas par une assistante ou une secrétaire, comme la plupart des emails provenant de la hiérarchie. Le message était simple, clair et terrifiant.

Mademoiselle White,

Il est crucial que vous me rencontriez dans mon bureau à sept heures tapantes. La même demande a été envoyée à l'agent Bryers.

Elle ne lut l'email qu'une seule fois. Il n'y avait aucune formule de politesse à la fin du message. Pas de *merci* ou *on se voit plus tard*. Elle était sur les nerfs et son estomac se noua de préoccupation. Si elle ne s'était pas déjà douchée, elle serait allée faire un jogging afin de soulager le stress. Mais elle se rappela le message d'Ellington, qui lui disait qu'il n'y avait pas vraiment de quoi être effrayée.

Plus facile à dire qu'à faire, pensa-t-elle en se dirigeant vers la porte et en se demandant si son rêve de devenir agent n'arrivait pas à une fin.

CHAPITRE SEPT

Le bureau du directeur adjoint McGrath était impeccable de propreté. Le bureau en chêne derrière lequel il était assis brillait sous l'effet des rayons du soleil matinal qui entraient à travers les persiennes. Quand Mackenzie entra à six heures cinquante-huit dans son bureau situé dans l'édifice J. Edgar Hoover, elle vit que Bryers était déjà arrivé. Il était assis dans l'une des deux chaises qui trônaient d'un côté du bureau de McGrath. Il avait l'air d'un homme qui allait être mené à la potence.

Quant à McGrath, il était assis derrière son bureau avec l'autorité d'un ours dans une grotte. Il devait avoir environ le même âge que Bryers mais il avait l'air beaucoup plus endurci. Il portait des lunettes qui lui donnaient un air presque crapuleux – ce qui allait assez bien avec l'air renfrogné qui se lisait sur son visage.

« Fermez la porte derrière vous, » ordonna McGrath au moment où elle entra.

Mackenzie obtempéra, puis se dirigea vers l'autre chaise à côté de Bryer et s'assit lentement. Avant qu'elle n'ait eu le temps de s'asseoir complètement, McGrath se leva de son siège et leur jeta un regard méchant.

« J'aimerais que l'un de vous deux m'explique comment vous allez gérer cette situation, » leur aboya-t-il. « On m'a informé de notre petite expérience avec mademoiselle White et dès le début, j'étais d'avis que c'était une erreur. Mais finalement, la décision a été prise dans les sphères les plus hautes et maintenant je me retrouve à devoir gérer votre merdier. »

Il concentrait maintenant son attention uniquement sur Mackenzie, en la fixant d'un regard glacial. « Car sachez-le bien, mademoiselle White… Je ne suis pas d'accord qu'une personne n'ayant même pas terminé l'académie soit traitée de manière spéciale ou importante. Je m'en fous si ça vous fait de la peine. Je pense que vous mettre sur cette affaire alors que vous êtes à peine à la moitié de votre parcours à l'académie fait du Bureau un vrai sujet de plaisanterie et la risée de tous. D'un autre côté, j'ai lu votre dossier et j'ai entendu de nombreuses louanges à votre sujet. Mais vous n'êtes plus à la campagne des bouseux ici, mademoiselle White. Vous comprenez ça ? »

« Oui, monsieur, » dit-elle.

« Je ne suis pas sûr que vous compreniez, » dit-il. « Si c'était le cas, alors le suspect que vous avez arrêté à la station de bus hier soir n'aurait pas d'égratignures au visage et une ecchymose dans le dos de la taille d'un pamplemousse. Si ce n'était pour les habiles négociations de l'agent Bryers, le suspect aurait facilement pu porter plainte – une plainte qui vous aurait bien foutu dans la merde, qui vous aurait renvoyée direct au Nebraska et aurait fait que les personnes qui ont voulu vous donner votre chance aient l'air d'idiots. »

McGrath tourna alors son attention vers Bryers, la colère toujours présente sur son visage. « Et *vous*, vous auriez dû savoir qu'il ne fallait pas la laisser gérer une telle situation. À quoi pensiez-vous en la laissant poursuivre le suspect ? »

« J'ai essayé de la retenir. Mais… elle est vraiment rapide, monsieur. »

« Je m'en fous qu'elle soit rapide. Vous vouliez un partenaire TOUT DE SUITE et c'est celui que vous avez obtenu. Vous avez marqué votre accord. Maintenant, elle est votre responsabilité. C'est compris ? »

« Oui, monsieur. »

« Vous avez entendu ? » demanda McGrath, en se tournant à nouveau vers Mackenzie. « Vous êtes sa responsabilité. Vous ne faites *rien* sans sa permission. »

« Oui, monsieur. »

McGrath prit une profonde inspiration et retira ses lunettes. Il massa la zone entre ses yeux du pouce et de l'index, essayant d'éviter qu'un mal de tête s'installe.

« J'ai eu une conversation avec les autres directeurs adjoints, les chefs de section et le directeur du Bureau hier soir, » dit McGrath. « On a voté et le résultat était *vraiment* serré. Afin de perdre le moins de temps possible et afin d'éviter d'autres meurtres, vous restez sur cette affaire, mademoiselle White. Mais si aucune arrestation n'a lieu dans les prochaines quarante-huit heures, on vous retire de l'enquête. Et si durant ce temps, vous faites une autre erreur dans le même style qu'hier soir, non seulement on vous retire l'affaire mais vous ne ferez plus partie de l'académie. »

Mackenzie eut l'impression qu'elle venait de recevoir une baffe en pleine figure. « Monsieur, ce n'est… »

« Si vous terminez votre phrase par *pas juste*, je me chargerai de vous renvoyer chez vous *aujourd'hui même*, » dit-il.

Mackenzie se tut et s'efforça de soutenir son regard. Il remit ses lunettes et prit un dossier qui se trouvait sur son bureau. Il le tendit à Bryers, apparemment content de s'en débarrasser.

« En espérant que ça vous aide, » dit McGrath. « Ce sont les résultats du balayage de la clôture de la décharge hier soir. Je les ai reçus il y a moins d'une heure. Il y a une piste assez solide là-dedans. »

Bryers ouvrit le dossier, l'examina et hocha de la tête. « Merci, monsieur. »

McGrath haussa les épaules et tendit ses mains vers eux, paumes vers le haut. « Ne me remerciez pas. J'ai les mains liées pour les prochaines quarante-huit heures. Les vôtres par contre ne le sont pas. Alors je vous suggère de vous mettre au boulot et d'embrayer sur cette piste au plus tôt. »

Bryers se mit tout de suite debout. Mackenzie l'imita et ils sortirent du bureau sans que McGrath n'ajoute un autre mot.

En traversant le hall qui commençait à se remplir du flot habituel de travailleurs, Bryers marchait aussi près d'elle qu'il le pouvait. « Ça va ? » demanda-t-il.

« Oui, » dit-elle.

« Écoute… il a raison. Je n'aurais pas dû te laisser poursuivre ce type. »

« Oublions ça. D'ailleurs, on a trouvé quelque chose à son sujet ? »

« Rien. Il nie avoir offert de l'argent à la fille contre du sexe. Mais le gars est fiché pour menus larcins et rapports sexuels consentants avec des mineures. On pense qu'il fait partie d'un petit réseau de prostitution. Il est possible qu'il essayait de recruter la fille hier soir. »

« Des liens avec Susan Kellerman ? »

« Aucun lien apparent, » dit-il. « Mais une équipe y travaille. »

« Et ce dossier ? » demanda-t-elle, en désignant de la tête le dossier que McGrath venait juste de lui donner.

« On va y jeter un œil tout de suite, » dit-il.

Elle allait presque s'excuser pour la réaction impulsive qu'elle avait eue à la station hier soir mais elle se ravisa. McGrath venait de lui donner deux jours pour aider Bryers à clôturer cette affaire. Sa carrière au Bureau – son futur – était en jeu maintenant.

Elle n'allait pas perdre son temps à s'excuser.

***

Mackenzie examina le dossier que McGrath leur avait donné, pendant que Bryers conduisait. La piste concernait Ronald Staunton, un homme de cinquante-six ans. Il travaillait actuellement en tant qu'installateur de gouttières pour une petite entreprise de construction et avait travaillé précédemment dans de nombreuses autres équipes de construction. Il avait été viré d'au moins trois de ces boulots pour être arrivé soûl au travail. Son casier judiciaire se limitait à une arrestation pour possession de marijuana quinze ans plus tôt et un cas de violence conjugale qui avait été rejeté au tribunal.

Alors qu'elle examinait le dossier, Bryers se mit à parler pour la première fois depuis qu'ils étaient partis. « Il y a une chose qu'il faut se rappeler en tant qu'agent, » dit-il, « c'est qu'on n'est *jamais* trop prudent. Deux précautions valent mieux qu'une et il vaut mieux prévenir que guérir. Personne ne va jamais te reprocher d'être *trop* minutieux. Et c'est pourquoi je ne te blâme pas entièrement pour ce que tu as fait hier soir. Bien sûr, tu as été un peu brusque mais ça arrive de temps en temps. Si les agents du FBI se faisaient taper sur les doigts à chaque fois qu'ils infligeaient une éraflure ou une ecchymose à des suspects durant une poursuite ou une altercation, il n'y aurait *plus* de Bureau du tout. »

« J'ai juste… *agi*, » dit Mackenzie.

« Je sais de quoi tu parles, » dit-il en souriant. « Je me rappelle très bien de cette première année en tant qu'agent. Je ne peux que très bien imaginer ce que tu es occupée à vivre… et même pas encore sortie de l'académie. En tout cas, il me semblait qu'il fallait que je te le dise. On dirait que tout ça t'a empêché de dormir. Tu as l'air fatiguée, Mackenzie. »

« Je le suis, » dit-elle.

« Je ne dors pas toujours très bien non plus, » dit-il. « Dans ce boulot, tu vois des trucs que tu devrais peut-être ne jamais voir. Ça finit par affecter ton sommeil… et jusqu'à ta manière de *vivre*. »

Mackenzie était sur le point de lui demander ce qu'il voulait dire par là. Qu'est-ce qu'il avait vu ou fait durant ces années en tant qu'agent et qui l'avait autant affecté ? Mais elle se tut car il était clair qu'il en avait terminé avec le sujet. Elle vit ça à son regard ferme et à la manière dont il regardait droit devant lui comme si elle n'était pas dans la voiture.

Dix minutes plus tard, juste au moment où l'horloge du tableau de bord indiquait huit heures deux, Bryers gara la voiture le long d'une rue résidentielle. La plupart des gens n'étaient pas encore partis travailler et les rues et les allées étaient remplies de voitures. Alors qu'ils se garaient, Mackenzie vit une femme rentrer dans un vieux tacot à quelques maisons de là où ils se trouvaient. Elle embrassait ses deux enfants pour leur dire au revoir pendant que son mari regardait la scène depuis le porche.

« Il y a quelque chose dans le dossier qui attire ton attention ? » demanda Bryers. Pour l'instant, il avait apparemment décidé de retourner dans son rôle d'instructeur.

« Rien qui permette d'indiquer un soudain intérêt pour l'assassinat de femmes, » répondit-elle. « L'épisode de violence conjugale est un signe mais ça ne mène pas à une accusation pour meurtre. D'après ce que tu m'as dit, je pense que le type d'hier soir à la station correspond davantage au profil. »

« C'est vrai, C'est un coup en l'air, mais... »

« Mais deux précautions valent mieux qu'une, » dit-elle, en répétant ce qu'il lui avait dit plus tôt.

« C'est tout à fait ça. »

Ils sortirent ensemble de la voiture et se dirigèrent vers le trottoir en béton fissuré de Ronald Staunton. Bryers prit les devants et sonna à la porte en veillant à se tenir légèrement devant Mackenzie.

Un chien se mit tout de suite à aboyer à l'intérieur. Mackenzie devina qu'il devait s'agir d'un chien de taille moyenne, probablement âgé. Il n'y avait aucune agressivité dans son aboiement. À peine quelques secondes plus tard, la porte s'ouvrit et un homme d'âge moyen apparut. Il portait un t-shirt blanc et un jean de menuisier. Il tenait une tasse de café à la main pendant que le chien – un croisé labrador et beagle apparemment – continuait à aboyer derrière lui. L'homme regarda bizarrement Mackenzie et Bryers, tout en tenant le chien à distance avec sa jambe droite.

« Il est tôt, » dit l'homme. « Je peux vous aider ? »

« Oui monsieur, » dit Bryers. « Êtes-vous Ronald Staunton ? »

« Oui, c'est moi. Mais en quoi puis-je vous aider ? »

Bryers sortit son badge et ses papiers rapidement, comme dans un tour de magie. « Je suis l'agent Bryers et voici l'agent White, » dit-il. « Nous aimerions vous poser quelques questions. »

Staunton eut l'air vraiment surpris et la réaction que Mackenzie put lire sur son visage au moment où il vit les papiers de Bryers, lui indiquait tout ce qu'elle avait besoin de savoir : ce n'était pas leur type. Mais ce n'était pas à elle de dire quoi que ce soit, alors elle laissa Bryer continuer. Elle n'allait pas lui mettre de nouveau des bâtons dans les roues.

« C'est à quel sujet ? » demanda Staunton.

« Et bien, nous aimerions savoir si vous pourriez nous dire où vous vous trouviez ces derniers jours, » dit Bryers.

« Je suis en état d'arrestation ? » demanda Staunton.

« Non, » dit Bryers. « Nous voulons juste vous poser quelques questions. »

Staunton les regarda d'un air grave durant un instant. Mackenzie vit de la déception dans ses yeux. La manière dont il les regardait était presque déchirante.

« Écoutez, » dit Staunton. « J'ai commis des erreurs dans le passé. J'étais fainéant, paresseux et égoïste. Mais j'ai changé. Je suis sobre depuis sept mois maintenant et j'ai réparé pas mal de choses que je pensais avoir détruites. Cet ancien moi… c'était un connard. Mais ce n'est plus moi maintenant. »

« C'est super, » dit Bryers d'un air sincère. « Il n'empêche que nous avons retrouvé vos empreintes sur la clôture grillagée d'une décharge où deux cadavres ont récemment été abandonnés. Et que nous avons également trouvé une fibre de tissu blanc que nous pensons provenir d'un t-shirt. Des analyses ADN sont en cours mais nous pensons que les résultats nous mèneront jusqu'à vous. »

« Des cadavres ? » dit Staunton, l'air atterré. « Un assassinat ? C'est une blague ? J'ai frappé ma femme il y a six ans dans un acte stupide de soûlard et je me retrouve en tant que suspect d'un meurtre ? »

« Quand vos empreintes sont retrouvées sur la scène où un cadavre a été découvert, oui, ça suffit. »

« Et merde, » dit Staunton, en frappant de la main le chambranle de la porte, dans un geste de frustration. « Vous savez quoi ? Et bien oui, j'ai escaladé de nuit la clôture de la décharge il y a trois jours. Mais c'était pour me débarrasser des pots de peinture pour le type avec lequel je travaille. On ne peut pas les jeter n'importe où à cause des toutes les normes imposées par les environnementalistes qui ont peur que la peinture n'endommage la terre et tout ça. Alors oui… J'ai fait ça. Je l'ai fait plusieurs fois, en fait. »

« Vous avez des preuves ? » demanda Bryers.

« Non, à moins que mon employeur n'avoue le déversement illégal de substances. »

« Pouvons-nous entrer ? » demanda Bryers. « Ça ne devrait pas prendre trop longtemps. »

« Et si je refuse ? » demanda Staunton.

« Monsieur, » dit Mackenzie, se sentant sincèrement désolée pour lui, « il n'y a aucune raison de rendre cette situation plus difficile qu'elle ne l'est. Si vous refusez, nous irons chercher un mandat et nous serons de retour dans quelques heures. La même scène se répétera. Si besoin est, nous irons vous présenter le mandat à votre travail. Ou vous pouvez tout simplement nous inviter à entrer maintenant. »

« OK, » dit Staunton, en faisant un pas sur le côté et en repoussant le chien en arrière au même moment. « Entrez et venez poser vos questions. C'est quand même triste que l'idée que quelqu'un puisse sincèrement changer ne vaille plus rien de nos jours, n'est-ce pas ? »

Mackenzie et Bryers entrèrent en silence car il n'y avait pas grand-chose à dire à ça.

Mackenzie se rendait compte qu'il n'y avait pas grand-chose à faire ici, de toute façon. Un homme coupable, même bon acteur, aurait au moins trahi un peu de peur lors de ce premier contact. Mais Staunton avait l'air sincèrement surpris.

Elle soupira, sachant que ce n'était pas leur homme.

Mais le vrai tueur était toujours là, quelque part.

Et le temps leur était compté.

CHAPITRE HUIT

Sa mère était dans sa chambre et regardait l'un de ses stupides jeux télévisés du matin. La chambre de sa mère se trouvait à l'arrière de la maison, dans le coin le plus éloigné, et le son de sa télé remplissait le reste de la maison comme une explosion silencieuse. Elle riait de temps en temps, un rire qui se transformait en toux sèche et bruyante. Le son de cette toux lui faisait l'effet d'un crissement de craies sur un tableau noir. Il ne la supportait plus. À chaque fois qu'il l'entendait, il ne pensait qu'à une seule chose : pourvu qu'elle meure. Peut-être qu'il aurait finalement le courage de la tuer durant son sommeil – de placer un oreiller sur son visage d'obèse ou de maintenir ses mains sur son nez et sa bouche et la regarder suffoquer.

Mais ça n'avait rien à voir avec le manque de courage. Il avait tout le courage nécessaire. Le problème, c'était qu'il l'aimait. Oui, il aimait beaucoup sa mère. Elle était juste devenue ennuyante et extrêmement gênante la plupart du temps.

C'était une des raisons pour laquelle il était content d'avoir ajouté une vieille annexe miteuse à l'arrière de la maison. Il l'avait construite lui-même. Ça lui avait pris environ deux semaines pour créer le domicile de deux pièces rattaché à l'allée à l'arrière de la maison de sa mère. Déjà à l'âge de vingt-trois ans, il y avait presque vingt ans, ayant terminé ses études et n'ayant pas vraiment de perspectives professionnelles, il avait été conscient que sa mère aurait besoin de lui. Quelqu'un devait s'occuper d'elle et ce n'était pas comme si elle allait se trouver un homme pour partager le reste de sa vie. Elle pesait cent cinquante kilos et elle s'en foutait royalement. Elle pouvait mourir demain, tant que c'était en buvant ses limonades et en mangeant ses tartes à la crème d'avoine, elle n'en avait rien à foutre de son propre décès.

Il venait de terminer de nettoyer le salon et se préparait à retourner dans sa petite demeure à l'arrière, où il allait probablement passer quelques heures en ligne à ne rien faire du tout, quand il vit du mouvement à travers les persiennes du salon. Il jeta un coup d'œil entre les lattes des persiennes et vit un homme remonter l'allée devant chez eux. Il portait un grand livre sous son bras et était vêtu d'une chemise à boutons et à manches courtes et d'une paire de pantalon kaki. Les lunettes qu'il portait amaigrissaient beaucoup son visage.

« Hé, maman ! » cria-t-il.

Il n'entendit aucune réponse, juste le beuglement de la télé venant de la chambre de sa mère. Il s'avança rapidement dans le hall et se dirigea vers la pièce où elle se trouvait.

« Maman ! »

Un instant plus tard, le son de la télé s'interrompit. Ils s'adonnaient à ce genre d'échanges plusieurs fois par jour, Il savait qu'elle avait mis son émission en sourdine et que ça l'ennuyait probablement très fort. Puis sa voix lui parvint à travers les murs fins. C'était une voix épaisse et déformée, le son d'une bête paresseuse.

« Quoi ? » beugla-t-elle.

« Tu as pris un rendez-vous avec un autre de ces représentants pour aujourd'hui ? »

Il y eut un moment de silence durant lequel elle réfléchit à la question, puis elle répondit : « C'est pour samedi ! Je n'attends personne aujourd'hui ! »

Sa mère avait tendance à prendre régulièrement des rendez-vous avec des représentants. C'était la raison pour laquelle ils avaient plus de couteaux de cuisine qu'ils n'en avaient vraiment besoin. C'est également la raison pour laquelle sa mère avait des tonnes de maquillage, de shakes et d'arnaques pour perdre du poids, empilés dans les armoires et qui n'avaient été utilisés qu'une seule fois, si pas du tout. Cette femme n'avait pas de vie et détestait sortir de chez elle. *Pas besoin de sortir de sa maison quand il est possible de faire venir les autres chez soi*, lui avait-elle dit à plusieurs reprises.

Il était assez d'accord… mais pas vraiment dans le cadre du shopping.

« OK, » beugla-t-il en retour.

Le son de son jeu télévisé remplit à nouveau la maison. Il serra les poings. Non seulement elle se laissait lentement mourir mais cette connasse perdait aussi l'ouïe, apparemment.

Quelques instants plus tard, l'homme qu'il avait vu remonter l'allée devant chez eux, sonna à la porte d'entrée. Ne souhaitant pas avoir l'air trop excité, il attendit un instant avant de répondre. Il sentit les battements de son coeur s'accélérer, ses paumes devenir moites et le début d'une érection dans son pantalon.

Il s'avança lentement en direction de la porte d'entrée. Il l'ouvrit, en prenant son air le plus désintéressé. Il était important d'avoir un air qui convenait parfaitement à la situation. Il ne voulait pas non plus avoir l'air *trop* désintéressé. Il fallait qu'ils pensent qu'ils avaient une chance de lui vendre ce qu'ils cherchaient à lui refiler. Maintenant que le représentant était à sa porte, il vit qu'il ne portait pas un livre sous son bras mais un grand classeur. Le nom de l'entreprise était indiqué sur la tranche : ENTRETIEN PELOUSE ÉQUIPE VERTE.

« Bonjour, » dit l'homme aux lunettes. « Je m'appelle Trevor Simms et je suis l'un des techniciens de l'entreprise L'Équipe Verte. Avez-vous déjà entendu parler de nous ? »

« Non, jamais, » répondit-il.

« Et bien, ce que nous faisons, » dit Trevor, « c'est de veiller à ce que votre pelouse soit la mieux entretenue possible à moindres coûts. Maintenant, j'ai observé quelques zones à rafraîchir devant chez vous et nous pouvons nous en occuper pour vous. Il y a aussi beaucoup de mauvaises herbes sur les côtés et… »

« Permettez-moi de vous interrompre, Trevor, » dit-il. « En vivant dans ce genre de quartier, vous pensez vraiment que je peux me permettre de payer quelqu'un pour s'occuper de mon jardin ? Dépenser de l'argent pour l'entretien de ma pelouse n'est pas vraiment ma priorité. »

Trevor poursuivit son discours de manière imperturbable. « Oh, je vous comprends très bien, croyez-moi ! Mais vous seriez vraiment surpris de voir ce que vous pourriez faire avec nos tarifs pour avoir une pelouse impeccable. »

Il attendit un instant avant de répondre. Il fit même un effort pour faire semblant de regarder la pelouse défraîchie par-dessus l'épaule de Trevor Simms.. « Allez OK, » dit-il. « Entrez… Trevor, c'est ça ? »

« C'est ça, » dit Trevor, en rentrant dans la maison. « Vous prenez une très bonne décision. »

« Oh, je n'ai encore rien décidé, » dit-il.

Il entendit la télé beugler à travers les murs. Le son était presqu'aussi fort que celui des voix qu'il entendait parfois la nuit… les voix au pied de son lit. Il avait l'impression de les entendre maintenant, à travers le bruit assourdissant des émissions télévisées de sa mère. Il sentit un mal de tête familier arriver et il sut ce qu'il devait faire afin de le faire disparaître.

À ce moment, il avait effectivement *pris* une décision mais ça n'avait rien à voir avec l'entretien d'une pelouse. En fait, il pensait déjà à fourrer cet imbécile dans l'espace confiné dans l'annexe derrière la maison de sa mère.

« Asseyez-vous, Trevor, » dit-il, en fermant la porte derrière eux. « Ayons une discussion, vous et moi. »

CHAPITRE NEUF

Cet après-midi là, Mackenzie se dirigeait lentement vers un bar appelé le Perchoir de Red. Elle n'y était allée qu'une seule fois, durant sa première semaine à Quantico, où elle avait tristement siroté un mojito toute seule. Maintenant, elle regardait cet endroit avec une nouvelle forme d'appréhension – un sentiment de gêne qu'elle savait qu'elle devrait écouter mais contre lequel elle luttait sans en savoir très bien la raison.

Elle entra dans le bar, passa devant l'hôtesse d'accueil avec un petit sourire et un signe de la main, et se dirigea directement vers le bar. Quand elle vit Ellington, son sentiment de gêne se fit encore plus présent et plus insistant. Elle ne devrait pas être là. Elle ne devrait pas faire ça. Bien qu'Ellington ait insisté sur le fait que ce rendez-vous avait pour seul but de parler boulot et qu'elle en soit également *totalement* convaincue, elle avait quand même l'impression qu'elle ne devrait pas le retrouver ici.

Il lui fit un signe de la main et lui indiqua le siège à côté de lui. Elle traversa l'endroit, contente de voir que le bar était assez rempli. Il n'y avait absolument aucune chance que ce rendez-vous se transforme en quelque chose d'intime ou d'inapproprié.

Arrête d'en faire une montagne, pensa-t-elle au moment où elle s'assit à côté d'Ellington. *Il ne te voit pas comme ça. Tu es juste cette pauvre fille du Nebraska qu'il essaye d'aider à prendre confiance en elle. Pourquoi tu t'efforces de tout gâcher ?*

Elle n'en avait aucune idée. Mais ce qu'elle *savait* par contre, c'était qu'elle était nerveuse à chaque fois qu'elle le voyait Elle se sentait décontenancée mais en même temps enthousiaste comme une adolescente.

« Une dure journée ? » demanda-t-il.

« J'en ai déjà eu de meilleures, » dit-elle. « Merci de m'avoir prévenue concernant la réunion avec McGrath. »

« Pas de problèmes. J'ai entendu parler de cet accord de merde, Quarante-huit heures, hein ? »

« En fait, techniquement, il ne me reste plus que trente-huit heures. Alors… sans vouloir paraître grossière, peut-on directement aller au but et parler de la raison pour laquelle tu m'as demandé de venir ici ? »

Une serveuse s'approcha et interrompit leur échange. Ils commandèrent leurs boissons (une bière brune pour Ellington et un martini pour elle) et elle attendit qu'Ellington démarre la conversation. C'était lui qui avait demandé pour qu'ils prennent un verre, alors elle n'était pas venue pour faire de la papote – spécialement pas quand sa carrière était en jeu avec chaque minute qui passait. Elle avait senti qu'Ellington n'était pas non plus fan des conversations superficielles et c'était une chose qu'elle appréciait à son sujet.

« Bon, » dit-il finalement, « tes camarades de l'académie ont fini par entendre parler de ton recrutement pour cette affaire. »

« Comment en ont-ils entendu parler ? » demanda-t-elle.

« Aucune idée. Mais même au sein du FBI, les rumeurs vont bon train. Cependant, personne n'était au courant de ce recrutement à part Bryers, toi, moi et les directeurs adjoints. Peut-être que quelqu'un a entendu une partie de notre conversation au moment où on a pris un café et qu'on t'a fait notre proposition. »

« Alors tout le monde est fâché sur moi maintenant ? » demanda Mackenzie.

« Fâché ? Non, Jaloux… peut-être. Mais ton passé est également acclamé parmi tes camarades. Je pense qu'ils comprennent. Mais bon… tout comme les rumeurs, la jalousie est aussi une triste réalité à laquelle il faut faire face au moment de te faire ta place au sein du Bureau. Je ne pense pas que qui que ce soit soit au courant de l'échéance ridicule que McGrath t'ait imposée, par contre. »

« Alors je me retrouve dans une ambiance de lycée, de rumeurs de cour de récré, c'est ça ? »

Ellington lui sourit d'un air narquois. « C'est pire que de là où tu viens ? »

Elle pensa à Porter et à Nelson au Nebraska. Bien que Porter ait changé d'opinion à son sujet avant qu'elle ne parte, toute cette expérience lui avait laissé un mauvais goût en bouche. « Touché, » dit-elle, puis elle but une gorgée de son martini.

« Mais en parlant de là d'où tu viens, » dit Ellington, « j'admets que je ne suis ici qu'en tant qu'ami. »

« Ah bon ? » demanda-t-elle.

« Oui. Les directeurs essayent d'y voir clair. Ils se demandent si cette expérience n'était pas une erreur. Ils se demandent si tu as suivi une évaluation psychologique appropriée. Après l'affaire du tueur épouvantail, tu es considérée une personne *à risque* en ce qui concerne ta santé mentale. »

Elle ravala un sourire. Elle *avait* vu un psy durant ses deux premières semaines à Quantico – deux sessions très brèves qui avaient été recommandées par Ellington et par l'assistant du directeur. Mais les sessions n'étaient pas obligatoires et elle les avait abandonnées après deux semaines. Elle voulait concentrer toute son attention sur l'académie et son bien-être psychologique était passé au second plan.

« Je vais bien, » dit-elle. « Pas d'idées noires et pas de cauchemars. » Au moment où elle prononça le mot *cauchemars*, son sang se glaça dans ses veines. L'image du tueur épouvantail dans le jardin devant la maison de son enfance et les bras en décomposition de son père lui apparurent tel un flash, puis disparurent aussi rapidement.

« Est-ce que tu me le dirais, si c'était le cas ? » demanda-t-il.

« Non. »

« Et bien, au moins, tu es honnête. Mais écoute… si tu as l'impression qu'on t'a jeté à la mer sans même te demander si tu savais nager, il faut que tu me le dises maintenant et ne pas atttendre. »

« Je vais bien, Ellington. Et d'ailleurs, dans trente-huit heures, tout pourrait être terminé de toute façon. »

Il lui sourit et ils se regardèrent dans les yeux durant un instant. Elle détourna le regard, se rappelant qu'il était marié et qu'il avait déjà décliné ses avances dans le passé.

« Ne lui dis pas que je te l'ai dit, » dit Ellington, « mais Bryers pense que tu es épatante. Il faisait l'éloge de ton dossier avant même de te rencontrer. Il est nerveux car il a une grosse responsabilité mais il est content de t'avoir à ses côtés. »

Mackenzie ne savait pas trop comment répondre, alors elle se contenta d'avaler une autre gorgée de son verre. L'alcool descendait bien et elle ne put s'empêcher de se demander ce qu'il arriverait si elle restait là avec cet homme et qu'elle finissait à nouveau soûle. Peut-être que cette fois, le résultat serait différent.

Ça ne change pas le fait qu'il soit marié, pensa-t-elle.

« D'ailleurs, c'est quoi le problème avec Bryers ? » demanda Mackenzie.

« De quoi tu veux parler ? »

« Et bien, il me pose beaucoup de questions sur mon passé et tant mieux, ça veut dire qu'il est intéressé. Mais quand je lui pose la plus petite question concernant son passé, il se referme comme une huître. »

Bryers hocha de la tête. « Oui, c'est Bryers. Je le connais depuis six ans maintenant et il est assez renfermé. Je n'ai pas trop insisté sur le sujet, mais j'ai entendu dire qu'il avait été sur une affaire qui l'avait un peu fichu en l'air. C'était une affaire de kidnapping qui a mal tourné. Il a dû prendre quelques vacances. Alors.. n'insiste pas de trop non plus. »

« Non, je n'insisterai pas. »

Le silence s'installa de nouveau entre eux et Mackenzie était consciente de la manière qu'il avait de la regarder. Ça n'avait rien à voir avec le court moment qu'ils avaient passé ensemble au Nebraska. C'était la même manière de la regarder qu'avait eue Zack au début où ils commençaient à sortir ensemble – un regard qui n'avait fait que s'affaiblir au fur et à mesure de leur relation.

Harry Dougan la regardait parfois aussi de cette manière. Elle se demanda ce qu'il penserait s'il savait qu'elle était occupée à prendre un verre avec Ellington.

« Comment vont les choses de ton côté ? » demanda-t-elle.

« Ça va. Je dirige ce groupe de travail ciblé sur la lutte antiterroriste au niveau national. C'est un peu un travail de bureau, tu sais. Mais c'est prenant. Je fais des semaines de quatre-vingts heures depuis un mois. »

« Ça a l'air super intéressant. »

« Ça l'est mais c'est aussi super fatigant. Ça a aussi tendance à énerver les conjointes. »

« J'imagine. »

Elle remarqua qu'il faisait tourner son alliance autour de son index. Il ouvrit la bouche pour ajouter quelque chose, puis il eut l'air de se raviser.

« Qu'est-ce que tu allais dire ? » demanda-t-elle.

« Rien que tu n'aies envie d'entendre, » dit Ellington.

« Probablement pas, » dit Mackenzie. « Mais je t'ai quand même posé la question, non ? »

Il hésita durant un long moment, en buvant une large gorgée de sa bière. Lorsqu'il la reposa, son ton avait changé. « Ce boulot, » dit-il. « C'est vraiment prenant, gratifiant et excitant. Mais si tu prenais cinq personnes mariées au hasard – homme ou femme – du Bureau, je peux te garantir qu'au moins trois d'entre eux ont des problèmes avec leur conjoint ou ont divorcé au moins une fois. Tu es marié avec ce job. Ça devient ta raison de vivre, tu vois ? »

Elle hocha de la tête. Elle avait entendu ce discours auparavant, entre autre durant le cours d'introduction qu'elle avait suivi lors de son arrivée à Quantico. C'était peut-être la raison pour laquelle ce boulot l'attirait autant. Il prenait la place de tout type de relations avec des gens.

« Ma femme en a marre, » dit-il. « Si ce n'était pour notre enfant, je suis sûr qu'elle serait déjà partie. »

Un million de phrases cliché vinrent à l'esprit de Mackenzie mais elle finit par dire « je suis désolée d'entendre ça. »

« Le pire de tout, c'est que si elle me *forçait* à choisir entre elle et le boulot, elle ferait rapidement ses valises. Ça me tue de l'admettre mais c'est la vérité. »

Le silence s'installa de nouveau entre eux. La situation était devenue gênante et elle devina qu'Ellington se doutait qu'il était probablement allé trop loin. Mackenzie commença à chercher des excuses pour s'en aller, n'importe quelle raison pour s'éloigner d'une situation qu'elle n'était pas sûre d'être capable de maîtriser si elle allait trop loin. Mais elle n'eut finalement aucun besoin de trouver une excuse. Son téléphone se mit à sonner et elle décrocha directement. Elle décocha un regard d'excuse à Ellington au moment où elle répondait.

« Allô ? » dit-elle.

« Salut, » dit la voix de Bryers de l'autre côté du fil. Il avait l'air d'humeur sombre et réservée. Elle se demanda, de façon un peu égoïste, si McGrath avait réussi à convaincre les autres directeurs de la renvoyer de l'affaire tout de suite au lieu d'attendre encore deux jours.

« On a une troisième victime. »

Le cœur de Mackenzie se mit à battre la chamade et elle entendit à peine Bryers quand il lui donna des indications pour se rendre à la nouvelle décharge. Elle se sentit envahie par un sentiment de culpabilité de n'avoir pas pu arrêter le tueur à temps. Elle savait que c'était trop rapide pour trois victimes. Les enjeux avaient augmenté de manière dramatique et tout était sur le point de changer.

Elle se leva de table, jeta un œil à Ellington et finit son verre.

« Un autre corps ? » devina-t-il.

Elle hocha de la tête, d'un regard sombre.

« J'espère que les choses vont s'arranger avec ta femme. Mais je pense qu'entre-temps tu ne devrais pas aller boire un verre avec la nouvelle recrue féminine qui t'a fait un jour des avances au Nebraska. »

Il hocha de la tête, d'un air lugubre.

« Oui, probablement pas. »

Sur ces mots, Mackenzie s'éloigna et se dirigea vers la sortie, où la nuit avait l'air plus sombre depuis qu'elle avait reçu le coup de fil de Bryers.

CHAPITRE DIX

Quand Mackenzie arriva à la décharge, une petite équipe d'agents était déjà présente sur les lieux. Ils avaient bloqué l'accès à la décharge, bien qu'on soit déjà en dehors des heures d'ouverture. Derrière les deux voitures et l'agent qui bloquaient l'entrée, une équipe installait des projecteurs miniatures pour éclairer les lieux.

Elle se gara au barrage de voiture. Un jeune agent s'avança vers elle et elle descendit sa vitre. Quand il jeta un œil vers elle, elle devina tout de suite qu'il était nouveau. Tous les nouveaux agents avaient un air de faux-dur, comme s'ils s'efforçaient un peu de trop.

Mon Dieu, faites que je ne devienne pas comme ces types, pensa-t-elle.

« Madame, l'accès à cette décharge est actuellement restreint, » dit l'agent.

« Je sais, » dit Mackenzie. « Je suis Mackenzie White. L'agent Bryers a dû vous prévenir de mon arrivée. »

L'agent hocha de la tête et lui décocha un rapide sourire. Elle crut y voir l'ombre d'un ressentiment. « De fait, il a appelé. Je peux voir vos papiers ? »

Elle se rendit soudain compte que les seuls papiers qu'elle pouvait présenter, étaient son permis de conduire et sa carte d'admission à l'académie. Elle montra les deux documents à l'agent, en ayant le sentiment désagréable d'être une vraie débutante pour ne pas être capable de montrer un vrai badge ou, au moins, une carte d'identification temporaire ou quelque chose dans le genre. Satisfait, l'agent lui permit de garer sa voiture. Elle en sortit et traversa la légère inclinaison en direction du terrain plat où les projecteurs avaient été installés.

Au moment où elle s'avança, elle entendit l'agent derrière elle parler dans la radio qu'il tenait en main. « Mackenzie White est arrivée sur les lieux. »

Suite à ça, toutes les silhouettes qui se trouvaient devant elle dans la lueur des projecteurs et sur les bords de la décharge tournèrent la tête vers elle. Elle eut l'impression d'être un insecte observé au microscope alors qu'elle s'approchait des bennes à ordures et se demandait si elle n'aurait pas mieux fait d'attendre Bryers avant de sortir de voiture.

Il y avait cinq énormes bennes vertes à ordures placées au bord de la grande rampe pavée, un peu comme dans la dernière décharge. Il était facile de jeter un oeil dedans, vu que le fond était encastré dans le bitume et placé sur le sol près de la route menant à la sortie de la décharge. Mackenzie regarda attentivement dans chacune d'entre elles.

Elle vit le cadavre dans la troisième poubelle. Il était nu et gisait sur le côté. Les poils sur ses jambes ne laissaient aucun doute quant au sexe de la victime : il s'agissait d'un homme. De là où elle se trouvait, elle ne pouvait rien voir qui lui permette de déduire la cause du décès. Elle se retourna vers les hommes qui installaient les projecteurs et était sur le point de leur demander quand elle vit des phares de voiture s'approcher. D'autres suivaient, juste derrière.

Elle descendit la petite rampe, retraversa le barrage et regarda les véhicules se garer. Il y en avait trois au total : deux sedans et une SUV. Elle étaient toutes munies d'immatriculations gouvernementales.

Bryers sortit de la première voiture et se dirigea rapidement vers elle. « Désolé, je suis en retard, » dit-il. « J'ai dû me démener pour sortir du bureau et rassembler cette équipe. » Il pointa du doigt par-dessus son épaule en terminant sa phrase.

« Pas de problèmes, » dit-elle.

« Tu as vu le corps ? »

« Oui, il est dans la poubelle du milieu. »

Bryers réfléchit durant un instant, puis la regarda d'un air sincère. Derrière lui, plusieurs personnes descendaient du SUV et des autres voitures. Ils se parlaient à voix basse et se déplaçaient dans l'obscurité de manière efficace.

« Écoute, » dit Bryers. « Les événements vont se précipiter durant la prochaine demi-heure. Je veux que tu restes ici mais je veux aussi que tu restes un peu en retrait. Observe attentivement et enregistre mentalement tout ce que tu vois. Si tu remarques que quelqu'un passe à côté de quelque chose, ne le dis pas tout de suite. Quand le corps sera enlevé et que la foule se sera dispersée, fais-moi part de toutes tes questions ou commentaires. Ça te va ? »

« Oui, bien sûr. Je peux faire ça. » Elle était contente de voir que la colère qu'il avait eue hier envers elle avait complètement disparu. Il redevenait un partenaire – et même une sorte de mentor.

« Super, » dit-il, en regardant en direction de la rampe vers l'endroit où les projecteurs étaient maintenant installés et illuminaient la scène de crime. « Tu es prête ? »

Elle se contenta de hocher la tête en le suivant et en remontant la rampe en direction des bennes à ordures.

Le médecin légiste arriva dix minutes plus tard. À ce moment-là, deux agents avaient déjà escaladé la poubelle et se trouvaient à proximité du cadavre afin de l'examiner. Mackenzie obéissait aux instructions de Bryers, elle restait en retrait de l'agitation et observait. Elle entendit la plupart des conversations et enregistra mentalement plusieurs fragments d'informations.

Une grande marque bleue était visible au milieu du torse de l'homme, c'était probablement un hématome – signifiant qu'il avait été violemment frappé à cet endroit.

Il y avait d'autres bleus et une seule blessure au couteau le long de son ventre, mais avec très peu de sang. La plupart de ses ongles étaient arrachés et de nombreuses égratignures et éraflures étaient visibles le long de ses doigts. Il avait un tatouage sur la partie supérieure de son dos, le long de l'épaule droite, qui représentait un petit dragon.

L'homme fut sorti de la poubelle quelques instants plus tard et allongé sur une civière. Avant que le médecin légiste n'emmène le corps, Bryers intervint. « Hé les gars, vous pouvez me laisser deux minutes avant de retirer le corps ? »

Les hommes hochèrent de la tête, contents de s'éloigner de la lueur trop vive des petits projecteurs. Bryers regarda en direction de Mackenzie et lui fit signe de s'approcher. Elle s'approcha rapidement, en oubliant le fait qu'elle n'avait encore jamais vu un cadavre d'homme d'aussi près. Avec le tueur épouvantail, elle s'était trouvée confrontée à trois femmes mortes mais c'était le premier cadavre d'homme nu qu'elle allait examiner.

« Examine-le, » dit Bryers. « Ne touche à rien. Observe-le et dis-moi ce que tu vois. »

Elle se pencha pour mieux examiner le corps. Bryers lui tendit une petite torche Maglite et recula d'un pas pour lui laisser de la place. Le silence s'installa dans la décharge mais elle ne s'en rendit pas vraiment compte. Elle était dans cet état de concentration qu'elle n'expérimentait que lorsqu'elle était complètement absorbée par son travail.

« Je suppose la présence d'un traumatisme contondant à la poitrine, » dit-elle. « L'état de ses mains et de ses doigts – y compris les ongles arrachés – indique qu'il était probablement emprisonné avant d'être tué. De la terre est visible sous ses ongles – de couleur pâle. Il s'agit de terre meuble, non tassée. » Elle se pencha plus près et examina les lacérations de ses doigts. « Il devait y avoir aussi une sorte de surface rugueuse. Du bois peut-être. »

Elle continua à l'examiner et arriva au niveau des genoux. « De légères abrasions au niveau des genoux, un peu comme des brûlures causées par le frottement contre un tapis ou peut-être contre le même matériau qui a abîmé ses ongles. La rougeur autour de la zone indique que c'est récent. Pas plus d'un jour et demi. Il se tenait à genoux à un certain moment de ces dernières trente-six heures, peut-être qu'il rampait. »

Elle se tourna vers Bryers et vit qu'il hochait de la tête avec enthousiasme. « Vas-y, continue. »

Elle ne pensait pas découvrir autre chose jusqu'à ce qu'elle soit sur le point d'abandonner. La pression qu'elle ressentait par le fait que tout le monde l'observe ajoutait encore à la tension ambiante et elle avait l'impression qu'elle devait trouver quelque chose. Quant elle arriva au niveau de la tête de l'homme, elle remarqua quelque chose qu'elle avait précédemment ignoré en pensant qu'il s'agissait d'un déchet. Elle se pencha en avant et observa la substance qui se trouvait dans les cheveux de l'homme.

« Quelqu'un a un stylo ou un truc dans le genre ? » demanda-t-elle.

Bryers apparut à ses côtés et lui tendit un stylo. Elle l'utilisa pour séparer délicatement les cheveux de l'homme. La substance présente dans ses cheveux ressemblait à de la poudre mais dans la lumière des projecteurs, elle se révéla être toute autre.

« Qu'est-ce que c'est ? » demanda quelqu'un derrière elle. Apparemment, c'était quelque chose qu'ils n'avaient pas remarqué.

« Juste un déchet provenant de la poubelle, » répondit quelqu'un, sur un ton méprisant.

« Non, » dit Mackenzie. « C'est duveteux. On dirait… une sorte d'isolant. » À l'aide du stylo, elle gratta un petit morceau de la substance de la tête de l'homme, le fit tomber au sol et le ramassa. Elle le fit rouler entre ses doigts et hocha de la tête. « Oui… de l'isolant. »

Elle le tendit à Bryer et il eut l'air ravi lorsqu'il le prit. Bien que ce soit une réaction enfantine, elle espéra que c'était dû au fait que sa découverte l'ait impressionné.

Mackenzie continua à examiner les cheveux de l'homme et des connexions commencèrent à prendre forme dans son esprit. Elle remarqua davantage de terre rose pâle dans ses cheveux, la même terre qu'elle avait observée sous ses ongles. Elle remarqua également une petite entaille en sang dissimulée sous ses cheveux. Elle écarta les cheveux avec le stylo et se pencha en arrière afin de permettre aux autres personnes présentes de voir ce qu'elle voulait leur montrer.

« Une petite entaille ici, » dit-elle. « Encore à vif, alors définitivement assez récente, comme les autres blessures légères retrouvées sur son corps. Environ deux centimètres et demi de diamètre, mais assez profond. Aspect accidentel, non intentionnel. »

Elle rendit le stylo à Bryers qui le jeta immédiatement dans une poubelle à proximité. Lorsqu'elle se releva après avoir terminé son examen, le corps fut retiré de la décharge et emmené jusqu'au véhicule du médecin légiste.

Le groupe d'agents se dispersa et s'éloigna aussi rapidement qu'il était arrivé. Bryers par contre n'avait pas l'air d'être pressé. Alors qu'ils se dirigeaient vers leurs voitures, il regarda en direction de l'autoroute, qui se trouvait à environ trois cents mètres de la sortie de la décharge. À distance, le va-et-vient des phares ressemblait au mouvement de petits insectes.

« C'était impressionnant, » dit Bryers. « Si tu n'avais pas remarqué cette entaille à la tête, on n'en aurait rien su jusqu'à ce que le corps se retrouve sur la table du médecin légiste. »

« Je ne vois pas vraiment en quoi cette si petite découverte pourrait nous faire avancer, par contre. »

« Franchement, pour l'instant, cette simple découverte ne nous apportera probablement pas grand-chose. Mais qu'est-ce que tu penses que ça signifie ? »

Elle hésita durant un instant, ayant peur de se tromper. Mais en même temps, son instinct lui disait qu'elle avait raison, qu'elle n'était pas loin de la vérité, assez proche en tout cas pour limiter leurs efforts de recherche.

« La crasse dans les cheveux et les genoux légèrement abîmés indiquent qu'il a rampé. Ajoute à ça l'état épouvantable de ses mains et on peut affirmer que non seulement il rampait mais qu'il essayait également de s'échapper… probablement d'un endroit où il avait l'impression qu'il avait une chance de s'enfuir. Ce qui me fait penser qu'il devait être enfermé quelque part avant d'être amené ici – peut-être dans une cage à l'extérieur, une niche ou quelque chose du genre. »

« OK, » dit Bryers. « Mais si c'est le cas, qu'est-ce que tu penses de l'entaille accidentelle au niveau de la tête ? »

« Et bien, » dit-elle, réfléchissant maintenant à haute voix. « S'il était à quatre pattes, qu'il rampait et qu'il essayait de sortir d'un endroit, je pense que cette entaille a dû être causée par quelque chose qui se trouvait au-dessus de sa tête. Probablement par un clou. On peut donc imaginer un plafond très bas. »

« Alors tu penses plutôt à une cage ? » demanda Bryers.

« Ou une sorte de boîte. »

Le silence s'installa entre eux alors qu'ils y réfléchissaient. Ils pouvaient entendre le bruit assourdi des voitures circulant sur l'autoroute de l'autre côté de la décharge.

« Peut-être pas une *boîte* proprement dite, » dit Bryers. « Peut-être qu'il s'agit d'une coupe dans un plancher. Peut-être un vide sanitaire, une sorte de cagibi. »

« Peut-être, » dit Mackenzie, en pensant qu'il avait certainement raison.

« Bon, la nuit est loin d'être terminée, » dit Bryers. « Le corps sera identifié dans moins d'une heure. Après ça, la famille sera informée et il faudra qu'on aille leur parler. Tu es d'accord de t'en charger ? Ce sera mon tour de rester en retrait et d'observer. »

« OK, je m'en charge, » dit-elle.

« Maintenant, vu que tu as de moins en moins de temps devant toi pour clore cette affaire, à ton avis, quelles sont les prochaines étapes à suivre ? On peut soit retourner au quartier général et prétendre aider à la paperasserie, soit se prendre un hamburger dans cet endroit sympa tout près d'ici. »

Aucune de ces deux options n'était vraiment très productive, bien que l'idée de réexaminer la paperasserie à la recherche d'indices sur la nature même du tueur lui plaise assez bien. Mais elle savait aussi qu'on lui avait offert une opportunité en or et qu'elle n'avait plus beaucoup de temps devant elle. Rester à proximité de la scène du crime finirait sûrement par jouer en leur faveur.

« J'aimerais rester dans le coin, » dit-elle. « Voir si on peut trouver quoi que ce soit d'autre d'intéressant. »

« OK, » dit-il.

Derrière eux, les autres agents avaient terminé de remballer et étaient sur le point de quitter les lieux. C'était un dur rappel de la rapidité avec laquelle les événements s'enchaînaient dans des affaires comme celle-ci. Quinze minutes plus tôt, la décharge était innondée de lumière de projecteurs et remplie d'agents du gouvernement. Et maintenant elle était étrangement calme et envahie par l'obscurité.

En y réfléchissant, Mackenzie se rendit compte qu'il fallait aussi qu'elle agisse rapidement. La vitesse et la précison dont elle ferait preuve dans les prochains jours seraient décisives pour son futur.

CHAPITRE ONZE

Mackenzie ne ratissait le site que depuis dix minutes quand Bryers reçut un appel. Non seulement le cadavre avait été identifié comme Trevor Simms, père de deux enfants et marié depuis dix ans, mais la famille avait déjà été informée. Ils étaient anéantis par la nouvelle mais ils avaient également envie de parler au plus vite avec quelqu'un qui pourrait découvrir ce qui s'était passé.

Ils prirent la voiture de Bryers. Mackenzie s'assit derrière le volant et démarra en direction de la maison des Simms. Durant le trajet de quinze minutes vers le Sud de Quantico, Bryers s'occupa de quelques emails et d'appels téléphoniques au sujet de l'enquête. Au moment où ils s'approchaient de la maison des Simms, ils avaient reçu davantage d'informations, bribe par bribe. Des connexions commencèrent à se former dans l'esprit de Mackenzie et elle commença à discerner une sorte d'idée générale dans ce chaos.

« Ok, alors, voilà où on en est, » dit Bryers, en survolant le dernier email qu'il avait reçu. « Trevor Simms, trente et un ans, marié et deux enfants. Il était copropriétaire d'une petite entreprise d'entretien de pelouse, qui avait engrangé un revenu net de moins de quarante mille dollars l'année dernière. Un type du genre intègre, on dirait. Il entraînait l'équipe de softball de sa fille et tondait la pelouse de son église tous les samedis après-midis. Sa femme, Collette, trente-trois ans, est infirmière à l'hôpital Stafford. Aucun d'eux n'a de casier judiciaire et on dirait même que Trevor ait été pompier bénévole durant plusieurs années. »

« Donc, aucun ennemi, » dit Mackenzie.

« On ne dirait pas. Ce qui me fait penser que ce type choisit ses victimes au hasard. »

« Ça nous rend la tâche bien plus difficile, du coup. » dit Mackenzie.

« Oui. Dans neuf cas sur dix, si tu découvres le mobile, tu peux pincer le tueur en moins d'une semaine. Mais sans mobile ou raisonnement, ça devient un jeu de devinettes. »

Mackenzie détestait les devinettes. En fait, elle détestait toute sorte de jeux qui impliquaient des devinettes. Elle avait besoin de logique et de faits concrets. Alors, pour elle, obtenir aussi rapidement des informations aussi détaillées sur la victime faisait qu'ils étaient bien plus productifs que Bryers n'avait l'air de le croire.

Ils arrivèrent à la maison des Simms huit minutes plus tard, à vingt-deux heures dix-huit. Il n'y avait aucune présence policière et Mackenzie se demanda s'ils étaient les premières personnes à parler avec l'épouse, exception faite de l'officier ou de l'agent qui avait dû s'acquitter de la douloureuse tâche de lui annoncer que son mari était mort. Elle s'était retrouvée quelques fois dans cette situation alors qu'elle travaillait pour la police et elle savait que c'était très dur émotionnellement.

Ils sortirent de voiture et se dirigèrent vers le porche devant la jolie petite maison à un étage de la famille Simms. Le revêtement avait besoin d'un bon nettoyage et la peinture se fissurait, Quelques jouets étaient éparpillés sur le porche où se trouvaient également deux fauteuils à bascule. C'était un endroit rustique et charmant – le type de maison où vivait un couple qui payait probablement ses factures à temps mais avec très peu d'argent extra pour finir le reste du mois.

Elle sonna à la porte, prenant les devants comme Bryers l'avait suggéré plus tôt. Ils entendirent tout de suite les bruits de pas de quelqu'un qui se précipitait vers la porte d'entrée. Quelques secondes plus tard, une femme blonde d'environ trente ans ouvrit. Ses yeux étaient rouges et gonflés et elle avait l'air épuisée – physiquement et émotionnellement. Mackenzie se demanda combien de temps s'était écoulé entre la visite du policier l'informant de la mort de son mari et la visite de deux agents venant lui poser des questions. Sûrement pas plus de trois heures.

Mackenzie attribua à Collette Simms tout le mérite du monde. Elle faisait tout ce qui était en son pouvoir pour avoir l'air de tenir le coup au moment où elle les salua. Mackenzie se demanda si elle saisissait réellement l'ampleur de ce qui s'était passé.

« Vous êtes les agents ? » demanda-t-elle. Sa voix était rauque d'avoir crié et pleuré.

« Oui, » dit Mackenzie. « Je suis l'agent White et voici l'agent Bryers. Nous apprécions vraiment que vous consacriez un peu de temps pour parler avec nous. »

Colette hocha la tête et ravala ses larmes. « L'agent avec lequel j'ai parlé au téléphone m'a dit que le plus tôt vous pourriez me parler, le plus de chances nous aurions de découvrir quelque chose concernant la personne qui aurait pu le t---t---tuer. »

Au moment où elle eut à énoncer à voix haute que son mari avait été assassiné, elle éclata en pleurs. Elle s'appuya contre le mur et laissa échapper un sanglot. Mackenzie n'hésita pas un instant. Elle ne chercha même pas à obtenir l'approbation de Bryers. Elle fit un pas en avant et plaça un bras réconfortant autour des épaules de Colette Simms.

Elle ne dit rien et laissa Collette s'effondrer dans ses bras et pleurer de tout son soûl. Mackenzie jeta un coup d'œil en direction de Bryers qui hocha de la tête. Il avait l'air un peu mal à l'aise mais il finit par entrer dans la maison. Il ferma doucement la porte derrière lui et les contourna pour s'avancer dans le vestibule.

« Je suis… Je suis vraiment désolée, » dit Colette entre deux sanglots. « Je n'arrive pas encore… à me faire à.. »

« Je sais, » dit Mackenzie. « Je suis vraiment désolée. »

« Les enfants… J'ai dû appeler ma mère pour qu'elle vienne les chercher. Ils ne savent pas encore… ils sont si jeunes et... »

« Et bien, madame Simms, » dit Mackenzie, « pour l'instant, ne leur disons rien, OK ? Pour l'instant, j'ai vraiment besoin de parler avec vous. Comme cet autre agent vous le disait, le plus tôt nous pouvons parler avec vous, le plus de chances nous avons de retrouver celui qui a fait ça. Est-ce que l'agent auquel vous avez parlé vous a dit qu'il y avait eu d'autres victimes ? »

Elle hocha de la tête. « De jeunes filles dans les poubelles. »

« Oui, c'est ça. Il s'agirait donc d'un tueur en série. Et il est possible que vous puissiez nous aider à l'arrêter avant qu'il ne tue à nouveau. Vous pourriez non seulement aider à obtenir des réponses concernant Trevor, mais également au sujet des deux autres jeunes femmes assassinées. »

Colette hocha lentement la tête. Elle recommença à pleurer mais cette fois, il s'agissait de quelques larmes qui coulaient du coin de ses yeux. Elle ravala quelques sanglots et lorsqu'elle s'assit sur le divan et se calma, Mackenzie jugea que c'était le moment idéal pour l'interroger.

« Avez-vous une idée de ce que Trevor allait faire durant la journée d'hier ? » demanda Mackenzie.

« Durant cette dernière semaine, lui et Benjamin passaient la majorité de leur temps à démarcher de nouveaux clients. »

« Qui est Benjamin ? »

« Le copropriétaire de leur entreprise. L'Équipe Verte. Ils s'occupaient de l'entretien et de la remise en état de pelouses. »

« Est-ce que Benjamin est au courant de ce qui s'est passé ? » demanda Mackenzie.

« Oh, et bien, non. Je ne lui ai pas encore dit. Je n'ai même pas pensé… »

Elle s'interrompit et Mackenzie sentit qu'elle était sur le point de s'effondrer à nouveau. Mais Colette se reprit, ravala ses sanglots et se concentra de nouveau sur les questions de Mackenzie.

« Ça va aller, » dit Mackenzie quand elle vit que Colette eut repris le contrôle de ses émotions. « Est-ce que les affaires allaient mal dernièrement ? »

« Mal, non, pas vraiment. Elles tournaient juste au ralenti. Ça n'a jamais été une entreprise très prospère. Mais il travaillait aussi comme mécanicien sur le côté et ça mettait du beurre dans les épinards. »

« Est-ce que Trevor avait des ennemis ? » demanda Mackenzie. « Des clients qui lui étaient hostiles ? »

Colette sourit et recommença à renifler. Elle attrapa un mouchoir dans une boîte posée près d'elle et essuya ses yeux gonflés de larmes. « Non, aucun ennemi. En fait, je ne pense pas avoir jamais entendu Trevor prononcer un seul mot méchant à l'encontre de qui que ce soit. Il avait beaucoup d'amis… un type bien, vous voyez ? Toujours disposé à aider les autres ou à *chercher* des moyens de les aider. » Elle s'interrompit et fronça les sourcils durant un instant, en pensant à quelque chose.

« Vous pensez à quelque chose ? » demanda Mackenzie.

« Et bien, l'année dernière, Trevor a essayé de réparer la camionnette d'un type et au final, il n'y est pas parvenu. Trevor lui-même disait qu'il avait causé plus de mal que de bien. Et ça a fini par coûter cinq cents dollars au type. Trevor a fini par le rembourser mais avant ça, le type s'est vraiment fâché. Il est venu à la maison, dans le petit garage que Trevor a à l'arrière et l'a agressé. Ce n'était rien de sérieux, juste un coup de poing. Mais il s'en est également pris à l'équipement de Trevor. »

« Vous vous rappelez du nom de cet homme ? »

« Lonnie Smith. »

« L'avez-vous revu après ça ? » demanda Bryers.

« Non. Il a fallu trois mois à Trevor pour le rembourser et après ça, on a coupé tout contact. »

Mackenzie réfléchit durant un instant, puis poursuivit. « Vous avez dit que Trevor cherchait à trouver de nouveaux clients durant ces dernières semaines. Vous savez en quoi ça consistait ? »

Elle sentait la présence de Bryers derrière elle. Il analysait la situation. Elle avait l'impression qu'il la surveillait comme si elle était occupée à passer une sorte d'examen. Ça ne la dérangeait pas, en fait. Elle en comprenait la raison. Et ça lui permettait d'être deux fois plus consciencieuse au moment de poser ses questions.

« Ils faisaient différentes choses, en fait, » dit Colette. « Beaucoup de leurs actions consistaient à rappeler d'anciens clients. Ils ont également dépensé de l'argent en pub ciblées en ligne et en campagnes sur Facebook. Des trucs dans le genre. Quand la situation devint vraiment difficile l'année passée, ils en arrivèrent même à conduire le camion de l'entreprise à travers différents quartiers et à faire du porte à porte. »

Mackenzie se retourna vers Bryers. Cette dernière phrase leur avait mis la puce à l'oreille mais Colette Simms ne l'avait pas remarqué. Elle était plongée dans ses pensées et fixait le mur de la cuisine en face d'eux. « Je devrais vraiment l'annoncer à Benjamin, » dit-elle.

« Madame Simms, » dit Mackenzie. « Savez-vous s'ils faisaient du porte à porte cette semaine ? »

« Je ne sais pas, » dit Colette d'un ton absent. Mackenzie remarqua que l'esprit de Colette s'éloignait d'eux. C'en était de trop pour elle et Mackenzie se sentit coupable de l'avoir interrogée aussi vite après l'annonce de la nouvelle.

Elle se dirigea vers Bryers et se pencha vers lui. « Il faut appeler un officier pour rester avec elle pendant que quelqu'un d'autre s'occupe d'organiser les affaires de famille. Elle s'éteint et s'affaiblit rapidement… et lorsqu'elle émergera de cet épisode, ça ne va pas être facile du tout. »

Bryers hocha de la tête. « Tout à fait d'accord. Finis avec elle pendant que je passe quelques coups de fil. »

« Essaye peut-être de voir si tu peux aussi obtenir des informations sur ce Lonnie Smith, » suggéra Mackenzie. Ça lui faisait bizarre de donner des instructions à Bryers mais ça n'avait pas l'air de le déranger.

Mackenzie revint vers Colette Simms. Elle s'assit à côté d'elle sur le divan et, après un moment d'hésitation, lui prit la main.

« Merci, madame Simms. Vous nous avez beaucoup aidé. Et quelqu'un va bientôt arriver pour vous aider. »

Colette se contenta de hocher la tête. Elle fixait toujours des yeux le mur de la cuisine de l'autre côté de la maison. « Ça n'a pas de sens, » dit-elle. On aurait dit la voix de quelqu'un qui parlait durant son sommeil. « Qui pourrait faire ce genre de chose à Trevor ? Il n'a jamais été impliqué dans quoi que ce soit de mal… jamais eu de problèmes. Il ne méritait pas ça… »

Elle se tut et Mackenzie vit une larme couler sur le côté de son visage. Elle entendit Bryers parler au téléphone dans le vestibule et se demanda si les informations que Colette leur avait fournies lui avaient également mis la puce à l'oreille.

Susan Kellerman faisait du porte à porte pour vendre des articles pour la santé.

Et il y avait de grandes chances que Trevor Simms ait également fait du porte à porte pour démarcher de nouveaux clients pour son entreprise d'entretien de pelouse.

Puis, il y avait cette dernière phrase que Colette avait dite. *Il n'a jamais été impliqué dans quoi que ce soit de mal… jamais eu de problèmes.*

Peut-être que le tueur n'avait pas besoin de traquer ses victimes.

Peut-être que les victimes venaient à lui.

CHAPITRE DOUZE

Alors qu'ils descendaient les marches du porche devant la maison de Colette Simms, Mackenzie était impatiente de partager sa théorie. Elle était certaine qu'il y aurait un indice pour les aider – une révélation qui les aiderait à localiser le tueur dans un rayon de quelques pâtés de maison. Elle ouvrit la bouche pour faire part de ses réflexions lorsque le téléphone de Bryers se mit à sonner.

Elle écouta la conversation alors qu'ils entraient dans la voiture. Tout ce qu'elle entendit, ce fut une série de *ouais* et de *OK*. Elle s'assit derrière le volant, démarra le véhicule et fit une marche arrière dans l'allée. Bryers émit un dernier *ouais* à la personne qu'il avait au bout du fil, puis il raccrocha. Il regarda directement Mackenzie et il sourit.

« Tu es prête ? » demanda Bryers.

« Prête pour quoi ? »

« On a des infos sur Lonnie Smith. »

« Déjà ? » demanda Mackenzie, surprise par la rapidité des informations.

« Oui, déjà, » confirma Bryers. « Non seulement il a un casier judiciaire mais il inclut également un séjour de neuf mois en prison pour tentative de kidnapping il y a cinq ans. Et devine où il s'est fait pincer ? »

« Près de la station Dupont Circle ? »

« Bingo. »

La connexion était tellement incroyable que ça la fit sourire. Elle sentait un enthousiasme grandir entre eux mais elle essayait de le garder pour l'instant sous contrôle. La dernière chose qu'elle voulait, c'était de faire de l'excès de zèle.

« OK, mais qu'en est-il de la connexion liée au porte à porte ? » demanda-t-elle. « Ça ne peut pas être juste une coïncidence, n'est-ce pas ? »

« Ça t'avait titillée aussi, hein ? » demanda Bryers.

« C'était un peu difficile de ne pas remarquer la coïncidence. »

« Je ne sais pas, » dit Bryers, sur un ton pensif. « J'ai vu des coïncidences plus étranges que ça. » Il hésita durant un instant, puis il fronça les sourcils. Ce qui anéantit presque complètement l'enthousiasme grandissant entre eux.

« Quoi ? » demanda-t-elle.

« Tu penses déjà que Lonnie Smith est une impasse, n'est-ce pas ? » demanda-t-il.

« Je n'irais pas *aussi* loin, » dit-elle. « Vu les circonstances, ça vaut certainement la peine d'y regarder de plus près. »

« Mais tu es plus convaincue par une connexion liée au porte à porte ? »

« Oui, de fait. Et tu sais, il y a un moyen facile d'en savoir plus. »

« Oui ? Comme quoi ? »

« Et bien, Colette nous a dit qu'ils prenaient la camionnette de l'entreprise pour visiter différents quartiers et chercher de nouveaux clients. Si Trevor a été enlevé et n'est jamais retourné à sa camionnette… »

« Alors il y a un énorme indice garé dans une rue, probablement avec un autocollant Équipe Verte collé sur le côté, » finit Bryers.

« Éventuellement. Je pense que ce serait aussi utile de parler avec son collègue afin de savoir quels quartiers ils ont visités cette semaine. »

« Deux pistes en une seule visite, » dit Bryers. « J'aime ce genre de résultats. »

« OK alors, » dit Mackenzie. « On s'occupe de quoi en premier ? »

« Et bien, des deux et d'aucun à la fois. J'ai l'adresse de Lonnie Smith et on peut lui rendre visite demain matin. Les suspects potentiels sont toujours plus coopératifs au réveil – pas après avoir été forcés à se réveiller un peu avant minuit. Il vit à environ quarante minutes de l'académie, alors on peut se mettre en route tôt le matin. Enfin, pas trop tôt non plus car demain, c'est samedi après tout. Pendant ce temps, je vais passer un coup de fil et voir si je peux obtenir qu'un agent ou éventuellement la police locale aille parler avec le copropriétaire de l'Équipe Verte afin de découvrir dans quelle zone Trevor cherchait hier de nouveaux clients. Lorsqu'on aura une localisation, peut-être qu'on pourrait avoir quelques voitures effectuant des patrouilles dans un rayon de huit kilomètres autour de l'emplacement, afin de repérer une camionnette de l'Équipe Verte. Et juste au cas où la camionnette ne serait pas clairement marquée, je ferai également passer la plaque d'immatriculation de Trevor Simms. »

« OK, super, » dit Mackenzie.

« Ça l'est, » dit Bryers. « Mais j'imagine que tu n'as pas oublié que rien n'est gagné tant qu'on n'a pas un suspect en détention, n'est-ce pas ? »

« Oui, je sais. »

Il hocha de la tête et ils démarrèrent dans la nuit, laissant derrière eux une maison abritant un conjoint en deuil, pour la seconde fois en deux jours.

CHAPITRE TREIZE

Le lendemain matin, Mackenzie rencontra Bryers sur le parking de l'académie, une tasse de café chaud en main. Cette fois-ci, il avait un badge temporaire pour elle, une carte en plastique attachée à un cordon qu'elle se passa autour du cou.

« J'ai demandé qu'ils te donnent un vrai badge, » dit-il. « Ils n'ont pas voulu. Apparemment ils prennent leurs badges très au sérieux. »

« Et ça servirait à quoi de toutes façons ? » demanda Mackenzie. « Après tout, je n'en ai plus que pour vingt-huit heures. »

Elle vit que Bryers cherchait quelque chose de rassurant à dire mais qu'il ne trouva rien. Afin d'éviter que la situation ne devienne gênante, elle rentra dans leur voiture et attendit qu'il en fasse de même. Elle pensa à ce qu'Ellington lui avait dit concernant Bryers et le fait qu'il avait été confronté un jour à une situation liée au boulot qui l'avait changé. Même maintenant, après avoir travaillé avec lui ces derniers jours, Mackenzie n'était toujours pas très sûre de savoir quel type de personnalité il avait.

Il était sept heures cinq quand ils sortirent du parking. Ils n'avaient qu'un peu d'avance par rapport au rush du trafic matinal – autre chose concernant la région de Washington, à laquelle elle avait du mal à s'habituer. Même un samedi matin, le trafic était impressionnant.

« Nous travaillons en collaboration avec le département de police de Quantico et de Washington DC. » dit Bryers. « Benjamin Worley, l'autre type de l'Équipe Verte, nous a indiqué deux endroits auxquels Trevor était assigné avant-hier. Ils ne se situent qu'à deux kilomètres de distance. Quelques voitures surveillent un quartier en particulier, connu pour ses activités criminelles relativement fréquentes. Ils recherchent une camionnette Équipe Verte ou une camionnette apparemment abandonnée avec l'immatriculation de Trevor Simms. On devrait en savoir plus avant dix ou onze heures du matin. »

« Super. »

« Ce qui est encore plus super, c'est que le directeur adjoint McGrath sait que c'est toi qui as fait cette connexion, » dit Bryers. « J'ai bien veillé à le lui signaler lorsque je lui ai fait mon rapport hier soir. Je lui ai également dit combien tu avais été douce et efficace avec Colette Simms. Il n'est toujours pas ton fan numéro un mais il a eu l'air ravi de l'entendre. »

« Est-ce qu'il est fan de qui que ce soit ? » demanda-t-elle, regrettant sa question au moment même où elle sortit de sa bouche. La dernière chose dont elle avait envie, c'était d'avoir l'air de dire du mal de ses supérieurs.

Bryers laissa échapper un gloussement et haussa les épaules, sans prendre le commentaire au sérieux. « De lui-même, peut-être. »

Ils se laissaient porter par le flux de la circulation matinale pendant que le trafic Quantico/Washington commençait à grossir autour d'eux.

« Sait-on où Lonnie Smith travaille actuellement ? » demanda Mackenzie.

« Il est assistant plombier, » répondit Bryers. « Avant ça, il travaillait dans un entrepôt et avant ça, dans une usine de pâte à papier. Il n'est jamais resté plus de trois ans au même boulot. J'imagine que le bref séjour en prison n'a pas vraiment aidé non plus. »

« Quelque chose à signaler depuis sa sortie de prison ? »

« Rien de connu, » dit Bryers. « Mais comme tu le sais sûrement, ça reflète rarement la réalité. »

Douze minutes plus tard, ils arrivèrent à l'immeuble où se trouvait l'appartement de Lonnie Smith. C'était un endroit au style intermédiaire, pas vraiment miteux mais loin d'être respectable. Mackenzie suivit Bryers qui monta une simple volée d'escaliers menant à l'intérieur de l'édifice et ils se retrouvèrent dans un corridor extérieur de style motel. Bryers s'arrêta devant la porte de l'appartement 204.

Il ne prit pas la peine de frapper à la porte. Deux feuilles de papier y étaient attachées. Il s'agissait de deux formulaires avec en-tête de la compagnie APPARTEMENTS BROOKVIEW. Le premier formulaire contenait le nom de Lonnie, le numéro de son appartement et le numéro du propriétaire. Le formulaire expliquait brièvement que Lonnie était en retard de payement du loyer. Le deuxième formulaire était identique au premier, à la différence que celui-ci stipulait qu'il était en retard de payement de loyer depuis quatre semaines. Les mots DERNIER AVERTISSEMENT AVANT EXPULSION étaient gribouillés au marqueur noir au bas du formulaire.

« Tu veux appeler ce numéro ? » demanda Bryers, en montrant du doigt le numéro du propriétaire.

Mackenzie hocha de la tête, sortit son téléphone et composa le numéro. La sonnerie retentit deux fois avant qu'une femme au ton irascible ne réponde. Elle avait un léger accent asiatique et avait l'air très fatiguée.

« Âllo ? Appartements Brookview, c'est Kim qui vous parle. »

« Bonjour, » dit Mackenzie. « Je m'appelle Mackenzie White, Je travaille en tant que consultante pour le FBI concernant une enquête locale qui m'a menée jusqu'à l'appartement de l'un de vos locataires. »

« Pas vraiment surprenant en soi, » dit Kim, d'un ton amer. « De qui s'agit-il ? »

« Lonnie Smith. Mon partenaire et moi-même sommes devant sa porte à l'instant où je vous parle et nous venons de trouver l'avis d'expulsion. »

« Et bien, si vous le trouvez, vous pourriez récupérer les mille cent dollars qu'il me doit ? »

Ignorant la colère de la femme, Mackenzie dit, « Vous savez de manière sûre depuis combien de temps il est parti ? »

« Je sais qu'il est parti depuis au moins six semaines, » dit Kim. « Il vivait dans cet appartement depuis quatre ans. Il payait toujours son loyer en retard – parfois avec un jour ou deux de retard, parfois avec deux semaines. Mais le mois dernier, je suis passée par l'appartement pour récupérer son loyer en retard et il n'était pas à la maison. Il n'a répondu à aucun de mes appels et n'a jamais ouvert la porte. J'ai appelé la compagnie d'électricité et ils m'ont dit qu'il avait appelé six semaines plus tôt pour demander de couper son alimentation. »

« Je comprends, » dit Mackenzie. « Merci pour les informations. »

« De rien. J'espère que vous trouverez ce voyou. »

Mackenzie termina l'appel et redescendit les escaliers avec Bryers à ses côtés. « Tu as le nom et le numéro de téléphone du plombier avec lequel il travaillait ? » demanda-t-elle.

« Oui, je les ai. Je t'envoie l'email tout de suite. »

Il lui avait déjà envoyé l'email au moment où ils arrivèrent à la voiture. Le temps qu'il se mette derrière le volant et qu'il fasse une marche arrière dans la rue, Mackenzie était déjà au téléphone avec le propriétaire de la Plomberie Pipeworks. À nouveau, elle était ravie par la rapidité et la fluidité des échanges d'informations au sein du Bureau. Comparé à ce qu'elle avait connu au Nebraska, c'était presqu'un tour de magie.

Quand elle eut le patron de l'entreprise de plomberie au téléphone, elle se présenta à nouveau, lui expliqua la même chose qu'elle avait dite à Kim des Appartements Brookview et obtint le même genre de réaction.

« Ouais, je ne suis pas trop surpris que les autorités le recherchent, » dit le patron.

« Et pourquoi ? » demanda Mackenzie.

« Il a toujours eu l'air un peu louche. Mais j'avais besoin d'aide et quand il est arrivé, il a travaillé dur. Mais ouais… il m'a appelé il y a environ un mois et il m'a dit qu'il arrêtait de bosser. Sans raison vraiment, rien. Il avait l'air soûl quand il a appelé. Ça ne m'a pas surpris… son parcours professionnel, c'était de la blague. Et quand j'ai appelé ses employeurs précédents, ils m'ont dit de ne pas m'attendre à ce qu'il reste trop longtemps. »

« Et bien, il ne vit plus dans son appartement, » dit Mackenzie. « Vous avez une idée de là où il peut se trouver ? »

« Il m'a donné une adresse en Caroline du Sud pour y envoyer sa dernière paye. C'est tout ce que j'ai. »

« Est-ce que vous l'avez toujours ? »

« Pas sur moi, là maintenant. »

« Pourriez-vous me l'envoyer par email ? Je peux vous donner mon adresse. »

Ils continuèrent avec les formalités et dix minutes plus tard, elle reçut l'adresse à laquelle le patron de l'entreprise de plomberie avait envoyé son dernier chèque à Lonnie. Elle mit Bryers au courant de tout ce que le propriétaire de Pipeworks lui avait dit, en en expliquant lentement chaque détail afin de se les repasser minutieusement en tête.

« Qu'est-ce que tu en penses ? » demanda Bryers.

« Je pense que ça l'exclut de nos suspects potentiels, » dit Mackenzie.

« Tu ne trouves pas que sa disparition soudaine est vraiment *très* opportune ? »

« C'est certainement significatif, » dit-elle. « Mais il y a plusieurs choses à prendre en compte. D'abord… ce type a des difficultés à s'engager. Pas seulement avec le travail, mais également avec son lieu de résidence. Ça ne colle pas avec la motivation et la concentration nécessaires pour kidnapper quelqu'un, le retenir prisonnier, le tuer, puis jeter son corps dans une décharge après les heures d'ouverture. On a ici deux types différents de personnalités. Quelqu'un avec ce type de personnalité guetterait également son dernier salaire avant d'obtenir un autre boulot. Le fait qu'il ait fait envoyer son dernier chèque en Caroline du Sud me fait penser qu'il est parti depuis longtemps – qu'il n'est plus dans les parages depuis au moins un mois. »

« De très bons arguments, » dit Bryers. « Et je suis d'accord avec tous. Il n'empêche que sa disparition dans ce contexte, et spécialement avec un lien, même ténu, avec Trevor Simms, fait de lui une priorité. Nous devons faire un rapport sur Smith, leur donner toutes les informations disponibles et leur laisser continuer la procédure. Ils chercheront à savoir où il vit, peut-être même qu'ils parleront avec certaines personnes impliquées dans sa tentative de kidnapping d'il y a quelques années. La bonne nouvelle pour toi et pour moi, c'est que ça ne nous regarde plus, à moins qu'il y ait un lien prouvé entre Smith et ces meurtres. »

« Je ne pense pas qu'il y en ait un, » dit Mackenzie.

« Je pense la même chose. »

« Alors, qu'est-ce qu'on fait maintenant ? » demanda Mackenzie.

« On est en statu quo pour l'instant. Une autre piste qui ne mène à rien. On retourne examiner les dossiers de l'affaire au bureau. Tu es disponible toute la journée ? »

« On est samedi et j'ai bien l'intention d'utiliser au maximum le temps limité qui m'est imparti. Alors j'irai probablement à mon appartement et je réexaminerai les dossiers. »

« Tu as l'air déçue. »

« J'ai l'impression que c'est une perte de temps d'être assise à chercher de nouveaux indices dans ces dossiers, » dit Mackenzie. « On ne devrait pas plutôt être sur les scènes de crime et vérifier si on n'est pas passé à côté de quelque chose ? »

« Est-ce que tu as l'impression d'être passée à côté de quelque chose ? » demanda Bryers.

« Non. »

« Exactement. Il y a d'autres départements sur le terrain de toutes façons, à la recherche de toute trace de fibres capillaires ou d'empreintes. Pour l'instant, ils n'ont rien trouvé. Toi et moi, on dirige cette enquête… nous devons être immédiatement disponibles. Et parfois, ça signifie rester assis à un bureau à examiner des photos et des feuilles de papier. Ça fait partie du boulot, j'en ai bien peur. »

« Mais il y a aussi ce chrono avec date d'expiration qui joue contre moi. »

« Ça, ça ne fait généralement *pas* partie du boulot, » admit Bryers. « Et je ferai tout mon possible pour qu'on parvienne à relever le défi. Je dois l'admettre, on t'a mise dans une situation de merde. Qu'ils aient la possibilité de t'expulser de l'académie pour quelque chose sur laquelle tu n'avais pas de prise… c'est vraiment pas juste. »

« Merci, » dit-elle.

C'était agréable de savoir qu'elle avait son soutien mais ça ne solutionnait pas son problème. Elle regarda par la vitre le trafic du samedi matin et se demanda si c'était là son dernier weekend en tant que stagiaire.

Et peut-être de manière plus importante, elle se demanda où se trouvait le tueur et quels pouvaient être *ses* plans pour le weekend.

CHAPITRE QUATORZE

Il continuait de réfléchir à la camionnette – cette fichue camionnette à laquelle il n'avait pas pris le temps de penser quand le type de l'entretien de pelouse était venu frapper à la porte. Il avait attaqué l'homme à peine trente secondes plus tard. Puis il avait traîné son corps inconscient vers l'arrière de la maison, vers son annexe, vers le son criard des émissions télé de sa mère et sa misérable toux.

Une fois que le type de l'entretien de pelouse fut soigneusement enfermé dans le cagibi, l'idée de l'éventuelle présence d'une camionnette lui vint à l'esprit. L'homme était venu jusqu'ici *d'une façon ou d'une autre*. Probablement avec une voiture d'entreprise afin d'en faire la promotion. Il regarda en direction du classeur qui avait échappé des mains de l'homme durant leur courte confrontation et il lut le nom de la société sur la tranche : l'Équipe Verte.

Il retourna dans le cagibi et vit que l'homme remuait. Il le frappa violemment à la tête à deux reprises, le mettant à nouveau KO. Puis il le sortit en partie du cagibi et le fouilla à la recherche de clés. Il les trouva dans la poche avant droite de son pantalon. Il remit le type de l'entretien de pelouse dans le cagibi, s'assura que la petite porte était bien verrouillée et retraversa son annexe. Lorsqu'il se retrouva dans la maison de sa mère, il lui dit qu'il sortait et serait parti pendant un petit temps. Il passa les quarante-cinq minutes suivantes à déambuler dans le quartier, à la recherche d'une camionnette avec le même logo de l'Équipe Verte qu'il avait vu sur le classeur du représentant.

Lorsqu'il trouva la camionnette garée à deux rues de là, il en ouvrit la portière avec les clés qu'il avait prises à son prisonnier. Il rentra rapidement dans le véhicule et démarra. Avant de prendre la route, il regarda autour de lui. Il n'y avait aucun ordinateur ni tablette mais il y avait un petit agenda. Il l'ouvrit à la date du jour et vit que le type de l'entretien de pelouse avait marqué les arrêts prévus pour aujourd'hui.

Il déchira la page, la roula en boule et la fourra en poche. Il éloigna la camionnette du trottoir et se mit à rouler en direction de l'Est. Il n'avait pas une idée précise de destination en tête. Il avait juste envie d'éloigner le plus possible cette camionnette de sa maison. Il détestait les imprévus mais en même temps, il savait que le fait de résoudre des problèmes lui permettait de garder l'esprit en éveil. Et vu le genre de hobby auquel il s'adonnait, garder l'esprit en éveil était très important.

Il s'arrêta une demi-heure plus tard et gara la camionnette dans un emplacement libre sur un parking de Burger King. Il verrouilla les portes, emporta les clés et se mit à marcher. Il se sentit immédiatement libéré d'un poids. Il marcha pendant cinq minutes jusqu'à l'arrêt de bus le plus proche et prit le bus suivant en direction de chez lui.

Tout ce processus lui avait pris un peu plus d'une heure et demie. Lorsqu'il arriva chez lui, la maison était silencieuse. La télé était éteinte dans la chambre de sa mère et il l'entendit ronfler dès qu'il s'engagea dans le hall d'entrée. Elle allait faire la sieste jusqu'à quatorze heures, lui laissant largement le temps de s'occuper du type de l'entretien de pelouse qui était toujours enfermé dans son cagibi.

Et c'est ainsi qu'il passa le reste de son après-midi. Il resta assis là, à écouter les supplications et les cris étouffés de l'homme. Il savait que sa mère n'entendrait pas ses cris car il avait insonorisé le cagibi pour ce genre de bruit au moment où il l'avait construit, déjà certain qu'il l'utiliserait pour ce genre de choses dans le futur. Ce n'était qu'un misérable petit trou sur le côté de son annexe mais il avait bien rempli sa fonction. Il n'avait pas eu besoin d'acheter quoi que ce soit de vraiment coûteux – une simple isolation et un verrou résistant étaient tout ce dont il avait eu besoin.

Il écouta durant presqu'une heure l'homme supplier pour qu'il le laisse en vie. Après un moment, les sons étouffés provenant du cagibi commençaient à ressembler au bourdonnement d'un ventilateur électrique ou à l'agréable son de l'air conditionné se mettant en marche durant la nuit. Mais bientôt, le bruit commença à l'ennuyer et il devenait très excité à l'idée de ce qui allait suivre.

Lentement et méthodiquement, comme un homme se préparant à une tâche importante, il alla chercher sa batte de baseball en bois qui se trouvait sous son lit. Puis il ouvrit la porte du cagibi, s'y renferma et fit taire l'homme à jamais.

***

C'était il y a deux jours. Il le savait grâce au calendrier orné de femmes nues qui était accroché au mur de sa chambre. La femme du mois de septembre était rousse avec de petits seins et d'incroyables jambes. Il avait fait une marque sur le jeudi (un petit astérisque) et avait tracé de petits traits sur les jours qui avaient suivi. C'était la seule manière pour lui de différencier les jours. Il oubliait parfois quel jour on était et ce qu'il avait fait le jour précédent. Mais il savait que la marque du vendredi voulait dire qu'il avait enfermé quelqu'un dans le cagibi et qu'il avait déposé cette même personne dans une décharge cette nuit-là.

Ça voulait dire qu'aujoud'hui, on était samedi. Il prit son téléphone et afficha le calendrier de sa mère. Il avait synchronisé leurs calendriers il y a longtemps, à l'insu de sa mère, afin de savoir quand elle avait pris rendez-vous avec ces idiots de représentants pour qu'ils viennent lui vendre leurs trucs inutiles. Il vit qu'un rendez-vous était prévu pour aujourd'hui – quelqu'un venant d'une société appelée Remèdes Naturels Santé.

Il fit une recherche google sur la société et découvrit qu'il s'agissait d'une petite enterprise – propriété d'une femme célibataire qui la gérait depuis chez elle. Son site internet était un peu mièvre et elle insistait beaucoup sur le fait que chaque aspect de son entreprise était géré depuis son salon et qu'elle travaillait sur un roman durant son temps libre. Il savait que ça voulait dire qu'il n'y aurait pas de collègues ni de base de données qui permettraient de savoir où elle allait se rendre aujourd'hui. C'était la candidate parfaite.

Il effaça le rendez-vous sur le calendrier de sa mère et se dirigea rapidement dans sa partie de maison. Il s'avança dans le hall, enveloppé par le son retentissant de l'émission de jeu télévisé qu'elle était occupée à regarder. Il frappa à sa porte, l'entendit fouiller sur le lit à la recherche de la télécommande, puis le son s'interrompit.

« Oui ? » demanda-t-elle, d'une voix épaisse et râpeuse.

Il entrouvrit la porte, sans daigner regarder à l'intérieur de la pièce. « Je vais me préparer un snack, » dit-il. « Tu veux quelque chose ? »

Il connaissait déjà la réponse. Elle allait lui demander un de ces horribles puddings au tapioca. Elle en mangeait quatre par jour et il y en avait toujours au moins une caisse de réserve.

« Merci, c'est gentil, » dit-elle. « Oui, je veux bien un de mes puddings et un verre de jus. Ce serait vraiment gentil de ta part. »

« Bien sûr, je t'amène ça tout de suite. »

Il ferma la porte derrière lui et se dirigea vers la cuisine. Il ouvrit un de ses puddings au tapioca et versa un verre du jus orange-ananas qu'elle buvait par litres. Il plongea la main dans sa poche et en sortit trois gélules de Sonata qu'il avait prises dans sa réserve. On lui avait prescrit un paquet de Sonata l'année dernière quand il ne parvenait pas à trouver le sommeil. Il n'en avait pris que quatre car il n'aimait pas la léthargie qui l'envahissait le jour après en avoir pris. Mais il les gardait car il savait qu'il en aurait un jour besoin pour sa mère.

Il sépara avec soin les deux bouts des gélules et versa la poudre blanche sur le pudding. Il mélangea ensuite le pudding afin de dissimuler la poudre. Il attendit un instant, n'ayant pas envie d'avoir l'air de s'être dépêché, puis il porta le snack à sa mère. Lorsqu'il frappa à la porte, elle ne prit pas la peine cette fois d'éteindre le son de la télé. Elle lui cria d'entrer et lui caressa affectueusement la main au moment où il déposa le pudding et le jus sur sa table de chevet.

Il s'arrangea pour ne pas la regarder une seule fois durant tout le temps où il se trouvait dans sa chambre. Elle était repoussante. Voir ce qu'elle était devenue le rendait malade. Il se rappelait de la mère mince et svelte qu'il avait eue en tant qu'enfant et se demandait ce qui lui était arrivé. Son père était en partie responsable, mais de nouveau, ce n'était pas son père qui l'avait forcée à enfourner de la bouffe malsaine pendant vingt-cinq ans. Son père était un exemple pathétique du genre humain et était la source de nombreuses emmerdes, mais forcer sa mère à prendre plus de cent kilos n'en faisait pas partie.

Il retourna dans son annexe et s'assit sur le bord de son lit. Il regarda en direction du cagibi qui se trouvait juste à l'extérieur de sa chambre, installé dans le mur comme une trappe. Puis il jeta un œil à sa montre. Il était dix heures cinq. Le rendez-vous avec la femme de Remèdes Naturels Santé était prévu à onze heures trente.

Il ne pouvait rien faire entretemps pour soulager cette nécessité qui commençait à le consommer de l'intérieur.

Tout ce qu'il pouvait faire, c'était regarder l'entrée du cagibi et imaginer à quoi ressemblerait la prochaine victime. Est-ce qu'elle hurlerait ? Est-ce qu'elle supplierait pour avoir la vie sauve et offrirait du sexe en échange ? Ou est-ce qu'elle se contenterait de fondre en larmes ?

Ça lui importait peu, en fait. Tout ce qui l'importait, c'était de remplir le trou – satisfaire son besoin. Ce qui était inquiétant, c'était qu'il ne pensait pas pour l'instant que ce besoin serait satisfait de sitôt.

Avant, une seule victime lui suffisait. Il s'en prenait à une personne et il ne ressentait plus ce besoin pendant des mois. Mais maintenant, depuis cette femme du nom de Shanda Elliot, le besoin n'avait fait que se renforcer. Et il devait le satisfaire ou il entendrait à nouveau les voix… les voix qui lui rappelaient son père décevant et les choses que son père lui avait faites.

Tu aimais ça, n'est-ce pas ? demandaient les voix. *Tu aimais ça et quand il est parti, c'était la seule chose qui t'a vraiment attristé… que tu ne serais plus son petit garçon privilégié.*

« La ferme, » dit-il dans la chambre vide. À la seule pensée que ces voix pourraient revenir, il se sentait agité et à la limite d'être malade.

Il devait maintenir les voix à distance. Et il ferait tout ce qui était en son pouvoir pour y arriver… même si ça signifiait tuer davantage afin de satisfaire le besoin qu'il ressentait en lui.

Si ça permettait de garder les voix à distance, il tuerait tout le monde et n'importe qui. Oui, il tuerait *tout le monde*… il brûlerait le monde entier pour avoir un moment de paix.

Il jeta un œil à sa montre. Encore quatre-vingts minutes avant l'arrivée de la représentante.

Il pouvait attendre ces quatre-vingt minutes. Son besoin pouvait encore attendre.

Et s'il n'y parvenait pas… et bien, il y avait toujours l'option de sa mère.

CHAPITRE QUINZE

Mackenzie passa toute la journée du samedi enfermée dans son appartement, à examiner les dossiers de l'enquête. Elle ne parla à Bryers qu'une seule fois durant tout ce temps et ce n'était que pour l'informer de ce qui se passait en coulisses. Une petite équipe recherchait toujours activement Lonnie Smith mais n'était arrivée à aucun résultat jusqu'à maintenant. Ils avaient également été informés par la police locale que la camionnette de Trevor Simms avait été retrouvée sur le parking d'un Burger King et qu'elle avait été enlevée par une dépanneuse. Elle était actuellemment à la fourrière et avait été examinée par une équipe de la police scientifique qui n'avait pas trouvé une seule preuve. La seule chose digne d'intérêt, c'était que la page du jeudi avait été déchirée dans l'agenda de Trevor.

C'était à cet agenda que Mackenzie pensait ce samedi après-midi, alors qu'elle était assise à la petite table de sa cuisine, à boire une bière et à écouter de la musique. Elle fixa du regard les dossiers, les photos des décharges et des victimes, comme s'ils étaient des oeuvres d'art destinées à être admirées et étudiées.

Elle se demanda si Bryers pourrait obtenir cet agenda pour elle. Le fait que la page soit déchirée indiquait que le tueur faisait preuve de logique. Elle supposait également que c'était le tueur qui avait laissé la camionnette dans le parking du Burger King, se débarassant par là de ce qui aurait pu directement attirer l'attention du FBI sur son quartier.

Elle essaya de s'imaginer à la place d'un assassin se débarassant d'une preuve aussi accablante. Le fait de n'avoir laissé aucune trace signifiait qu'il était non seulement prudent mais également très calme. Ça suggérait qu'il ne ressentait aucun réel remords pour ce qu'il avait fait. Il n'y avait aucune panique, aucune paresse dans son approche. Et ne montrer aucun remords pour ses actions, tout en ayant la présence d'esprit de bouger la camionnette et d'arracher une page de l'agenda, démontrait qu'il était également *conscient* de ce qu'il faisait. Se débarasser des corps dans des décharges municipales indiquait également qu'il était conscient que garder des corps durant un temps pouvait être dangereux pour lui. Une conscience des meurtres sans avoir aucun remords indiquait une forme de problème psychologique. Si c'était le cas, il était plus que probable que leur tueur assassinait sans autre réel mobile que le fait d'apprécier l'acte de tuer.

Elle se sentit plus préoccupée que jamais en regardant les photos des scènes de crime et en prenant tout cela en compte. Un tueur intelligent qui agissait de sang-froid allait être difficile à attraper et pourrait, au fil du temps, devenir plus violent et plus routinier dans ses actions.

Peut-être, pensa-t-elle en finissant sa bière, *que c'était justement le côté routinier de ses actions qui allait nous mener jusqu'à lui.*

Alors qu'elle continuait à examiner les dossiers, son téléphone se mit à sonner. Elle se précipita pour l'attraper, pensant que ça pourrait être Bryers. Mais le numéro qui s'affichait lui était inconnu. Elle répondit prudemment, se demandant si Zack utilisait un autre numéro pour parvenir à la contacter, en espérant la berner. Mais le préfixe était de Washington DC, alors ce n'était probablement pas le cas.

« Allô ? »

« Salut, Mackenzie. Comment ça va ? »

« Je vais… bien. Mais qui êtes-vous ? »

« C'est Colby Stinson. »

« Oh… désolée. Je n'avais pas reconnu ta voix et je n'ai pas encore enregistré ton numéro dans mon téléphone. »

« Pas de soucis. Écoute, je me doutais bien que tu étais du genre à rester chez toi un samedi soir. »

« C'est si flagrant que ça ? » dit-elle, en jouant le jeu afin de ne pas révéler le fait qu'elle travaillait secrètement sur une enquête.

« Allez, viens me rejoindre pour boire un verre, » dit Colby.

« Je ne sais pas. Je n'ai pas vraiment envie de boire. » Ça, bien sûr, ce n'était pas vrai. Mais elle venait juste de boire une bière et elle voulait rester alerte et disponible au cas où Bryers l'appelait.

« OK, » dit Colby. « Alors viens me regarder boire un verre. »

Mackenzie baissa les yeux en direction des dossiers de l'enquête, éparpillés sur la table. Elle les connaissait par cœur maintenant, après avoir passé le weekend à les étudier. Elle n'allait rien en sortir de nouveau dans les deux prochaines heures. De plus, un peu de contact humain après ces dernières vingt-quatre heures ne pourrait que lui faire du bien.

« D'accord, » dit Mackenzie. « Où et à quelle heure ? »

Elles se mirent d'accord sur les détails. Même au moment de refermer les dossiers, l'esprit de Mackenzie continuait à en ressasser le contenu. Elle se dressa une liste en tête et essaya d'en déduire quelque chose qui tienne la route.

Probablement un homme présentant un problème psychologique mais très intelligent. Il retient probablement ses victimes dans une sorte de cage ou boîte en bois contenant de l'isolant. Aucun mobile, il ne tue que pour le plaisir. Jusqu'à maintenant, on dirait que toutes ses victimes sont venues jusqu'à lui et qu'il n'a pas eu besoin de les traquer.

Le tableau brossé par ces faits n'était pas des plus jolis, mais au moins elle avait quelques données avec lesquelles elle pouvait travailler. Elle avait toujours ce tableau en tête au moment où elle sortit de chez elle, prête à essayer de vivre une vie normale.

***

Elle retrouva Colby dans un petit restaurant à deux pâtés de maisons de l'académie. L'endroit était surtout connu pour ses gros hamburgers bien gras mais Mackenzie était fan de leurs omelettes. Elle en dégustait une en papotant avec Colby. Leur conversation restait à un niveau superficiel et certains des sujets abordés avaient un peu attisé l'envie de Mackenzie. Bien que Colby ne l'ait pas clairement dit et n'ait pas raconté grand-chose, elle avait sous-entendu une amourette de weekend avec un type de leur cours de profilage qui l'avait gardée au lit presque toute la journée de samedi.

Mackenzie essaya de se rappeler la dernière fois qu'elle avait fait l'amour. Ça faisait plus de cinq mois et ça s'était limité à un interlude rapide et moyennement satisfaisant avec Zack. Elle se demanda si elle allait finir par être une de ces femmes qui étaient plus intéressées par leur carrière que par les hommes. Mais au vu des pensées impures qu'elle avait eues au sujet d'Ellington ces derniers temps, elle croyait tout de même que c'était très peu probable. Elle savait également qu'Harry serait enchanté de répondre à ses avances si elle lui laissait un jour une chance.

Peut-être que si le délai qui m'est imparti sur cette affaire finit par s'écouler et que McGrath me jette dehors, j'irai me faire consoler par Harry, pensa-t-elle.

Elle écouta la conversation de Colby de la manière la plus chaleureuse possible, hochant la tête de temps en temps et faisant des commentaires à des moments stratégiques. Mais ce ne fut vraiment que vers la fin du repas qu'elle commença à *vraiment* l'écouter. De la manière où Colby décida de terminer leur conversation, elle n'avait pas d'autre choix que celui d'être attentive.

« Alors écoute, » dit Colby. « Je ne sais pas vraiment comment t'en parler mais j'ai l'impression qu'il faut que je le fasse car on est un peu comme des amies, non ? »

« Oh merde, » dit Mackenzie. « Un autre tabou énorme ? »

« Pas si énorme que ça, cette fois. »

« Mais tout de même d'importance, c'est ça ? »

Colby haussa les épaules, en ayant apparemment marre de parler par métaphores. « Et bien, tout le monde est au courant que tu aides l'agent Bryers sur une affaire, » dit-elle. « La jalousie a bien entendu montré son plus laid visage et certaines choses que j'ai entendues sont particulièrement méchantes. »

« Méchantes comment ? » demanda Mackenzie, sentant la colère monter en elle. Ça ne la dérangeait pas. Elle préférait ressentir de la colère vis-à-vis des rumeurs, plutôt que de la pitié.

« Et bien, tout le monde te voit un peu comme une sorte de célébrité à cause de l'affaire du tueur épouvantail. Alors il y a des rumeurs qui courent sur le fait que tu es du genre à avoir tous les droits et à ne suivre les cours que pour la forme. Il y a aussi une rumeur qui dit que tu couches avec Bryers et que c'est comme ça que tu as décroché le job. »

Mackenzie ne put s'empêcher de rire. « Coucher avec Bryers ? Alors ça, c'est à se tordre de rire. »

« Ou coucher avec *quelqu'un*. Bien entendu, je ne crois à aucune de ces rumeurs. »

« Qu'est-ce que tu penses ? » demanda Mackenzie.

Colby prit un moment pour réfléchir avant de répondre. « Je pense que les capacités dont tu as fait preuve dans l'affaire du tueur épouvantail t'ont suivie jusqu'ici. Et je sais également que l'ancien partenaire de Bryers a décidé de prendre un boulot de bureau quelque part. Je ne sais pas pourquoi. Mais Bryers avait besoin d'un nouveau partenaire et au lieu de promouvoir quelqu'un en interne, la hiérarchie a décidé que ça pourrait être une bonne expérience qu'il fasse équipe avec l'une de leurs recrues les plus prometteuses. »

« J'aime beaucoup plus ton point de vue, » dit Mackenzie.

Colby sourit. « Oui et en même temps, c'est ce qui est le plus logique. J'aime bien coucher avec des hommes plus âgés, mais Bryers n'a pas l'air d'être du genre à s'intéresser aux jeunes midinettes. »

« Pas du tout, crois-moi. »

« Mais… des hommes plus âgés. Oui ou non ? »

Mackenzie secoua la tête. « Pas aussi âgé que Bryers. Il faut que je fixe la limite quelque part. »

Ça faisait du bien d'avoir des conversations de filles, même si c'était entaché par le fait qu'elle était devenue le sujet de médisantes rumeurs parmi ses partenaires de l'académie. Elle réalisa qu'elle s'isolait de plus en plus et devenait une sorte d'ermite. Quand le seul homme avec lequel elle passait du temps était son partenaire de vingt-deux ans plus âgé qu'elle, ce n'était pas étonnant.

Peut-être qu'elle y travaillerait une fois que cette affaire serait résolue. Car même lorsqu'elle plaisantait avec Colby au sujet de sa vie sexuelle, Mackenzie continuait à faire mentalement défiler sa liste concernant le tueur, essayant de définir un profil précis de l'assassin.

CHAPITRE SEIZE

Il avait encore une heure et demie à tuer. Il pensa de nouveau à la camionnette de l'Équipe Verte et se demanda si elle avait déjà été emmenée à la fourrière. Il l'espérait presque. Si les autorités avaient commencé leurs recherches, l'endroit où ils avaient retrouvé la camionnette allait les induire en erreur. Ils étaient bien plus stupides que ce que ces séries télévisées avaient tendance à montrer.

Il fut bientôt onze heures, puis onze heures et quart. Il commença à ressentir cette sensation familière d'impatience, un sentiment qui le traversait de part en part et qui était presque sexuel de par nature. À onze heures vingt, il avança sur la pointe des pieds dans le hall. Au moment où il atteignit la porte de la chambre de sa mère, il l'entendit dormir. Elle ne ronflait pas vraiment mais elle avait cette respiration profonde qui la forcerait un jour à devoir utiiliser un dispositif respiratoire pour dormir, selon l'avis des médecins.

Il revint dans le salon, s'assit dans le divan et feuilleta un des magazines de sa mère. Il n'accorda aucune attention aux textes ni aux photos, pensant uniquement à la femme qui était en route vers chez lui. Il se demanda à quoi ressembleraient ses supplications à travers les murs du cagibi. Celles du type de l'entretien de pelouse avaient été plutôt enfantines et pathétiques. Les supplications des femmes avaient par contre quelque chose de presque sensuel, quand elles commençaient à pleurer pour avoir la vie sauve. Certaines lui avaient même offert du sexe en échange de leur liberté, de faire tout ce qu'il désirait.

Il ne les avait jamais prises au mot. Bien qu'il adore la beauté des femmes, spécialement celles de son calendrier ou celles des vieux magazines que son père avait laissés dans le grenier, l'idée du sexe lui était répugnante.

Un coup frappé à la porte le sortit de ses réflexions.

Il posa le magazine et se leva lentement, n'ayant pas envie d'avoir l'air trop impatient. Il prit une profonde inspiration et sourit en s'approchant de la porte, en essayant d'éviter de trembler d'excitation. Il reprit contenance et ouvrit la porte.

La femme qui se tenait de l'autre côté était assez ordinaire mais pourrait être jolie avec un bon éclairage. Elle portait un sac en toile rempli de bouquins et d'échantillons. Elle lui sourit chaleureusement et jeta un coup d'œil rapide au-dessus de son épaule vers l'intérieur de la maison.

« Bonjour, » dit la femme. « Est-ce que Mary est à la maison ? »

« Oui, » dit-il. « Rentrez. Je vais la chercher. »

« Merci, » dit la femme, en le suivant à l'intérieur. Elle le voyait comme quelqu'un d'inoffensif. La plupart des femmes pensaient la même chose. C'était dû à sa manière d'être. Il n'était pas menaçant, ni beau gosse d'ailleurs. C'était un type ordinaire, qu'on ne remarquait pas vraiment. Il le savait depuis l'école primaire et il en avait toujours tiré profit.

Quand la femme fut à l'intérieur, il ferma la porte derrière elle et s'avança vers le hall. À mi-chemin, il s'arrêta et se retourna vers elle.

« Vous savez, je pense qu'elle dort pour l'instant. »

« Oh, et bien je pourrais peut-être revenir plus tard ? »

« Non, pas du tout. » dit-il. « Maintenant, c'est le moment parfait. »

« Oh, et bien je… »

Il lança son poing droit et la frappa directement au ventre. Alors qu'elle était pliée en deux et cherchait son souffle, il attrapa ses jolis cheveux bruns, tira dessus et l'obligea à le regarder. Elle ouvrit la bouche pour hurler mais quelque chose se mit à scintiller dans son regard. Au lieu de crier, elle releva violemment le bras gauche en arc de cercle.

Son coude l'atteignit directement entre les jambes. La douleur était immense et insoutenable. Durant un bref instant, il revécut le moment où son père l'appelait son petit garçon particulier, un souvenir associé avec une douleur similaire.

La douleur et le souvenir lui firent perdre pied et il lâcha les cheveux de la femme. Elle se leva rapidement mais au lieu de s'enfuir, elle lui assena un coup de pied violent à l'estomac. Il perdit son souffle et au moment où il tomba à quatre pattes, il vit qu'elle s'enfuyait en courant.

Son sac en toile était tombé au sol et tous les échantillons et bouquins étaient éparpillés. Il les écarta d'un geste brusque de la main et laissa échapper un petit hurlement de douleur. Devant lui, la femme était arrivée à la porte et était occupée à la déverrouiller.

Il repoussa la douleur, la ravalant telle une pilule amère qui lui donna envie de vomir. Il se remit sur pieds et s'élança en direction de la femme. Il se jeta littéralement sur elle et au moment où il l'atteignit, elle venait de finir d'ouvrir la porte. La lumière du soleil se déversait par l'embrasure.

Il se laissa tomber de tout son poids au niveau de ses mollets. Elle tomba en avant et sa tête heurta l'embrasure de la porte dans un bruit sourd. Son bras droit tomba à l'extérieur, dans une tentative de s'agripper au porche. Il l'attrapa par les épaules, la traîna à l'intérieur et la laissa retomber au sol. Elle était clairement un peu étourdie par le choc contre l'embrasure de la porte mais elle parvint tout de même à se remettre debout.

Elle était debout sur le porche et descendait les marches en béton en titubant.

Ses yeux s'élargirent. La peur et la colère l'envahirent et il se mit à courir derrière elle avant même d'y réfléchir. Il s'élança par la porte et bondit du porche au moment où elle atteignait le bas des escaliers.

Il la percuta au niveau du dos et ils culbutèrent tous les deux au sol. Il aterrit au-dessus d'elle alors qu'elle glissait le long de la vieille allée fissurée qui traversait son jardin.

Elle sanglota de douleur et essaya de bouger. Il enfonça un coude dans son dos et se remit lentement debout. Il regarda rapidement autour de lui et se rendit compte qu'il avait eu de la chance. Personne ne se trouvait dans la rue. Personne ne promenait son chien ou ne passait en voiture.

Il l'attrapa de nouveau par les cheveux et la remit sur pieds. Elle émit un faible cri et il plaça son autre main autour de sa gorge. Elle comprit qu'elle ne parviendrait pas à se libérer et elle cessa progressivement de lutter. Il revint presqu'en courant jusqu'à la maison, en la tirant par les cheveux et en la tenant toujours à la gorge. À l'intérieur de la maison, il claqua la porte derrière eux et la laissa tomber au sol où elle bougea à peine. Il se baissa vers elle et caressa affectueusement le côté de son visage, son cou, sa poitrine, ses hanches et ses genoux.

En souriant, il l'attrapa par les bras et la traîna à l'arrière de la maison de sa mère, vers son annexe. Le cagibi était à nouveau vide et il pouvait l'entendre réclamer qu'une personne vienne occuper son espace obscur.

CHAPITRE DIX-SEPT

Quand Mackenzie arriva à la décharge, il était un peu après huit heures du matin. C'était la décharge où les deux premières victimes avaient été découvertes et ce lieu commençait à lui être un peu trop familier. Elle gara sa voiture derrière d'autres véhicules et observa l'agitation ambiante. Il y avait quelques travailleurs municipaux – des employés de la décharge probablement – qui parlaient avec deux agents. À côté d'eux, elle vit Bryers qui parlait au téléphone. Quand il la vit, il lui fit signe d'avancer.

Elle sortit de voiture et s'avança rapidement dans sa direction. Tout ce qu'elle put entendre de sa conversation avant qu'il ne racroche fut un simple *« Oui monsieur. À tout de suite. »*

Il concentra alors toute son attention sur Mackenzie et dit : « Tu as été rapide. »

« J'étais déjà en route pour le fitness quand tu as appelé. »

« Et bien, je suis content que tu sois là, » dit-il.

« Un autre corps, c'est ça ? »

« C'est ça, » dit Bryers. « Une autre femme. Elle est toujours là si tu veux jeter un oeil. »

Oui, bien sûr, elle voulait jeter un oeil mais elle n'avait pas envie d'avoir l'air trop impatiente. Elle laissa Bryers la guider en haut d'une petite colline, en direction des bennes à ordures et vers la même poubelle où le corps de Susan Kellerman avait été retrouvé. Sans échanger un mot, ils arrivèrent près de la grande benne à ordures verte et regardèrent à l'intérieur.

Mackenzie regarda le corps de la femme sans sourciller pendant cinq secondes pour s'assurer de vraiment bien le voir. Il y avait une impression dérangeante de gaspillage qui rendait malade dans le fait de voir un corps humain comme ça : sans vie et dépourvu de teintes, jeté au milieu d'emballages de bonbons, de vieux filtres à café, de cartons miteux et autres déchets.

Elle avait une éraflure encore à vif sur le haut du front, où une cicatrice ne s'était pas encore formée. Elle avait également un hématome important sur le côté gauche de son cou. Elle était complètement nue et exposée sur les déchets, couchée en haut de la pile.

« Et c'est pas tout, » dit Bryers.

« C'est-à-dire ? » demanda Mackenzie.

« McGrath est en route et il est en plein pétage de plomb. J'ai failli te rappeler pour te dire de ne pas venir mais je dois t'avouer que je ne sais pas vraiment sur quel pied danser. »

« Qu'est-ce que tu veux dire par là ? »

« Il sera irrité par le fait que tu sois là, » expliqua Bryers. « Mais je pense que ce serait *pire* si tu *n'étais pas* là du tout. Il t'a donné quarante-huit heures, alors que je suppose qu'il faut que tu sois présente dans un cas comme celui-ci. »

« Condamnée si je suis là, condamnée si je ne suis pas là, » dit Mackenzie.

« Exactement. »

« Une autre mauvaise nouvelle pour nous, » dit Bryers, en montrant le ciel du doigt, « c'est le temps. Ces nuages gris me font penser qu'il va pleuvoir dans moins d'une heure. »

« Est-ce que le médecin légiste est arrivé ? »

« Non. Ils sont en route depuis dix minutes. On a reçu l'appel il y a seulement une heure, de l'un des travailleurs qui parlent pour l'instant aux autres agents. Tout s'enchaîne à cent à l'heure sur ce coup-ci. Cette affaire est rapidement remontée en haut de la liste des priorités du Bureau. »

Cette dernière phrase fit comprendre à Mackenzie combien ce dossier était devenu important. Et elle s'était retrouvée coincée en plein milieu. En regardant cette femme morte – la quatrième victime de ce tueur en série – elle commença à penser que peut-être McGrath avait raison. Peut-être qu'elle n'avait vraiment rien à faire dans cette enquête.

« Nous avons les mains liées jusqu'à ce que le médecin légiste arrive, n'est-ce pas ? » demanda-t-elle.

« Oui. »

« Peut-être qu'on pourrait de nouveau trouver quelque chose du côté de la clôture grillagée ? » suggéra-t-elle.

« Tu peux essayer. Mais rappelle-toi que ça ne nous avait pas beaucoup aidé la dernière fois. »

Il y avait une pointe d'agacement dans sa voix que Mackenzie décida d'ignorer. En tant que partenaire, toute cette situation était un vrai bordel pour lui aussi. Elle le comprenait bien mais elle n'avait pas vraiment le temps de compatir.

Elle redescendit la petite colline et se dirigea vers l'endroit où la clôture grillagée séparait la décharge de la route de desserte. Elle était à mi-chemin quand elle vit une voiture arriver à toute allure par cette route. La voiture s'arrêta net à quelques centimètres de la voiture de Mackenzie. Elle vit McGrath sortir du véhicule et s'avancer sans perdre une seconde. Il traversa la barrière et se dirigea directement vers elle.

Quand il s'arrêta à quelques centimètres d'elle, il n'avait pas l'air vraiment en colère. Il avait juste l'air d'un homme qui subissait une pression énorme et qui supportait un poids immense sur ses épaules. Et il se trouvait juste qu'elle était sur sa route.

« Mademoiselle White, » dit-il, en s'efforçant de rester le plus calme possible, « avec cette autre victime, les événements liés à cette affaire vont bientôt devenir incontrôlables. Il n'y a aucun calendrier manifeste pour ce tueur et dans quelques heures, une quantité énorme de ressources du Bureau vont être redirigées vers cette enquête. Et plus il y aura de personnes impliquées, plus il sera difficile de garder votre implication secrète. »

« Je vois, » dit Mackenzie. Elle sentait la colère et la déception monter en elle mais elle comprenait aussi son point de vue. Après tout, il n'était pas question d'elle… il s'agissait d'attraper un assassin. Elle avait un peu honte d'avoir laissé son ambition obscurcir ses priorités.

« Par contre, » dit McGrath, « je suis un homme de parole. Je vous ai donné quarante-huit heures. Et selon mes estimations, il vous en reste vingt-deux. Mais je ne peux pas vous laisser rester ici en plein milieu de l'agitation. Vous vous occuperez de la visite à la famille de la victime. »

« Mais monsieur, je peux être un atout précieux ici et… »

« Ce n'est pas négociable, » dit-il. « Je veux que vous soyez partie d'ici dans deux minutes. Peu importe où vous allez, mais ne restez pas ici. Je dirai à l'agent Bryers de vous envoyer les coordonnées de la famille dès que la victime sera identifiée. C'est la seule faveur que vous aurez de ma part. »

Mackenzie savait qu'elle *devait* obtempérer. Non seulement il lui faisait une faveur en lui permettant de rester sur l'enquête au vu de la récente escalade au sein même de l'affaire, mais elle devait également rester dans les bonnes grâces de tous ceux qui prenaient des risques pour elle, en s'assurant qu'elle reste impliquée.

« Oui, monsieur, » dit-elle. Elle acquiesca de la tête et se dirigea vers la barrière d'entrée et en direction de sa voiture. Elle se retourna pour regarder en direction des bennes à ordures dès qu'elle eut atteint sa voiture et ouvert la portière. Elle vit le visage de Bryers parmi la foule. Il regardait dans sa direction et elle fut touchée de voir qu'il avait l'air triste et déçu.

Elle lui fit un petit signe de la main en entrant dans sa voiture. Puis elle démarra le moteur et fit une marche arrière. Avant qu'elle n'arrive au bout de la route de desserte et ne rejoigne l'autoroute principale, de petites gouttes de pluie se mirent à tomber et commencèrent à crépiter sur son pare-brise.

***

Elle n'allait certainement pas retourner à son appartement et elle n'avait aucune envie d'aller au fitness pour commencer un entraînement qu'elle ne pourrait probablement pas terminer. Vu qu'on était dimanche, aller à l'académie ou au champ de tir n'étaient pas non plus des options. Elle se sentait bizarre – pas insatisfaite mais un peu comme déprimée.

Elle décida d'aller au Starbucks, où elle commanda un café noir et s'assit à l'arrière. Elle consulta son téléphone en écoutant la fine pluie tomber contre le carreau de la fenêtre. Alors qu'elle consultait ses contacts, elle commença à comprendre le sentiment qui l'envahissait. Elle avait horreur de l'admettre – elle détestait s'abaisser à ce qu'elle considérait comme un état d'âme d'adolescent – mais elle se sentait seule.

Son doigt hésita durant quelques secondes au-dessus du nom d'Harry avant qu'elle ne décide de l'appeler. Elle mit le téléphone à son oreille et écouta, en essayant de se rappeler à quand datait la dernière fois où elle avait appelé un homme avec lequel elle ne travaillait pas.

Harry répondit à la deuxième sonnerie. Il avait l'air fatigué mais il essayait de le dissimuler.

« Allô ? » dit-il.

« Harry… c'est Mackenzie. »

« Oui, j'ai vu ça. Ton nom s'est affiché comme par magie sur mon téléphone. »

« Qu'est-ce que tu fais ? »

« Pas grand-chose, » dit-il. Il y avait une pointe de curiosité dans sa voix. Il était clair qu'il essayait de savoir pourquoi elle appelait. « Je pensais que tu étais sur les talons d'un tueur. »

« Quoi ? »

Harry hésita durant un instant puis finit par lui dire ce qu'il pensait. « Tout le monde sait que tu travailles sur une affaire. »

« Est-ce que tout le monde sait de quelle affaire il s'agit ? »

« Je ne sais pas, » dit-il. « Je sais que *je* ne sais pas. Alors… c'est vrai ? »

« Je ne peux ni nier ni confirmer, » dit Mackenzie.

« Et si je te soûle ? Tu parlerais ? »

« Ça dépend de ce qu'on boit et de la quantité, » dit-elle. « Mais en toute honnêteté… c'est de trop pour l'instant. »

« Quoi ? » demanda Harry.

« Rien dont je puisse vraiment parler, en fait. »

« Oh, et bien si tu ne peux pas en parler, pourquoi as-tu appelé ? »

« Je ne sais pas. »

« Enfin, je veux dire, je suis content que tu l'aies fait, » dit Harry.

Le silence s'établit sur la ligne et le sentiment de gêne qui s'installa entre eux rappela à Mackenzie la raison pour laquelle elle n'appelait jamais de garçons. Déjà en tant qu'adolescente, elle détestait le faire.

« Qu'est-ce que tu fais plus tard dans la journée ? » demanda Mackenzie. Elle posa cette question de manière soudaine, un peu à la manière d'un rot innatendu.

« *Quand* ça, aujourd'hui ? » demanda-t-il.

« Plus tard. Comme dans l'après-midi. »

« Pas grand-chose. Et toi ? »

« Je ne sais pas encore. Mais s'il s'avère que je suis libre, peut-être qu'on pourrait aller boire ce verre ? »

« Alors, tu veux que je sois disponible au cas où *tu* serais disponible, » dit Harry. « C'est ça ? »

« Oui, ça résume bien, » dit-elle en riant. Entendre son propre rire était bizarre. Elle ne l'appréciait pas vraiment.

« Je crois que c'est faisable, » dit Harry.

« OK alors, je t'appelle. »

« Si tu es libre, » précisa Harry.

« Oui, si je suis libre. À tout à l'heure Harry. »

« À tout à l'heure, » dit-il, avec cette pointe de curiosité toujours présente dans sa voix.

Elle se sentait légèrement euphorique d'avoir survécu à cette conversation téléphonique et elle était agréablement surprise de se rendre compte qu'elle espérait que ça marcherait et qu'ils *pourraient* de fait se retrouver cet après-midi. Bien que ses sentiments pour Harry n'aient rien à voir avec ceux qu'il avait l'air de nourrir pour elle, elle se demanda si ce serait *si* mal que ça de l'embrasser… d'avoir ses mains posées sur elle et de se sentir *désirée*. Bien qu'elle ait fait l'amour avec Zack plusieurs fois juste avant leur rupture, ça faisait déjà longtemps qu'elle ne se sentait plus désirée par lui.

Ayant l'impression que cette conversation lui avait donné une sorte de courage qu'elle n'avait plus ressenti depuis longtemps, Mackenzie fit défiler ses contacts. Elle s'arrêta sur *MAMAN*.

De nouveau, elle hésita. Elle n'avait plus parlé avec sa mère depuis son déménagement à Quantico. Et bien qu'elle doute que sa mère s'en soucie vraiment, elle ressentait un sentiment de responsabilité qui se transformait en culpabilité depuis quelques semaines. Bien que les relations avec sa mère et sa sœur soient tendues, il n'y avait aucune raison de couper toute communication avec elles.

Elle était sur le point d'appuyer sur *MAMAN* quand le téléphone se mit à sonner dans ses mains. L'écran affichait le nom de *BRYERS*.

Elle répondit rapidement. Elle se sentait un peu hors-circuit d'avoir pris un instant pour s'occuper de ses affaires personnelles. « Salut, Bryers. »

« Salut, » dit-il. « Écoute… je suis désolé de la manière dont les choses se sont déroulées. Mais McGrath a raison. Cette affaire est sur le point de se transformer en véritable show. »

« Je sais, je comprends. »

« Oui, bien sûr. Le ton de ta voix trahit tout le contraire. »

« Ils ont déjà identifié la victime ? » demanda-t-elle.

« Oui. Je vais t'envoyer une adresse par message. La victime s'appelle Dana Moore, trente et un ans, célibataire. La seule personne que nous avons contactée, c'est sa mère. On dirait que c'est la seule famille qu'elle ait. »

« OK, merci. »

« Ça va ? » demanda Bryers. Elle se rappela la déception qu'elle avait vue sur son visage au moment où elle avait quitté la décharge. Le fait qu'il se préoccupe pour elle comptait beaucoup et sincèrement, il faisait que la situation *soit* un peu plus supportable.

« Oui, ça va, » dit-elle. « Je te tiens au courant si je découvre quoi que ce soit de la mère. »

« OK, » dit Bryers.

Mackenzie termina l'appel et emporta son café en se dirigeant vers la porte. La pluie tombait toujours sous forme de bruine et de gouttes juste assez fréquentes pour être ennuyantes. Elle entendit son téléphone émettre un signal au moment où Bryers lui envoya l'adresse et elle l'afficha sans perdre un instant.

Il lui restait vingt heures et elle comptait bien tirer profit de chaque seconde. Elle allait aussi faire du bon boulot, indépendamment du fait que McGrath lui assigne une tâche plus secondaire. Avec la pluie qui continuait à tomber, Mackenzie s'assit derrière le volant de sa voiture et démarra pour aller parler, pour la troisième fois en deux jours, avec un membre d'une famille en deuil.

CHAPITRE DIX-HUIT

Gloria Moore était en état de choc quand Mackenzie arriva chez elle. Mackenzie se sentait désolée pour cette femme de cinquante-cinq ans mais elle préférait avoir affaire à la stupéfaction et à l'incrédulité, plutôt qu'au chagrin et aux gémissements. Elle n'avait reçu l'appel l'informant de la mort de sa fille que quarante minutes plus tôt et Mackenzie pensait que la nouvelle n'avait pas encore fait son bout de chemin. Pour l'instant, elle avait juste l'air fatiguée et très déconcertée.

Elle a tout de suite invité Mackenzie à entrer et elle avançait à travers la maison tel un zombie. Elles s'étaient installées dans le petit salon de Gloria et étaient restées silencieuses durant une bonne vingtaine de secondes avant que Mackenzie ne comprenne qu'il allait falloir prendre les devants pour sortir Gloria Moore de sa stupeur.

« Je sais que ça doit êre dur de parler de ce genre de choses pour l'intant, » dit Mackenzie, « mais toute information que vous pourriez me fournir aujourd'hui pourrait éventuellement nous aider à trouver le type qui a fait ça. »

« Oui, je sais, » dit Gloria. Le ton de sa voix était monocorde et robotique.

« Savez-vous si Dana avait des ennemis ? Des gens avec qui elle ne s'entendait pas ? »

« Pas à ma connaissance, » dit Gloria. « C'était une fille très discrète. Elle ne racontait pas grand-chose. »

Mackenzie s'interrogea sur la dynamique au sein de la famille Moore. Gloria vivait seule et Mackenzie n'avait vu aucune photo de famille – aucun signe de figure paternelle. Peut-être que Gloria avait élevé Dana de manière à ce qu'elle devienne aussi une sorte de louve solitaire.

« Y a-t-il eu des changements significatifs dans sa vie dernièrement ? » demanda Mackenzie. « Quoi que ce soit qui l'ait amenée à passer du temps avec de nouvelles personnes ? »

Gloria prit un moment pour réfléchir à la question, puis acquiesca lentement de la tête. « Et bien, elle avait finalement réussi à faire un peu décoller son boulot. Elle travaillait depuis la maison et avait souvent du mal à nouer les deux bouts. Mais il y a environ deux mois, les affaires ont vraiment commencé à démarrer – un truc à voir avec des promotions sur Facebook. »

« C'était quel genre de boulot ? »

« Elle vendait des pilules de régime et des suppléments vitaminés. Elle a appelé son entreprise Remèdes Naturels Santé. »

« Elle avait des collègues ? »

« Non, elle travaillait toute seule. C'etait surtout un boulot de porte à porte, en fait. Elle appelait de potentiels clients pour convenir de rendez-vous. Parfois ils se rencontraient dans un café mais parfois elle se rendait à domicile. Pas vraiment excitant en soi… mais elle était contente d'avoir ce boulot. »

Une connexion se fit dans l'esprit de Mackenzie – une évidence prenait forme. *Porte à porte.* Bien que Trevor Simms n'ait pas vraiment travaillé dans un boulot de porte à porte, il *faisait* du porte à porte à la recherche de nouveaux clients, au moment de sa mort. Et Susan Kellerman ? N'y avait-il pas quelque chose qui avait été mentionné au sujet de son boulot qui semblait indiquer qu'elle faisait du porte à porte ? Il fallait qu'elle consulte ses notes mais elle était presque sûre qu'il y avait un lien dans tout ça.

Soudain, la théorie du porte à porte dont elle avait parlé avec Bryers semblait être bien plus qu'une théorie.

« Est-ce que je pourrais avoir accès à son ordinateur ? »

« Oui, bien sûr, » dit Gloria, « mais je n'ai aucune idée de ses mots de passe. Si vous voulez, je pense que j'ai le nom de certains de ses clients. Elle essayait toujours de me faire essayer les trucs qu'elle vendait. Elle me racontait toujours ces histoires de clients satisfaits et elle m'encourageait souvent à les appeler. »

« Ce serait vraiment super. »

« Je vous les amène tout de suite, » dit Gloria.

La femme tituba légèrement en se mettant debout. Mackenzie pouvait voir la douleur l'atteindre de plein fouet et se demanda combien de temps elle tiendrait encore le coup avant de craquer. Selon Bryers, la sœur de Gloria devait arriver sous peu. Mackenzie se sentit un peu coupable d'y penser, mais elle espérait être partie depuis longtemps quand une forme de réconfort et de compassion deviendrait nécessaire.

Moins d'une minute plus tard, Gloria revint avec deux post-it. Trois noms étaient inscrits sur l'un d'entre eux et deux noms sur l'autre. Chaque nom était suivi d'un numéro de téléphone. L'un d'entre eux était entouré et Gloria le montra du doigt au moment où elle lui tendit les post-it. Le nom entouré était celui de Becka Rudolph.

« Celle-ci, » dit Gloria, « c'est la cliente la plus fidèle de Dana. Je pense qu'elle commandait au moins deux fois par mois. »

Mackenzie prit les post-it et les mit en poche, impatiente de s'en occuper avant que McGrath ne pense à la rappeler. Comme si les événements continuaient à lui sourire, même après les ordres de McGrath à la décharge, un coup frappé à la porte de Gloria lui offrit l'occasion de pouvoir s'en aller. Même si elle *était* émotionnellement un peu instable, elle n'allait tout de même pas laisser une mère en deuil toute seule, juste après avoir perdu sa fille.

Toujours avec une démarche de zombie, Gloria s'avança jusqu'à la porte. Quand elle l'ouvrit et vit la femme qui se tenait de l'autre côté – au physique tellement ressemblant qu'elle ne pouvait *pas* ne pas être sa sœur – Gloria s'effondra complètement. Elle se pencha en avant et tomba à genoux en gémissant. La femme à la porte jeta un regard d'excuse en direction de Mackenzie, puis s'approcha de sa sœur et se mit également à genoux afin de l'embrasser.

Mackenzie ne pouvait rien faire d'autre que de rester maladroitement là durant un instant. Face au chagrin de ces femmes, un sentiment familier de colère et de détermination commença à gronder en elle. Elle l'avait ressenti pour la première fois lorsqu'elle avait traversé une sorte de limite mentale lors de sa chasse au tueur épouvantail et elle le ressentait à nouveau aujourd'hui. C'était un sentiment presqu'écrasant, à la fois motivant et douloureux.

C'était un peu comme si quelqu'un avait donné un coup de pied dans un nid de frelons dans son estomac. Fous furieux, les frelons sortaient de leur nid et se rassemblaient pour attaquer.

***

Mackenzie appela Becka Rudolph avant même de sortir de l'allée devant la maison de Gloria. Becka venait juste de sortir de l'église et eut l'air sincèrement attristée par la nouvelle de la mort de Dana Moore.

Une demi-heure plus tard, Mackenzie se gara sur le parking d'un café où elles avaient convenu de se rencontrer.

Becka avait plus ou moins le même âge que Gloria – peut-être légèrement plus jeune – et avait l'air extrêmement mal à l'aise quand Mackenzie s'assit en face d'elle. Elle sirotait un café et portait toujours ses vêtements du dimanche.

« Vous connaissiez bien Dana en-dehors de votre relation professionnelle ? » demanda Mackenzie.

« Assez bien, je pense. Elle était toujours très prévenante, vous savez. Elle venait toujours jusque chez moi pour m'apporter ma commande et me montrer de futurs nouveaux produits. Mais après ça, elle prenait toujours le temps de me demander comment j'allais. Je n'irais pas jusqu'à dire que nous étions des amies mais nous avions très certainement une relation amicale. »

« Ça faisait combien de temps que vous étiez sa cliente ? » demanda Mackenzie.

« Environ trois mois. Elle me répétait souvent que j'avais été sa deuxième cliente dans ce boulot. Et je ne pense pas qu'elle faisait ce boulot depuis beaucoup plus longtemps que ces trois mois. »

« Est-ce que vous avez une idée de comment elle faisait le suivi de sa clientèle ? Est-ce qu'elle avait un agenda ou un truc dans le style ? »

« Elle gérait tout ça sur son iPhone, » dit-elle. « Quand il était prévu de m'amener une nouvelle commande, elle l'ajoutait dans l'agenda de son téléphone. »

« Et quand était prévue votre prochaine commande ? »

« Dans deux semaines, » dit Becka.

« Je me doute qu'il y a très peu de possibilités que vous puissiez répondre à ma prochaine question, mais est-ce que vous connaissiez par hasard certains de ses autres clients? Avez-vous une idée de l'endroit où elle prévoyait de faire des visites ces derniers jours ? »

« Non, je suis désolée. Je ne sais pas. Je… »

« Qu'est-ce qu'il y a ? »

Becka prit un moment pour réfléchir, faisant visiblement un effort pour se rafraîchir la mémoire.

« Attendez… en fait, je me rappelle qu'elle était très enthousiaste à l'idée d'une potentielle nouvelle cliente. Il s'agissait d'une femme en mauvaise santé – une dame obèse. Dana avait dit que c'était dans une partie de la ville où elle n'était jamais allée. Elle pensait que c'était une occasion rêvée de développer une nouvelle clientèle dans un nouveau quartier. »

« Vous vous rappelez dans quel quartier c'était ? » demanda Mackenzie.

« Tout ce que je sais, c'est que c'était quelque part du côté Ouest de la ville. La rue Black Hill, peut-être ? »

« Vous voulez dire la rue Black *Mill* ? » demanda Mackenzie.

« Oui, je pense que c'est ça. »

Avec cette nouvelle connexion, Mackenzie eut le sentiment que tout se mettait d'autant plus en place. Soudain, elle était furieuse que Bryers ne l'ait pas prise assez au sérieux pour suivre la piste qu'ils avaient reçue précédemment au sujet de la rue Black Mill. Elle comprenait ses raisons, mais tout de même…

Elle se prépara à se lever et à s'en aller.

« Attendez, » dit Becka. « C'est un peu… froid, comme attitude. Il n'y a rien d'autre que vous souhaiteriez savoir ? »

Déconcertée, Mackenzie s'efforça de réfléchir à d'autres questions qui pourraient apaiser la femme. Le temps lui était compté et elle n'avait qu'une seule envie, c'était de se mettre en route. Elle n'avait vraiment pas le temps de dorloter cette femme afin qu'elle se sente importante pour avoir contribué à l'enquête.

« Non, madame. Comme je vous le disais, le temps nous est compté et… »

« Vous pouvez me montrer votre badge ? » demanda Becka, sur un ton soudainement solennel et sur la défensive.

Mackenzie avait laissé le cordon avec la carte temporaire en plastique dans sa voiture. L'admettre, ce serait avoir l'air d'une vraie débutante mais au vu des circonstances, elle n'avait pas le choix. *Quelle idiote,* pensa-t-elle.

« Je n'en ai pas, » dit-elle. « Je suis une consultante temporaire au FBI. Je fais toujours partie de l'académie et on m'a demandé de… »

« Alors, on en a terminé, » dit Becka, en se mettant soudain debout. Elle avait l'air furieuse et trahie.

« Tout va bien, » dit Mackenzie, en parvenant à l'apaiser. « J'ai été autorisée pour travailler sur cette affaire. »

« Même si c'est le cas, je n'aime pas du tout la manière froide et méthodique avec laquelle vous traitez la mort d'une femme qui fut adorable. Maintenant, si vous voulez bien m'excuser... »

Mackenzie regarda Becka Rudolph sortir en colère du café, puis murmura en tremblant : *« Merde. »*

Il n'empêche que la connexion concernant la rue Black Mill s'avérait soudain être très prometteuse. Susan Kellerman s'était dirigée vers ce quartier avant de mourir et maintenant, il y avait également un lien avec Dana Moore. Trouver l'adresse de quelqu'un en mauvaise santé dans ce quartier pourrait s'avérer difficile et elle aurait besoin des ressources du Bureau afin d'y parvenir. Sûrement que McGrath la laisserait faire.

Et si ce n'était pas le cas ?

Elle ne pouvait pas se permettre d'attendre pour le savoir.

Envahie par un sentiment d'urgence, Mackenzie retourna à sa voiture et introduisit dans son GPS les donnés concernant la rue Black Mill.

CHAPITRE DIX-NEUF

Avec ce qui lui semblait être une piste vraiment solide en main, Mackenzie soupesait ses options. Elle pourrait garder l'information pour elle et continuer un peu sur cette piste – ce qui était ce qu'elle avait envie de faire – mais elle finirait probablement par mettre McGrath encore plus en colère. Ou elle pouvait en informer Bryers maintenant et espérer que McGrath et tous ceux travaillant sous ses ordres auraient la bonne idée de suivre cette piste.

Elle décida, au vu de la situation tumulteuse dans laquelle elle se trouvait déjà, qu'il valait mieux qu'elle appelle Bryers. Et elle le fit. Mais lorsqu'elle lui révéla ce qu'elle avait découvert lors de ses conversations avec Gloria Moore et Becka Rudolph, il n'était pas aussi ravi qu'elle pensait qu'il le serait.

« Écoute, Mackenzie, » dit-il. « Je vais être aussi honnête et direct que possible avec toi, OK ? » dit Bryers.

« OK. »

« Si McGrath t'a dit de parler à la famille, c'est *tout* ce qu'il voulait que tu fasses. Interroger quelqu'un qui n'est pas directement impliqué avec la victime ne faisait pas partie de la permission qu'il t'avait accordée. S'il y a le moindre souci avec cette Becka Rudolph, ça pourrait aller très mal pour toi. »

« OK, je comprends, » dit Mackenzie. « J'ai été trop loin et j'arrête. Mais peux-tu s'il te plaît faire passer l'info concernant la rue Black Mill ? Ça ne peut pas être une coïncidence, n'est-ce pas ? »

Bryers soupira de manière assourdissante de l'autre côté de la ligne. « Écoute, je vais faire passer l'info à McGrath mais s'il me demande comment tu as obtenu cette information, je vais devoir lui dire la vérité. Tu pourrais te faire sérieusement taper sur les doigts pour avoir parlé avec Becka Rudolph. »

« OK, je comprends. Alors... qu'est-ce que je peux faire d'autre ? »

« Pour l'instant, contente-toi d'attendre. Je fais un peu office d'intermédiaire pour l'instant entre toi et McGrath. Bien sûr, il veut juste que tu sois complètement retirée de l'affaire et... »

Le téléphone de Mackenzie bipa, lui signalant qu'elle avait un autre appel en attente. Elle regarda l'écran et ne reconnut pas le numéro. « Bryers, je peux te rappeler ? J'ai un autre appel en attente. »

« Oui, bien sûr. À tout de suite. »

Mackenzie répondit à l'autre appel. « Mackenzie White, » dit-elle.

« White, » dit la voix d'un homme. « Tu peux m'expliquer ce que tu fous ? »

La voix était remplie de colère, ce qui lui permit facilement de savoir de qui il s'agissait. McGrath était de l'autre côté du fil et il était furieux.

« Ce que vous m'avez demandé, monsieur. J'ai parlé avec la mère de la victime. »

« Et ensuite ? »

« J'ai suivi une piste prometteuse qu'elle m'avait donnée. »

« Ça, je suis au courant. Une femme du nom de Becka Rudolph. Et tu sais *comment* je suis au courant ? Car elle a appelé la ligne du FBI et a porté plainte contre toi. Tu n'avais pas de badge et elle a dit que tu t'étais montrée très désagréable. Imagine comment je me suis senti au moment où j'ai reçu cet appel du bureau central. »

« Je n'étais pas désagréable. J'allais droit au but et... »

« Je m'en fous de *comment* tu t'es comportée. Tu n'avais pas la permisson de lui parler, point final ! Tu n'avais pas reçu mon autorisation. »

« Je suis désolée, monsieur. Mais j'ai cru bien faire en suivant cette… »

« Je ne veux rien savoir. Ces dix-neuf ou vingt heures qui te restaient sont révoquées. Tu es maintenant officiellement retirée de cette affaire. Je parlerai avec le directeur pour voir si je peux le convaincre de te laisser rester à l'académie. »

« Mais il y a une piste. Un piste très prometteuse, et il se peut… »

« Silence, White, » s'énerva-t-il. « Tu ne travailles plus sur cette affaire et j'espère ne plus te parler avant que tu ne termines l'académie. C'est compris ? »

Furieuse et en colère, Mackenzie dut se mordre la langue pour ne pas lui répondre. Les dents serrées, elle finit pas murmurer : « Oui, monsieur. »

« Bien. »

Sans même dire au revoir ou un truc dans le genre, McGrath raccrocha. Mackenzie tremblait de colère et elle jeta violemment son téléphone à travers la voiture, dans un geste de frustration. Elle frappa le volant du poing et laissa échapper un juron. Elle réalisa qu'elle n'était pas loin d'une dépression nerveuse, en plein milieu d'une autoroute.

Elle inspira profondément à plusieurs reprises pour se calmer et, bien qu'elle déteste l'idée de battre en retraite, elle se dirigea vers son appartement. Elle ne se rappelait pas s'être jamais sentie aussi démoralisée et seule. Même lorsqu'elle avait découvert le corps de son père, mort sur son lit il y a des années, elle avait eu la présence de la police qui était très vite apparue sur la scène de crime et de sa mère pour la consoler. Mais aujourd'hui elle était seule, dans une ville qu'elle connaissait à peine, sachant qu'il y avait un tueur en liberté qu'elle n'était pas parvenue à attraper.

Et qu'elle n'attraperait peut-être jamais.

CHAPITRE VINGT

Mackenzie rentra à son appartement. Elle savait qu'elle devait laisser tomber mais elle n'y parvenait pas. Au lieu de se morfondre et de broyer du noir, elle consulta à nouveau les dossiers de l'enquête. Elle n'avait jamais été du genre à abandonner facilement et elle n'allait pas commencer aujourd'hui.

Mackenzie savait qu'elle avait examiné les dossiers de près et que rien ne lui avait échappé mais c'était la seule chose productive qu'elle pouvait faire. Peut-être que si elle découvrait quelque chose dans les dossiers, elle pourrait en informer Bryers – si McGrath ne lui avait pas déjà ordonné de ne plus être en contact avec elle.

Au moment où elle rangeait les dossiers dans les classeurs, son téléphone se mit à sonner. Son cœur bondit dans sa poitrine en pensant que ça pourrait être Bryers ou McGrath, pour lui dire qu'il y avait du neuf et qu'ils avaient finalement décidé qu'ils avaient besoin d'elle. C'était un espoir enfantin mais elle ne pouvait pas s'empêcher d'espérer.

Quand elle vit le numéro de Zack s'afficher, la sensation agréable qu'elle avait ressentie se transforma en quelque chose de pesant et elle se mit en colère de manière irrationnelle. À tout autre moment, elle aurait probablement juste ignoré l'appel et laissé Zack aterrir de nouveau sur sa messagerie vocale. Mais elle était en colère, fatiguée, frustrée et furieuse… et elle avait besoin de se soulager d'une manière ou d'une autre.

Elle décrocha à la troisième sonnerie et ne fit même pas semblant d'être sympa. « Qu'est-ce que tu veux maintenant, Zack ? » demanda-t-elle.

Le ton de sa voix l'avait apparemment surpris car il hésita un instant avant de répondre. « Et bien, ça fait plaisir d'entendre ta voix, aussi, » dit Zack. Il essayait d'avoir l'air meurtri mais il avait plutôt le ton de quelqu'un qui cherchait la dispute.

« C'est toi qui m'a appelée, » précisa Mackenzie. « Qu'est-ce que tu veux ? »

« Je voulais juste m'assurer que tu étais toujours heureuse là-bas. »

« Totalement, » dit-elle, tout en réalisant combien cette affirmation était éloignée de la réalité en cet instant présent.

« Alors j'imagine que je ne te manque pas du tout ? »

« Oui, c'est tout à fait ça, » dit-elle. « J'ai un appartement propre et, quand je rentre du boulot, je n'ai pas à ramasser ce qu'un type laisse traîner. »

« Pourquoi tu es toujours obligée d'être aussi méchante ? » demanda-t-il.

« Car on dirait que c'est la seule manière pour que tu comprennes. »

Il eut de nouveau une hésitation. Elle sentit quelque chose changer dans le silence qui s'installa, comme s'il cherchait un autre angle d'attaque.

« C'était vraiment si terrible que ça ? » demanda-t-il, prenant soudain le rôle de victime.

Elle se mordit la langue pour ne pas laisser échapper la première réponse qui lui vint aux lèvres. Cette fois-ci, c'était elle qui hésitait. « Ça ne l'était pas au début, » dit-elle. « Mais honnêtement, tout ça n'a plus d'importance aujourd'hui. Plus du tout. Je suis partie, Zack. C'est fini. Ça n'a pas marché. »

« Je voulais juste m'assurer que tu ressentais toujours la même chose, » dit-il. « Car à partir de maintenant – après cette conversation – je laisse tomber. Je veux être avec toi… enfin, je pense que c'est ce que je veux, mais vu que tu m'exprimes clairement ton point de vue, c'est fini pour moi aussi. Alors quand les choses ne se dérouleront pas si bien que ça pour toi là-bas, tu peux m'oublier. Je ne serai pas ici à t'attendre quand tout s'effondrera autour de toi. »

Une vague de soulagement envahit Mackenzie mais vu comment sa journée s'était déroulée, un retour au Nebraska n'apparaissait plus comme une issue si improbable.

« C'est bon à savoir, » fut tout ce qu'elle trouva à dire. « Écoute, Zack. Je suis désolée mais il faut que j'y aille. »

« Ah oui, c'est vrai, tu n'arrêtes jamais, » dit-il d'un air moqueur. « J'avais presqu'oublié. Allez, Mac, va nous épingler tous ces pauvres types. »

Le commentaire était destiné à la faire réagir et elle fut incapable de rester polie plus longtemps. « Va te faire foutre, » dit-elle en raccrochant.

Elle serra et desserra les poings, prête à jeter son téléphone pour la seconde fois cet après-midi. Elle inspira profondément à plusieurs reprises pour essayer de se calmer. Mais rien n'y faisait.

Toujours tendue et en colère, agissant sur un coup de tête, elle consulta les contacts de son téléphone et appela Harry.

Il répondit rapidement et quand il le fit, Mackenzie alla droit au but.

« Tu es toujours disponible pour aller boire un verre ce soir ? » demanda-t-elle.

***

Trente minutes plus tard, elle était dans la douche. L'eau chaude parvint lentement à l'apaiser et maintenant qu'elle n'était plus en colère ni frustrée, elle envisageait sérieusement de rappeler Harry pour annuler les projets de ce soir. La seule raison pour laquelle elle finit par ne pas le faire, était parce qu'elle avait déjà fait un grand pas en avant, rien qu'en l'appelant aujourd'hui. Elle faisait des progrès dans tous les domaines de sa vie et bien que sa vie sociale ne soit pas spécialement des plus importants pour l'instant, c'était tout de même une sorte de pas en avant. Elle n'allait pas laisser une conversation envenimée avec Zack changer tout cela.

Quarante-cinq minutes plus tard, elle était habillée et prête à sortir. Avant de passer le pas de la porte, elle vérifia une dernière fois ses emails sur son téléphone. Naïvement, elle espérait toujours que quelqu'un au sein de la hiérarchie réalise combien elle pouvait être un atout et l'invite à s'occuper à nouveau de l'affaire.

Mais quand elle regarda son téléphone, elle vit qu'elle n'avait reçu aucune confirmation de ce genre. À part quelques emails indésirables, il n'y avait rien d'autre. Avec un air renfrogné d'enfant boudeur, elle sortit de son appartement, décidée à ne plus y penser durant le reste de la soirée. On lui avait offert une incroyable opportunité et c'était uniquement de sa faute si ça n'avait pas marché. Elle était la seule responsable et pour l'instant, c'était un sentiment qu'elle était capable de supporter.

Elle marcha jusqu'au bar où ils avaient convenu de se rencontrer, car elle n'avait pas envie de se retrouver dans une situation gênante et qu'Harry doive la reconduire à la maison si elle avait bu un verre de trop. Ce n'était qu'à quatre pâtés de maisons et elle profita de cette ballade pour essayer de se remettre dans l'état d'esprit adapté à un rencard. Zack était le dernier type avec lequel elle était vraiment sortie et la partie de leur relation où ils apprenaient à se connaître n'avait vraiment pas duré longtemps. Ils se mirent en ménage cinq mois après s'être rencontrés – une décision que Mackenzie regrettait beaucoup, avec le recul. Elle se demanda si elle *savait* encore comment se comporter lors d'un rencard. Elle n'avait jamais été très douée pour les conversations avec les hommes, et encore moins avec la drague… non pas qu'elle ait vraiment besoin de flirter avec Harry. Elle savait qu'il était intéressé par elle et ça, au moins, ça rendait le rencard de ce soir un peu moins intimidant.

Elle arriva un peu après dix-huit heures et il était déjà assis dans un petit box à l'arrière avec une bière posée devant lui. Lorsqu'il la vit traverser la foule et s'approcher de lui, il lui décocha un sourire timide.

« Tu es arrivé tôt, » dit Mackenzie au moment où elle s'asseyait en face de lui.

« Oui, » dit Harry. « C'est vrai, j'étais impatient. »

« Comment vas-tu, Harry ? » demanda Mackenzie.

Il eut l'air déconcerté par la question mais il continua à sourire. « Moi ? Je vais bien, » dit-il. « Mais j'ai l'impression que cette dernière phase de formation à l'académie s'éternise – le temps passe trop lentement, tu vois ? Mais je m'y plais toujours bien. Enfin, pas autant que toi, apparemment. Comment va l'affaire ? Ou… tu ne peux rien m'en dire ? »

Elle haussa les épaules et fut sur le point de lui raconter tout ce qui s'était passé aujourd'hui. Mais elle se dit qu'il était sûrement plus sage de rester vague, plutôt que de le démoraliser. « C'est un processus d'apprentissage, ça, c'est sûr, » dit-elle. « Des hauts et des bas continuels en l'espace de seulement quelques jours. »

« Tu n'y étais pas préparée ? » demanda Harry.

« Je ne sais pas, » dit-elle.

« Je pensais que l'affaire du tueur épouvantail devait être une expérience assez instructive. »

Elle leva les yeux au ciel. « Ça l'était mais je commence à me rendre compte que cette seule affaire a tendance à me définir. »

« Oh, » dit-il sur un ton visiblement gêné.

« Non, ne t'en fais pas. Je pense que la plupart des gens normaux seraient enchantés d'avoir ce genre d'attention. »

« Et tu n'est pas normale ? »

« Je suis loin d'être normale. »

Ils rièrent de manière un peu gênée pendant que la serveuse vint prendre leur commande. Mackenzie en profita pour jaucher rapidement Harry. Il était beau mais d'une façon très subtile. Mais ça, elle le savait déjà après avoir passé autant de temps avec lui à l'académie. Elle était quasiment certaine qu'il avait sûrement été le plus beau petit garcon de sa classe de maternelle. Puis il était devenu un adolescent maladroit, sans aucun sex-appeal avant d'avoir presque terminé l'université. Associer sex-appeal et Harry dans une même phrase était un peu bizarre et c'est à ce moment-là que Mackenzie fut certaine qu'aucune romance ne pourrait naître entre eux. Elle espérait qu'il pensait la même chose afin qu'elle ne soit pas celle qui doive l'énoncer clairement.

La conversation qu'ils eurent fut assez agréable. Elle apprit qu'Harry avait grandi dans le Michigan et qu'il avait refusé une bourse d'études pour jouer au baseball à la MSU afin de poursuivre son rêve de devenir un agent du FBI. Ses parents avaient déménagé en Californie quand il avait terminé le lycée et il avait eu un chien. En retour, Mackenzie ne raconta pas grand-chose sur elle. Elle divulga au minimum toute information concernant son enfance, évitant de devoir évoquer le fait qu'elle avait grandi avec un père qui était mort dans des circonstances douteuses. Elle se demanda si elle avait été aussi vague concernant sa vie que Bryers l'avait été avec elle et si c'était le cas, elle se demanda ce qu'Harry en pensait.

Elle aimait beaucoup le fait que Harry ne la harcèle pas de questions concernant le tueur épouvantail ou sur sa courte mission avec Bryers. Elle avait l'impression qu'il était réellement intéressé par elle et peut-être même un peu amoureux, comme l'avait mentionné Colby. Il la regardait d'une manière qui indiquait clairement qu'il avait autre chose en tête qu'une simple amitié.

« Qu'est-ce que tu penses faire après l'académie ? » lui demanda Harry.

« J'aimerais me consacrer au profilage, » dit-elle.

« Alors, j'imagine que tu *adores* le cours de McClarren. »

« Oui, c'est vrai. Mon dernier cours avec lui est en effet demain. »

« Et est-ce que tu as déjà l'impression que c'est réel ? »

« *Quoi* qui soit réel ? »

« Le fait qu'on y soit presque… presque fini avec la partie de l'académie. »

Pour Mackenzie, ça *avait* l'air réel, surtout suite à la manière dont elle avait passé les deux dernières journées. Elle était toujours fatiguée et fâchée sur la manière dont McGrath l'avait renvoyée aujourd'hui. Il était dès lors très difficile pour elle de séparer sa vie de l'académie de ce qu'elle avait fait ces deux derniers jours. Mais elle n'avait pas envie d'entamer cette conversation avec Harry.

« Pas vraiment, » mentit-elle. « Mais j'y arrive tout doucement. »

Le silence s'installa entre eux et elle fit de son mieux pour soutenir le regard d'Harry sans avoir l'air trop mal à l'aise. Il y avait trois verres vides devant elle – le troisième venait juste d'être vidé de son contenu de rhum cola. Elle se sentait un peu joyeuse mais loin d'être soûle. Et c'était tant mieux… si elle buvait un autre verre, elle n'avait aucune idée de ce qu'elle finirait par dire à Harry.

« Un autre ? » demanda-t-il.

« Non, désolée, » dit-elle. « Trois, c'est ma limite. En fait, normalement c'est deux. Mais j'ai fait une exception pour toi. »

« Vraiment ? »

« Oui, je t'ai prévenu en dernière minute et tu es quand même venu. »

« Bien sûr que je suis venu. Ça va aller pour conduire ? »

« Je suis venue en marchant, » dit-elle.

« On paye l'addition et je te raccompagne jusqu'à chez toi ? »

Elle réfléchit durant quelques secondes à une manière polie de décliner cette offre mais elle ne trouva rien à dire. Alors elle lui sourit de manière peu enthousiaste et hocha la tête. « OK, » dit-elle.

Après une petite querelle amicale, Harry parvint à la convaincre de le laisser payer leurs verres. Elle n'abandonna que lorsqu'il revendiqua le fait que ce n'était qu'une avance sur ce qu'il lui devrait dans le futur car, au vu de leur entraînement dans la ruelle Hogan, il lui devrait probablement un jour la vie. Alors, quelques verres en tant qu'avance sur le futur, c'était une bonne affaire, plaisanta-t-il.

Dehors, la nuit était tombée et la ville était silencieuse. L'air était frisquet et l'alcool rendait Mackenzie de bonne humeur. Mais ça ne l'empêchait pas d'être observatrice. Elle remarqua tout de suite qu'Harry marchait très près d'elle et que leurs bras frottaient régulièrement l'un contre l'autre.

« Tu m'as demandé tout à l'heure comment j'allais, » dit Harry. « Mais la vraie question ici… c'est comment vas-*tu* ? Et s'il te plait, ne me raconte pas de salades. Tu peux me faire confiance. Je ne vais pas faire courir des rumeurs ou des commérages. »

Elle était tellement surprise par sa franchise qu'elle faillit s'arrêter et se tourner vers lui. Mais elle avait aussi envie que le retour à la maison soit le plus rapide et le moins douloureux possible. Elle était déjà quasiment sûre qu'elle allait devoir lui expliquer qu'elle ne voulait rien de plus qu'être ami avec lui. Alors, elle continua à marcher, vu qu'ils avaient déjà parcouru deux pâtés de maisons. Vu le caractère solennel de sa question, elle le récompensa par une honnêteté qu'elle ne lui avait pas beaucoup accordée durant la soirée.

« Je suis déconcertée et un peu dépassée, » admit-elle. « Ce qu'on nous apprend à l'académie s'applique à tout ce que j'ai vu ces derniers jours mais... je ne sais pas. Il n'y a rien vraiment qui peut te préparer à la manière dont tout est géré. »

« Comment ça ? »

« Tout est vraiment très machinal. Bien sûr, trouver une solution est le but ultime du processus mais tout ce qu'il y a avant est beaucoup plus rigide que je ne l'imaginais. Enfin, c'est peut-être aussi dû au fait que je ne suis même pas sensée être sur cette fichue affaire. »

Elle eut l'impression qu'elle en avait dit de trop. Les mots étaient sortis tout seul, mus par une langue déliée par l'alcool. Mais en même temps, ça faisait du bien de sortir un peu de cette frustration.

« Tu regrettes ? » demanda-t-il.

« Non, » dit-elle tout de suite, surprise elle-même par sa réponse.

« Alors, j'imagine que c'est le plus important. »

Le silence s'installa entre eux alors qu'ils traversaient le dernier pâté de maisons. Harry marchait toujours très près d'elle, ce qui la réconfortait mais la rendait également claustrophobe. Lorsqu'ils furent à proximité de son appartement, Mackenzie s'arrêta et fit un signe de la tête.

« C'est chez moi, » dit-elle.

Harry regarda l'édifice avec un léger intérêt. Il avait l'air nerveux et indécis. Alors que Mackenzie s'avançait en direction de la porte, Harry la suivit – laissant un peu de distance entre eux.

« Merci de m'avoir appelé pour me demander d'aller boire un verre, » dit Harry, sur le même ton timide qu'un petit garçon.

« J'ai pensé qu'il était temps qu'on se voit en dehors de ces scénarios simulés de vie réelle dans lesquels nos vies ne tiennent qu'à un fil, » plaisanta-t-elle, en essayant de garder un ton léger.

« Tu penses qu'on pourrait aller reboire un verre un jour ? » demanda Harry.

La question resta suspendue en l'air de telle manière que Mackenzie eut l'impression qu'elle pouvait presque la toucher. « Peut-être, » dit-elle.

Les mots venaient à peine de sortir de sa bouche qu'Harry se penchait déjà en avant. Ses yeux se fermèrent et sa main se posa sur sa hanche. Elle s'immobilisa durant un instant, ne sachant pas comment éviter ce baiser sans avoir l'air hostile. Et soudain, ce fut trop tard. Ses lèvres touchèrent les siennes et sa main l'attira vers lui.

C'était peut-être l'instinct ou le simple fait d'avoir besoin de se sentir connectée à quelqu'un, mais Mackenzie lâcha prise. Elle plaça même sa main sur son épaule et l'attira plus près d'elle, ajoutant un sentiment d'urgence au baiser. Ses lèvres étaient fermes et la main qu'il avait posée sur sa hanche était douce mais avide. Il était hésitant, un vrai gentleman, supposa-t-elle. Alors ce fut elle qui prit l'initiative : elle ouvrit ses lèvres et toucha sa langue de la sienne.

Elle n'était pas certaine du temps qu'avait duré ce baiser mais ce qu'elle savait, c'était que, attirée ou non par lui, elle ne pouvait pas permettre de continuer sur un coup de tête et de l'inviter à son appartement. Le baiser était vraiment agréable malgré l'absence de forte attirance et elle craignait que sa peur d'être seule ne la pousse à bien plus qu'un simple baiser.

Alors elle finit par interrompre le baiser et faire un pas en arrière. « Bonne nuit, » dit-elle sur un ton abrupt.

« C'était… ça va ? » demanda Harry.

« Oui, ça va. C'est juste… il faut que j'y aille. Mais je t'appelle bientôt. »

« OK, » dit Harry, qui avait visiblement envie de poser plus de questions ou de continuer la conversation.

Mais Mackenzie ne le permit pas. Elle se dirigea vers la porte, sans se retourner une seule fois pour regarder Harry. Elle ne ralentit pas jusqu'à ce qu'elle soit à l'intérieur de l'édifice et occupée à monter les escaliers jusqu'à son appartement.

C'était quoi, ça ?

C'était une bonne question. Pourquoi avait-elle même laissé Harry l'embrasser ? Et au-delà de ça, pourquoi avait-elle lâché prise si facilement et lui avait permis d'offrir les verres ?

Était-elle *si* désespérée que ça d'avoir de la compagnie ? Était-elle *tant* dans le besoin d'une forme de reconnaissance après avoir été éjectée par McGrath ?

Elle avança lentement en direction de son appartement, ne se sentant plus certaine de rien. Elle avait échoué dans la tâche qui lui avait été assignée par Bryers et Ellington (bien que ce soit une tâche impossible) et maintenant elle avait apparemment oublié la manière de se comporter avec des hommes attirés par elle.

Et le pire de tout, c'était qu'un coin distant de son cerveau parvenait à entendre les fantômes du Nebraska qui la rappelaient à la maison, l'attirant avec les gémissements et les pleurs de moments qui avaient non seulement défini son passé, mais qui semblaient également gâcher son futur.

CHAPITRE VINGT ET UN

Une nuit agitée de sommeil fit que Mackenzie se traîna péniblement jusqu'au cours de McClarren le lendemain matin, avec les yeux gonflés de sommeil et une humeur un peu sombre. Elle avait déjà avalé trois tasses de café qui n'avaient eu pour effet que d'affecter son estomac. Si elle avalait une autre dose de caféine dans les prochaines heures, son taux de nervosité atteindrait son comble. Elle fit de son mieux pour se concentrer, attristée de ne pas être en condition pour s'imprégner pleinement du contenu du cours.

Alors qu'elle prenait des notes, elle se demanda à quels types de situation une personne comme McClarren avait pu être confronté durant sa carrière. Elle le regarda paresseusement en prenant ses notes, se demandant comment quelqu'un qui en avait tellement vu durant sa carrière, pouvait avait l'air aussi normal et logique. Bien sûr, le poids des ans ne l'avait pas épargné (il n'avait que soixante-six ans mais il avait l'air d'en avoir quatre-vingt) mais l'homme était brillant tout en ayant l'air semblable au commun des mortels.

Lorsqu'elle poursuivait le tueur épouvantail, elle n'avait eu qu'un bref aperçu de ce que cela signifiait de scruter les parties les plus sombres de la psyché humaine et elle s'était retrouvée avec la noirceur la plus profonde à portée de main, bien plus près qu'elle n'aurait jamais souhaité en être. McClarren, par contre, avait été dans cette situation de nombreuses fois – il avait étudié, analysé et s'était efforcé de compatir et de comprendre certains des meurtriers les plus sanglants de l'histoire des États-Unis. Et pourtant, il était là, debout devant une classe d'étudiants, gagnant son salaire et payant ses taxes comme tout le monde.

Elle passa la plupart du cours dans cette forme d'hébétement, tellement captivée et fascinée par ses pensées qu'elle fut vraiment surprise quand McClarren annonça la fin du cours. Mackenzie regarda même sa montre pour vérifier s'il terminait sa classe plus tôt que d'habitude mais elle constata qu'il était en effet onze heures, l'heure à laquelle le cours se terminait.

Elle rassembla lentement ses affaires et, bien qu'elle déteste l'admettre, réalisa que la meilleure chose qu'elle ait à faire maintenant, c'était de rentrer chez elle dormir, au lieu de se rendre au champ de tir ou au fitness comme elle en avait l'habitude. Mais alors qu'elle se dirigeait vers la porte, elle entendit une voix forte l'appeler par son nom, par-dessus le vacarme des étudiants de l'académie qui sortaient du cours.

« Mademoiselle White ? »

Elle s'arrêta et se retourna vers la classe. McClarren se tenait sur l'estrade et regardait directement dans sa direction.

Elle s'avança dans la salle de cours et dit, « Oui, monsieur ? »

« Pourriez-vous rester un peu plus longtemps ? » demanda-t-il.

« Bien sûr, » dit-elle, en se dirigeant vers l'estrade où il se tenait toujours, à côté de son pupitre. Il n'avait pas de bureau, juste un petit podium derrière lequel il se tenait rarement, vu qu'il préférait marcher de long en large.

Alors que les derniers étudiants quittaient la pièce, McClarren les observa, s'assurant qu'il n'y avait aucun retardataire. Lorsqu'il fut rassuré et qu'il vit qu'aucun d'entre eux n'avait l'air de traîner, il regarda Mackenzie d'un air songeur.

« Vous considérez-vous comme quelqu'un digne de confiance ? » demanda-t-il.

Surprise, elle parvint à éviter de sourire. « Je suppose que oui, » répondit-elle.

« Tant mieux car je vais vous faire confiance et compter sur vous pour garder secret les cinq prochaines minutes de notre conversation. Je veux que personne ne soit au courant de la discussion que nous allons avoir. Vous m'avez bien compris, mademoiselle White ? »

« Oui, monsieur, » dit-elle. C'était intimidant qu'il soit si près d'elle et qu'il la regarde de manière aussi directe. En sachant le type d'hommes avec lesquels il avait travaillé et la manière dont il parvenait à les comprendre, elle avait l'impression qu'il était capable d'entrer dans son esprit et de voir chacune de ses pensées.

« De temps en temps, je suis encore mis au courant de certaines choses, » dit McClarren. « Certains hommes imprudents au sein du Bureau continuent à me considérer comme leur confident, j'imagine. Et une des choses dont j'ai entendu parler dernièrement, c'est qu'on vous a impliquée dans ce qui est devenu un dilemme assez déplaisant. Est-ce bien vrai ? »

Mackenzie ne savait pas trop comment répondre. Était-ce une sorte de test ? Est-ce qu'il la testait à la demande de McGrath ou d'un des hommes qui travaillaient sous sa direction ?

« Je ne pense pas avoir la liberté de répondre, » dit-elle.

« Ah, tout à fait la réponse d'une personne qui a été brinquebalée de gauche à droite par la hiérarchie, » dit-il avec un sourire satisfait. « Et bien, voyons si cette histoire vous paraît familière. Disons qu'une jeune femme prometteuse arrive à l'académie – elle est tellement performante et fait preuve d'une expérience si impressionnante qu'elle attire l'attention de quelques directeurs et de responsables au sein du Bureau. Et disons qu'ils ont justement besoin de remplir un poste soudainement laissé libre par le partenaire d'un agent expérimenté. » Il s'interrompit, lui sourit et ajouta : « Est-ce que ça vous rappelle quelque chose ? »

« Il se pourrait que j'aie entendu parler d'une telle chose, » dit Mackenzie.

McClarren laissa tomber le simulacre, tel un acteur changeant de rôle. « Écoutez, » dit-il. « Je sais ce qu'on vous a demandé et je sais qu'on vous a retirée du dossier hier. J'en comprends la raison et le cheminement mais, franchement, je pense que la manière dont on vous a écartée est ridicule. S'ils voulaient que vous fassiez partie du jeu, ils devaient vous laisser jouer jusqu'à ce que la partie soit terminée. Mais ce n'est que mon avis. »

« Merci, monsieur. Je vous en suis reconnaissante. »

« Et je comprends votre situation, » dit McClarren. « C'est pourquoi j'aimerais vous aider dans la mesure du possible. De manière tout à fait officieuse, bien entendu. »

« Bien entendu, » répéta Mackenzie.

« Maintenant, au vu de ce que je sais de l'affaire, je ne peux vous offrir que de simples observations. Mais d'après les informations que j'ai pu rassembler, le suspect est probablement un homme. Il se débarasse de ses victimes comme on se débarrasse de déchets ménagers mais, dû au fait que ses victimes soient aussi bien des hommes que des femmes, il y a certains éléments à considérer qui ne le seraient pas dans une affaire impliquant un mobile sexuel. Alors je dirais que pour l'instant, vous ne devriez même pas prendre le mobile en considération. Je pense qu'il faut que vous vous concentriez sur le type d'homme connu par ces différentes personnes. Car vous savez, le bien plus souvent, une scène de crime qui se répète indique une sorte de familiarité. Je pense que le tueur connaît ces personnes ou qu'il y a quelque chose dans ces personnes qui lui *semble* familier. Peut-être qu'il y a un lien entre ses victimes et non entre les victimes et l'assassin. Avez-vous envisagé cette option ? »

« Oui, je l'ai envisagée, » dit-elle. « Mais il n'y a aucun lien évident. Les aspects généalogiques sont en cours de vérification par le Bureau, mais… »

« Oh, ça n'a rien à voir avec un lien familial, » l'interrompit McClarren. « Si c'était le cas, ça aurait été bien plus clairement établi par le tueur. Il y aurait une intention claire et la nécessité´que d'autres membres de la famille voient ce qu'il a fait. Non… Je pense que vous avez affaire à un homme méthodique… un homme qui planifie ses assassinats. »

« Et cette observation vient du fait qu'il se débarrasse de ses victimes aux mêmes endroits ? » demanda-t-elle.

« Oui. Alors si j'étais vous, je ne m'attarderais pas pour l'instant sur le profil du tueur. Je n'étudierais que les victimes. »

« Oui, mais comme vous le disiez… on m'a retirée de l'affaire. »

« Et ? » dit-il. « Si vous trouvez une idée qui est tellement bonne qu'elle ne peut pas être ignorée, la balle est dans le camp de ceux qui sont occupés à vous ignorer. Je peux vous assurer qu'ils vous écouteront car si vous faites une suggestion qu'ils ignorent mais qui s'avère être la bonne… ça pourrait aller très mal pour eux. Bien sûr, cette idée ne vient absolument pas de moi vu que, comme nous en avons parlé précédemment, nous ne sommes pas occupés à avoir cette conversation. »

« Oui, monsieur. »

« Une autre chose que j'ai trouvée intéressante… dans les notes que j'ai vues, j'ai lu que vous aviez apparemment suggéré que les victimes étaient enfermées dans une sorte de cage ou de piège, au vu des blessures et des égratignures sur le haut de leur crâne. Ça m'a fait penser aux animaux errants… ces chats et ces chiens reccueillis par des familles bienveillantes. »

Il s'interrompit pour lui laisser le temps de faire des déductions. Ce qu'elle fit : une hypothèse commença à prendre forme dans son esprit.

« Des animaux errants, » dit-elle, en réfléchissant tout haut. « Des animaux se rendant de leur plein gré chez des étrangers, en espérant y trouver refuge. »

Il sourit. « Exactement. »

« Alors peut-être que le tueur ne va pas vers les victimes… peut-être… oh mon dieu. »

« Oui ? Vous avez une idée ? » demanda McClarren, en continuant à sourire.

« J'ai toujours pensé que les victimes allaient vers lui d'une manière ou d'une autre, » dit Mackenzie, sur un air hébété.

Il hocha de la tête.

« Acheter pourquoi… » commença-t-elle à dire mais elle fut interrompue par un signe de tête de McClarren.

Porte à porte, pensa-t-elle. Cette idée s'enracina fermement dans son esprit. Elle sut à ce moment-là qu'il s'agissait sans aucun doute de la réponse.

« Je suis désolé, mademoiselle White, mais la visite d'étudiants après le cours ne se fait que sur rendez-vous. » Il lui fit un clin d'œil en lui disant ça.

Elle lui fit un sourire rapide en retour, puis se dirigea vers la sortie. Au moment où elle atteignit le hall, elle se mit presqu'à courir. Avec le lien du porte à porte maintenant impossible à ignorer, elle avait l'impression que toute l'affaire se révélait à ses yeux et elle craignait d'en perdre le fil si elle n'arrivait pas très vite à son appartement pour y réfléchir face aux dossiers de l'affaire.

Avec ce sentiment d'urgence la prenant au ventre, Mackenzie se rua à l'extérieur. Au moment où elle fut dans la rue, elle se mit à courir.

CHAPITRE VINGT-DEUX

Elle était tellement certaine de son pressentiment quand elle rentra chez elle, qu'elle ne perdit pas une minute. Elle jeta son sac à dos au sol devant la porte et se précipita vers la table du salon sur laquelle son ordinateur portable et les dossiers de l'affaire se trouvaient toujours depuis hier après-midi. Elle attrapa le classeur contenant les dossiers et en éparpilla le contenu sur la table du salon et sur le divan.

Elle s'intéressa d'abord aux informations concernant Trevor Simms, certainement les plus faciles à vérifier. Il avait été confirmé qu'il avait passé le jour de sa mort à démarcher de nouveaux clients pour son entreprise d'entretien de pelouse. Elle regarda ensuite les informations concernant Dana Moore. Ils avaient des indications concrètes concernant une activité de porte à porte et sa mère avait indiqué qu'elle gérait ses affaires en se rendant au domicile de clients potentiels.

La théorie du porte à porte n'était pas aussi certaine concernant Susan Kellerman, mais une rapide recherche google pourrait répondre à cette question. Elle alluma son ordinateur portable et pendant qu'elle attendait que l'écran d'accueil s'affiche, elle jeta un oeil aux maigres informations concernant Shanda Elliot – la première victime et celle au sujet de laquelle ils avaient le moins d'informations.

Elle regarda les informations concernant la famille proche et vit que le nom du mari était indiqué. Découvrir s'il y avait une connexion avec le porte à porte pourrait être une information très facile à obtenir mais elle allait devoir prendre des risques.

« Bon, ben, tant pis, » dit-elle en s'emparant de son téléphone.

Elle composa lentement et délibérément le numéro de téléphone du mari. Elle écouta sonner, en priant pour que quelqu'un décroche et qu'elle ne tombe pas sur la messagerie vocale. Elle mettait déjà sa carrière en jeu, mais laisser un message vocal demandant de la rappeler et pouvant être utilisé plus tard en tant que preuve physique contre elle, ça, c'était vraiment *chercher* les problèmes.

Heureusement, la question ne se posa pas. Tony Elliot décrocha à la troisième sonnerie. « Allô ? »

« Oui, bonjour, est-ce que vous êtes Tony Elliot ? » demanda-t-elle.

« Oui, c'est moi. À qui ai-je l'honneur ? »

« Monsieur Elliot, je m'appelle Mackenzie White. Je suis consultante auprès du FBI et je voudrais vous poser encore quelques questions au sujet de votre femme. Nous avons une piste prometteuse mais nous aurions besoin de votre aide. Avez-vous un moment à me consacrer ? »

« Oui, bien sûr, j'ai quelques minutes » dit-il. « En quoi puis-je vous aider ? »

« Et bien, la plupart des informations que nous aimerions vérifier sont sûrement des questions qu'on vous a déjà posées. Mais nous cherchons à confirmer chaque détail. »

« Et c'est une mauvaise nouvelle ? » demanda-t-il sombrement.

« Pas du tout. Nous cherchons juste à agir de manière efficace avant de suivre une piste et de diriger l'enquête dans une certaine direction. »

« OK, alors, » dit Tony Elliot.

« Monsieur Elliot, que faisait votre femme pour gagner sa vie ? »

« Elle était serveuse au Ruby Tuesday. »

Avec ces quelques mots, la théorie de Machenzie s'effondra et elle perdit cette sensation d'espoir qui l'avait animée. Elle s'efforça de chercher d'autres questions à poser afin que l'appel n'ait pas l'air suspect.

« Et… quel genre de relation avait-elle avec les autres employés ? »

« Je ne sais pas, » dit-il. « Elle n'en parlait jamais. Les gens dont elle *parlait*, par contre, c'était ces gens bizarres qu'elle rencontrait lorsqu'elle se consacrait à ce qu'elle appelait 'son deuxième boulot.' »

« Un deuxième boulot ? »

Tony soupira. « Oui, enfin, si on veut. Je pense qu'elle y gagnait en moyenne soixante dollars par mois. »

« Et en quoi *consistait* son deuxième boulot ? »

« Avon, » dit-il. « Elle essayait de vendre des produits Avon sur le côté, afin d'aider à payer quelques factures. »

Le coeur de Mackenzie se mit à battre à tout rompre. *Porte à porte.*

« Et est-ce qu'elle faisait du porte à porte pour vendre ? »

« Parfois. Mais elle ne me disait jamais quand elle allait le faire car ça créait pas mal de disputes entre nous. Elle dépensait de l'argent pour acheter ces trucs et finissait par ne jamais les vendre. Je pense qu'elle a même… »

Il s'interrompit, comme si une idée venait de lui venir en tête.

« Qu'est-ce qu'il y a, monsieur Elliot ? »

« Vous pouvez patienter un instant ? »

« Oui, bien sûr, » dit-elle, curieuse.

Alors qu'elle attendait qu'il revienne à l'autre bout du fil, elle attrapa son ordinateur portable et commença à y faire des recherches. Avec le téléphone coincé entre le menton et l'épaule, elle afficha le navigateur internet sur son écran d'ordinateur et tapa le nom de l'entreprise de Dana Moore : Remèdes Naturels Santé. Avec un nom aussi générique, de nombreux résultats de recherche s'affichèrent et elle les limita en introduisant la localisation géographique et le nom de Dana.

Un site internet soigné apparut, affichant une très jolie photo de Dana Moore. Mackenzie se rendit sur la page *Contact* et y lut le bref message qui s'y trouvait. Là, en bas de la page, il y avait deux phrases : *Si vous avez des questions concernant mes produits ou mes services, n''hésitez pas à me contacter pour convenir d'un rendez-vous en face à face entièrement gratuit ! Je peux même me rendre jusqu'à votre domicile !*

Mackenzie lut ces phrases à plusieurs reprises et sentit combien sa théorie se renforçait. Au moment où elle les lisait pour la troisième fois, la voix de Tony Elliot retentit de nouveau à son oreille.

« Mademoiselle White, vous êtes toujours là ? » demanda-t-il.

« Oui, je suis là. »

« Je me sens vraiment idiot, » dit-il. « Je n'avais même pas songé à regarder auparavant. »

« Regarder quoi ? »

« Et bien… Shanda rangeait son kit Avon dans l'armoire de la chambre et elle ne le bougeait que lorsqu'elle effectuait une visite. Sinon, il était tout le temps rangé dans cette armoire. »

« Et où se trouve-t-il maintenant ? » demanda Mackenzie.

« Et bien, c'est justement ça que je viens de vérifier. Il n'y est plus. Elle faisait sûrement une visite Avon le jour où elle a été tuée. »

CHAPITRE VINGT-TROIS

Il était quatorze heures cinq quand Mackenzie entra dans le garage de l'édifice J. Edgar Hoover. Elle roula jusqu'au niveau inférieur et se gara dans le coin le plus éloigné à l'arrière du parking. Il y avait déjà une autre voiture garée dans l'ombre. Elle vit le visage de Bryers à travers le pare-brise. Il avait l'air irrité et un peu préoccupé.

Mackenzie sortit rapidement de sa voiture, en emportant les dossiers de l'affaire avec elle. Elle se dirigea vers la voiture dans laquelle Bryers était assis et rentra du côté passager. Il la regarda avec le même air déçu qu'un père regarderait sa fille après qu'elle eut fait des bêtises à l'école.

« Merci d'avoir accepté de me rencontrer, » dit Mackenzie. « Je sais que tu prends beaucoup de risques. »

« C'est clair que j'en prends un tas, » dit-il. « Alors parle-moi de cette découverte formidable que tu as faite. »

« Et bien, je me sens un peu idiote car j'avais de manière un peu désinvolte mentionné cette possibilité après que nous ayons parlé avec Caleb Kellerman. J'aurais dû insister un peu plus mais je n'avais aucune envie de marcher sur les platebandes de qui que ce soit. Mais je suis maintenant presque sûre à cent pourcent que notre tueur n'a pas traqué ses victimes. Je suis quasiment sûre qu'elles sont venues directement à lui. »

« Et pourquoi auraient-elle fait ça ? » demanda Bryers. « Tu penses encore au porte à porte ? »

« Oui, c'est ça. Elles sont venues à lui car elles y ont été appelées. Elles sont venues de leur plein gré. Si tu examines de près les détails personnels, tu remarqueras que chacune des victimes a fait du porte à porte, ne serait-ce que durant un infime moment. »

« Continue, » dit Bryers. Il n'y avait rien de condescendant dans son ton. Elle savait qu'il avait été intéressé par sa théorie du porte à porte dès le moment où elle l'avait mentionnée pour la première fois. Maintenant qu'elle avait un peu plus d'informations pour étayer sa thèse, il avait apparemment envie de réexaminer cette option.

Elle ouvrit son dossier et le parcourut page par page, tendant à Bryers chaque feuille au fur et à mesure qu'elle avançait.

« Nous sommes sûrs que Trevor Simms faisait du porte à porte pour son entreprise le jour où il a disparu. C'est un fait. Malheureusement, la feuille correspondant aux rendez-vous de cette journée a été déchirée dans son agenda. Nous n'avons dès lòrs aucune idée d'où il se trouvait.

« Puis il y a Susan Kellerman. Bien que son boulot consiste normalement à être assise derrière un bureau et à répondre à des appels pour l'université de développement personnel, son mari nous a dit qu'elle faisait parfois aussi des visites de ventes. Il n'a jamais été très précis concernant la nature de ces visites mais une rapide recherche m'a appris qu'une moité de ces visites se faisaient en porte à porte.

« Ensuite, Dana Moore. Bien que nous n'ayons pas la preuve irréfutable qu'elle rendait visite à un client le jour de sa mort, il est tout de même avéré qu'elle se procurait une large partie de sa clientèle en faisant du porte à porte.

« Et enfin, la dernière victime, complètement négligée : Shanda Elliot. »

« Elle n'a pas été négligée, » dit Bryers, un peu sur la défensive. « C'était une serveuse, n'est-ce pas ? »

« Oui, c'est ça. Mais j'ai parlé avec son mari et… »

« Quand ça ? »

« Il y a environ une heure et demie. »

« Mais enfin, White ! Tu *essayes* vraiment de te faire expulser ? »

« Non, j'*essaye* de résoudre cette affaire et d'éviter que d'autres gens se fassent tuer. »

Bryers frappa violemment le tableau de bord de la main et lui jeta un regard qui la blessa un peu. Il avait l'air déçu et en colère mais également, au fin fond de lui, un peu curieux. Il agrippa le coin du tableau de bord et soupira.

« Qu'est-ce que le mari a raconté ? »

« Que Shanda vendait des produits Avon sur le côté. Elle ne gagnait pas beaucoup d'argent en le faisant et c'était un sujet de dispute dans leur mariage. Il a dit qu'elle avait un kit qu'elle rangeait dans l'armoire et qu'elle ne le déplaçait que lorsqu'elle rendait visite à un potentiel client. »

« Laisse-moi deviner, » dit Bryers, la colère disparaissant rapidement de son visage. « Le kit n'est plus là, c'est ça ? »

« Non et il est quasiment sûr qu'il était là le jour avant que Shanda ne disparaisse. »

Bryers se frotta nerveusement le bout du nez et lui adressa un autre regard perplexe. « C'est du très bon boulot, » dit-il. « Pas à l'épreuve des balles, mais c'est définitivement la meilleure piste que nous ayons eue jusqu'à maintenant. Mais bon… Je vais devoir en faire un rapport à McGrath… et il va vouloir savoir comment j'ai fait la connexion. Je ne peux pas *ne pas* lui dire que tu as appelé Elliot. »

Mackenzie sourit nerveusement et regarda en direction du plafond. « Son bureau se trouve juste au-dessus de nos têtes, n'est-ce pas ? » demanda-t-elle. « Je propose qu'on aille lui rendre visite. »

« Je ne pense pas que ce soit la meilleure idée pour toi. »

« Et bien, la dernière fois que j'ai eu une idée qui n'était pas idéale pour moi, nous avons fini avec cette piste. Alors je suis prête à prendre le risque. »

Bryers haussa les épaules. « Comme tu veux, White. C'est tes funérailles. »

CHAPITRE VINGT-QUATRE

Les yeux de McGrath se rétrécirent, comme ceux d'un homme plissant les yeux sous l'effet d'un violent mal de tête. Il était silencieux et regardait Mackenzie et Bryers de l'autre côté de son bureau. Il n'avait pas dit un seul mot durant les quinze secondes qui s'étaient écoulées depuis que Mackenzie et Bryers lui avaient présenté les dernières découvertes de Mackenzie.

McGrath repoussa soudainement sa chaise en arrière et se mit debout. Il n'avait pas vraiment l'air fâché, mais il n'avait pas l'air content non plus.

« J'imagine que vous savez, » dit-il finalement, en regardant Mackenzie, « que c'est un motif de sévère punition. La punition la plus légère consisterait à vous expulser simplement de l'académie. Vous avez non seulement désobéi à mes ordres, mais vous avez également assumé l'identité d'un consultant pour le Bureau – un titre qui vous avait été enlevé lorsque je vous ai retirée de l'affaire.

« Et vous, » dit-il, en se tournant maintenant vers Bryers, « vous auriez dû ne pas répondre à son appel. Vous saviez qu'elle avait été retirée de l'affaire et la chose la plus intelligente que vous aviez à faire, c'était d'ignorer son appel. »

« Avec tout le respect que je vous dois, monsieur, » dit Bryers, « J'ai répondu à son appel car elle est intelligente et son opinion m'importe. De plus, je suis tout à fait conscient qu'elle s'est retrouvée dans une situation presqu'impossible et que, malgré ça, elle a très bien mené ses tâches – bien qu'elle le fit un peu comme une novice impatiente… ce qu'elle est, en fait. »

« Faites attention au ton que vous employez, agent Bryers, » dit McGrath.

Bryers hocha de la tête mais poursuivit. « Je voudrais également ajouter que *grâce* au fait que j'ai répondu à son appel, nous sommes maintenant en possession de la piste la plus sérieuse sur cette affaire que nous ayons… »

« Je suis bien conscient du sérieux de cette piste, » dit McGrath, avec un ton oscillant entre la défaite résignée et une frustration absolue. « Et c'est pourquoi, malgré le bon sens, j'ai décidé de la remettre sur cette affaire. »

« Quoi ? » demanda Mackenzie, sur un ton complètement incrédule.

McGrath se pencha à travers son bureau et mit ses yeux au même niveau que ceux de Mackenzie. Elle sentit comment des vagues de colère émanaient de lui, mais également une sorte d'espoir chancelant.

« Cette fois-ci, vous faites exactement ce qu'on vous dit de faire, » dit-il d'un ton moqueur. « Vous suivez les règles et vous travaillez en silence et sans vous faire remarquer. Vous vous transformez en fantôme, c'est compris ? Personne en-dehors de cette pièce ne doit connaître cette décision. Et ça veut dire que si vous *finissiez* par résoudre cette affaire, votre mérite ne sera pas reconnu mais il ira à Bryers ou à tout autre agent dans les parages au moment de l'arrestation. Vous m'avez bien compris ? »

« Oui, monsieur. »

« Tant mieux. Alors maintenant… comme vous êtes officiellement de retour sur cette affaire, dites-moi quelles seraient les prochaines étapes à suivre selon vous, en tenant compte du fait que ce type tue des personnes qui font du porte à porte. »

« Il y a quelques pistes possibles, » dit-elle. « Mais je pense que les pistes les plus importantes viendront de Dana Moore et de Trevor Simms. Pour Dana Moore, il faut que nous accédions à son email et à son ordinateur afin d'y trouver la planification de ses visites à domicile. Dans le cas de Trevor Simms, on pourrait parler à nouveau avec son collègue afin de savoir quels quartiers ils avaient envisagés en tant que source de potentiels nouveaux clients. Je pense également que nous devrions envisager la zone autour de la rue Black Mill, puisque nous savons, grâce au chauffeur de bus, que c'était la direction dans laquelle Susan Kellerman se dirigeait le jour où elle a disparu. Becka Rudolph a également dit qu'elle était presque sûre que Dana Moore projetait de visiter cette zone. »

McGrath réfléchit durant un instant, puis soupira. « Je n'ai pas de problèmes avec le fait que vous parliez avec les amis et la famille de Trevor Simms. Mais restez éloignée de Becka Rudolph. Cette femme vous a apparemment détestée. Concernant la rue Black Mill, je vais envoyer une équipe pour sonder la zone. Une fois que vous en aurez terminé avec les pistes provenant de Trevor Simms, rendez-vous tous les deux dans la zone de Black Mill afin d'aider dans les recherches. »

« Oui, monsieur. Et… merci. »

« Ne me remerciez pas encore, » dit McGrath. « Sortez d'ici et prouvez-moi que je n'ai pas été le dernier des imbéciles en vous offrant cette seconde chance. »

Mackenzie hocha rapidement de la tête et sortit du bureau. Après un instant, elle entendit Bryers qui la suivait. Lorsqu'ils furent tous les deux loin du bureau de McGrath et qu'ils se dirigeaient vers l'ascenseur, Mackenzie se rendit compte qu'elle avait de nouveau été aspirée au milieu de la tourmente.

Alors qu'ils attendaient l'ascenseur, Mackenzie rassembla tout le courage qu'elle put avant de parler à Bryers. Ça avait toujours été difficile pour elle de s'ouvrir réellement et de montrer de la reconnaissance car elle se sentait gênée et redevable.

« Merci pour ce que tu as fait dans le bureau de McGrath, » dit-elle. « Tu n'étais pas obligé de prendre ma défense comme ça. »

« Pas besoin de me remercier, » dit Bryers. « Et ne t'y habitue pas de trop. Ça n'arrivera pas souvent que quelqu'un se batte comme ça pour toi. Mais je considérais que tu le méritais, au vu de la situation absolument pitoyable dans laquelle ils t'avaient mise. »

Elle eut envie d'ajouter que personne n'avait jamais pris sa défense comme ça pour elle – ni en tant que détective au Nebraska, ni dans sa famille durant son enfance, ni même au lycée où elle avait fortement compté sur ses amis pour recevoir les encouragements et le soutien qu'elle ne recevait pas à la maison.

Mais elle resta silencieuse. Ça n'avait aucun sens de rouvrir ces vieilles blessures et ces invitations à la souffrance. Alors elle préféra garder le silence jusqu'à ce que l'ascenseur arrive en émettant un *ding* qui semblait l'inviter à reprendre la chasse à ce tueur qui parvenait à attirer ses victimes directement sur le pas de sa porte.

CHAPITRE VINGT-CINQ

Lauren Wickline n'aimait pas prendre la parole devant une foule de gens. En fait, quand elle se retrouvait avec plus d'une dizaine d'amis, elle avait généralement tendance à rester silencieuse. L'année dernière, durant sa deuxième année de lycée, elle avait dû parler devant toute la classe de première année pour leur souhaiter la bienvenue à l'école et ça ne s'était pas très bien passé. Parler devant une foule de gens n'était pas le genre de chose qui lui convenait. Mais devant une ou deux personnes, là, elle brillait vraiment par son éloquence. C'est pourquoi ça lui convenait vraiment d'être représentante pour l'équipe féminine d'athlétisme.

Elle proposait des livrets de ristournes pour les entreprises locales, essayant par là de récolter de l'argent pour l'équipe afin que les filles puissent enfin avoir des uniformes dignes de ce nom. Jusqu'à maintenant, la technique du porte à porte avait merveilleusement fonctionné. Elle savait qu'elle avait un sourire charmant et, pour les vieux un peu plus vicelards, un décolleté que même les universitaires envieraient et encore plus ses camarades de lycée. Alors, quand ça s'avérait nécessaire, Lauren savait comment de pencher en avant et se mettre en valeur afin de donner un coup de pouce à une vente.

Elle remontait actuellement la rue Estes, à un pâté de maisons d'un quartier que leurs entraîneurs leur avaient recommandé d'éviter. La rue Black Mill avait une mauvaise réputation. Elle était devenue tellement infréquentable que même les drogués et camés de son école avaient arrêté d'y acheter de la drogue. Et bien que Lauren sache que ce quartier pourrait être dangereux, elle savait aussi que c'était le milieu de l'après-midi et que si elle s'y prenait bien (et utilisait son décolleté, bien entendu), elle pourrait se faire bien plus d'argent que qui que ce soit d'autre dans l'équipe et être finalement reconnue comme une vraie contributrice au lieu de n'être que la jolie fille que tous les mecs venaient mater durant les compétitions.

Il ne lui restait plus que quatre maisons et, après avoir frappé à la porte de plus de vingt domiciles, elle était parvenue à vendre sept livrets – pas un exploit mais certainement plus que ce qu'elle n'avait pensé pouvoir vendre dans ce quartier. Elle avait aussi été assez rapide. Elle avait quitté l'école plus tôt et elle savait que si elle parvenait à terminer cette rue dans la prochaine demi-heure, elle pourrait arriver à temps pour l'entraînement avec cette somme d'argent inespérée.

Elle s'approcha de l'allée suivante et sentit son estomac se serrer avec cette sensation familière de nervosité. Elle l'avait ressentie à plusieurs reprises lors de son porte à porte mais elle était toujours parvenue à ravaler ce sentiment. Ça n'avait rien à voir avec le fait de parler avec des étrangers, mais plutôt avec le fait d'essayer de leur vendre quelque chose qui ne les intéressait pas vraiment.

Plus que quatre maisons, pensa-t-elle. *Allez, fais un effort et finis cette rue. Et termine assez rapidement pour arriver à temps à l'entraînement, leur donner l'argent et redorer ton image dans les yeux de l'entraîneur et des autres athlètes.*

Cette pensée la motiva. Elle remonta l'allée devant la maison suivante et frappa à la porte en toute confiance. Elle entendit tout de suite la voix d'un homme à l'intérieur qui disait assez fort : « *Ne te déplace pas, maman ! Je m'en occupe.* »

La voix de l'homme avait l'air un beu bizarre… comme excitée ou nerveuse. Peut-être qu'il l'avait épiée alors qu'elle remontait l'allée, vêtue de son short d'athlétisme et de son t-shirt ajusté ? Ça lui importait peu en fait. Une vente était une vente.

Quelques instants plus tard, la porte s'ouvrit et un homme dans la quarantaine apparut. Il la regarda d'abord de manière curieuse, puis de manière stupéfaite. Mais ce qui dérouta surtout Lauren, c'était qu'il ne la regardait pas de la même manière que la plupart des hommes de son âge le faisaient. Il y avait autre chose dans son regard – quelque chose que Lauren n'aimait pas du tout.

« Bonjour, » dit l'homme, d'une voix presqu'essouflée.

Certainement pas, pensa-t-elle, en serrant les livrets. *Ce type n'est pas net. Il ne m'inspire pas et aucune vente ne vaut la peine de s'y risquer. Éloigne-toi de ce type, Lauren.*

« Désolée, » dit-elle. Je me suis trompée de maison. »

« Pas de soucis, » dit l'homme. « Vous êtes perdue ? »

« Non, » dit Lauren, en secouant la tête. « Désolée de vous avoir importuné. »

Elle se retourna rapidement et se dirigea vers les escaliers.

Ce fut à ce moment que l'homme l'attrapa par le chignon. Elle sentit sa tête être tirée violemment en arrière et un bras pesant entourer sa poitrine. Elle essaya de hurler à l'aide mais une main moite s'abattit sur sa bouche.

Lauren donna de violents coups de pieds pour essayer de se libérer, pendant qu'il la traînait à l'intérieur de la maison. Tout se mit à tourner autour d'elle au moment où il la jeta au sol. L'homme fut tout de suite sur elle, la touchant d'une manière qui n'avait rien de sexuel mais qui était pire, *bien* pire.

Quand il retira sa main de sa bouche, elle essaya à nouveau de hurler mais son autre main s'abattit sur elle. Il la frappa violemment sur le côté du crâne.

Et elle plongea dans l'obscurité.

CHAPITRE VINGT-SIX

Au final, parler avec le collègue de Trevor Simms, et copropriétaire de l'Équipe Verte, ne prit vraiment pas beaucoup de temps. Benjamin Worley avait déjà brièvement parlé avec la police et avec le FBI après que le corps de Trevor ait été découvert. Dans ses dossiers, il avait trouvé des notes concernant les quartiers que Trevor avait mentionnés vouloir sonder le jour où il avait disparu. Quand Mackenzie l'appela, il redéfinit à nouveau ces lieux et se mit à leur disposition pour répondre à toute question ou aider dans la mesure du possible.

N'ayant aucune envie de retourner à son appartement, Mackenzie avait appelé depuis sa voiture, toujours garée en-dessous de l'édifice J. Edgar Hoover. Une fois qu'elle eut prit note des quartiers mentionnés par Benjamin, elle afficha une carte de la zone sur son téléphone. Après l'avoir consultée durant quelques instants, elle eut la confirmation dont elle avait besoin.

Une des rues que Trevor Simms avait prévu de visiter était la rue Estes. Et la rue Estes ne se trouvait qu'à deux pâtés de maisons de la rue Black Mill. Ces rues étaient trop près l'une de l'autre pour que ce soit une simple coïncidence. Pour Mackenzie, chaque indice dans cette affaire pointait en direction de la rue Black Mill.

Elle démarra la voiture et appela Bryers en sortant du garage. Il répondit directement. Il avait l'air tout aussi excité que Mackenzie.

« Tu as trouvé quelque chose ? » demanda-t-il.

« Oui. Un des endroits que Trevor Simms avait prévu de visiter était la rue Estes. Ce n'est qu'à deux pâtés de maison de Black Mill. »

« Tu y seras dans combien de temps ? » demanda Bryers.

« Je suis déjà en route. »

« OK mais rappelle-toi ce que McGrath a dit. Tu dois rester invisible sur ce coup-ci, OK ? »

« Je sais, » dit Mackenzie, soudainement ennuyée.

« On se retrouve au coin de la rue Black Mill et de la rue Sawyer ? On peut commencer par là. Je ne sais pas encore quand arriveront les hommes envoyés par McGrath. »

« OK, parfait, » dit-elle. « À tout de suite. »

Mackenzie raccrocha et se concentra sur la circulation. Il n'était pas loin de seize heures et le trafic serait bientôt très dense sur toutes les routes principales. Alors qu'elle quittait les rues du centre pour l'autoroute, elle se rendit compte qu'elle était envahie par cette même sensation qu'elle avait eue trois mois plus tôt lorsqu'elle était sur les talons du tueur épouvantail.

C'était la sensation que le temps jouait contre elle, sans être sûre de savoir quand sonnerait la dernière heure.

***

Vingt-cinq minutes plus tard, elle se gara le long du trottoir à plusieurs mètres du carrefour entre les rues Black Mill et Sawyer. Apparemment, Bryers avait également eu l'impression que chaque minute comptait car il était déjà là, à l'attendre. Il lui fit des appels de phare pour lui faire signe de venir le rejoindre. Elle obtempéra rapidement, verrouilla sa voiture et s'assit de nouveau dans le siège passager de la voiture de Bryers.

« Tu as déjà fait ça auparavant ? » lui demanda Bryers. Il avait l'air préoccupé et un peu nerveux. Il avait aussi l'air fatigué et à la limite d'être malade.

« Quelques fois, » dit-elle. « Je suis déjà allée de porte en porte à la recherche d'un enfant disparu ou dans l'espoir de trouver un dealer de coke. »

« Donc… tu es consciente qu'à tout moment, il se peut qu'on frappe à une porte et qu'on rencontre de la résistance ? »

« Oui, » dit-elle.

Bryers se pencha rapidement en avant et ouvrit la boîte à gants. Quand elle fut ouverte, Mackenzie vit un espace soigneusement rangé avec des cartes routières, les papiers du véhicule, une petite boîte à outils et un Glock 26 – un petit pistolet que certains étudiants de l'académie appelaient le bébé Glock. Il avait la moitié de la taille d'un Glock standard, était facile à dissimuler, avait l'air d'un jouet mais il remplissait bien ses fonctions.

« Prends-le, » dit Bryers. « McGrath n'a pas besoin d'être au courant. Mais il est hors de question que je te laisse t'aventurer dans cette mission sans avoir de protection. »

« Tu es sûr ? » demanda-t-elle, en tendant déjà la main vers l'arme.

« Non, alors dépêche-toi de le prendre. Puis va chercher le petit étui à révolver qui se trouve dans le coffre que je vais *accidentellement* ouvrir. »

Sans cesser de la regarder, il se pencha sur la gauche et ouvrit le coffre. Elle sortit du véhicule, se dirigea vers l'arrière de la voiture et trouva dans le coffre le petit étui noir rangé dans un petit kit contenant d'autres accessoires. Elle tourna le dos à la voiture, en s'efforçant d'avoir l'air discrète au moment où elle inséra l'arme dans l'étui et l'attacha à l'arrière de la ceinture de son jeans. Elle n'avait jamais porté ce genre d'étui auparavant et elle courba un peu le dos pour s'habituer à sa forme.

Bryers la rejoignit à l'arrière de la voiture et regarda en direction de l'une des rues. « Je propose qu'on commence par la rue Black Mill, » dit-il. « On peut faire quelques pâtés de maisons et si on ne trouve rien, on peut se diriger vers la rue Estes puisque c'est une rue que Trevor Simms avait spécifiquement mentionnée. On travaille ensemble et on ne se sépare à aucun moment. Je hais le fait que tu puisses avoir l'impression d'être babysittée, mais… »

« Ne t'inquiète pas, » dit-elle. « J'ai compris. »

Un court hochement de tête de Bryers lui fit comprendre qu'il ne reviendrait plus sur le sujet. Sur ces mots, ils s'avancèrent au-delà du carrefour, en direction des maisons disséminées devant eux. Les rues étaient vides. Alors qu'ils s'avançaient, Mackenzie vit un joggeur traversant une intersection plus loin devant eux, mais ce fut tout.

Ils arrivèrent devant la première maison, une triste petite bicoque avec une antenne satellite délabrée pendant du toit. La pelouse n'avait pas été tondue depuis au moins un mois et le revêtement en vinyle de la maison avait bien besoin d'un bon nettoyage à haute pression. Alors qu'ils remontaient l'allée fendue qui menait à la porte d'entrée, Mackenzie se prépara au déroulement de la tâche qui l'attendait. Comme elle l'avait dit à Bryers, elle avait déjà fait ce genre de boulot dans le passé. Elle savait que, durant la prochaine heure à venir, elle se retrouverait confrontée à des gens grincheux et de mauvaise humeur ou à des portes closes, et des chiens aboyant à l'arrière.

Ils s'approchèrent de la première maison et Bryers frappa à la porte. Le son résonna creux dans le silence du quartier. Ils attendirent un instant, en échangeant un regard entendu, puis Bryers frappa à nouveau. Pendant qu'ils attendaient, Mackenzie regarda la fenêtre qui se trouvait à côté de la porte d'entrée, cherchant à déceler tout signe de mouvement. D'après ce qu'elle en vit, personne n'avait l'air de les espionner derrière les rideaux miteux.

« Il n'y a personne, » dit Bryers après avoir attendu encore trente secondes. « On passe à la suivante. »

Ils s'éloignèrent de la maison et ne s'avancèrent que de quelques mètres avant d'arriver à la maison suivante et de se retrouver devant le même résultat. À la troisième maison, par contre, quelqu'un était chez lui. Quand Bryers frappa, la porte fut ouverte par un homme qui était soit malade, soit soûl. Il ne fallut que dix secondes à Mackenzie pour savoir que cet homme était non seulement loin d'être un suspect mais qu'il était également inutile d'essayer de l'interroger. Après un échange bizarre où la moitié des mots prononcés par l'homme étaient inaudibles et incompréhensibles, ils se dirigèrent vers la maison suivante.

Après deux autres maisons vides, ils arrivèrent à une petite maison qui avait l'air assez bien rangée depuis l'extérieur. Alors qu'ils remontaient l'allée, Mackenzie vit une télé allumée à travers la fenêtre avant. Elle ne voyait pas tout l'écran mais elle put deviner qu'il s'agissait d'un talk-shaw. La personne qui le regardait était apparemment assise loin de la fenêtre.

Ils s'approchèrent de la porte d'entrée, tout en montrant les premiers signes de fatigue et de déception face à une tâche qui commençait à ressembler davantage à une mission inutile. Bryers frappa à la porte comme d'habitude et ils entendirent tout de suite des pas qui s'approchaient.

Une dame âgée et à l'aspect fragile finit par venir leur ouvrir. Ses cheveux était presqu'entièrement gris et sa peau était flasque et ridée. Mackenzie estima que la femme devait avoir près de quatre-vingts ans. Elle les regardait à travers une paire de lunettes aux verres épais, qu'elle remonta sur son nez.

« Oui ? Est-ce que je peux vous aider ? »

« Désolé de vous importuner, madame, » dit Bryers, en montrant son badge. « Je suis l'agent Bryers du FBI. Nous sondons le quartier à la recherche d'un certain individu ou de toute personne qui pourrait nous fournir des informations. »

La vieille dame hocha solennellement de la tête, comme si elle s'attendait à leur visite mais qu'ils avaient pris trop de temps pour venir. « Et bien, il était temps, » dit-elle.

« Qu'est-ce que vous voulez dire par là ? » demanda Bryers.

La vieille dame avança d'un pas sur la dalle en béton de son porche et regarda vers la droite, dans la direction où Mackenzie et Bryers se dirigeaient depuis tout à l'heure. Elle tendit un doigt osseux vers une maison à deux mètres de là.

« Un homme très mauvais vit dans cette maison. J'ai prévenu la police à deux reprises mais ils n'ont jamais rien fait à ce sujet. »

« Quel genre d'homme mauvais, madame ? » demanda Bryers.

« Il y a des gens qui entrent et qui sortent continuellement de cette maison, » dit-elle. « La plupart du temps, tard le soir. Et souvent, il y a des petites filles. »

« Des petites filles ? »

« Et bien, pas vraiment *petites*. Elles doivent avoir treize ou quatorze ans, j'imagine. Et l'homme qui vit là… et bien, il n'a aucun besoin d'avoir des filles de cet âge dans sa maison. »

« Peut-être que c'est ses filles ? » suggéra Mackenzie.

« Bien sûr que non, » répondit la femme. « À moins qu'il ait vraiment *beaucoup* de filles. Et ces filles… elles ont l'air d'être escortées… »

« Vous connaissez les habitudes de cet homme ? » demanda Bryers. « Vous savez s'il est chez lui en ce moment ? »

« Il gare sa voiture sur le côté de la maison, » dit la vieille dame. « Si la voiture est là, alors il y est aussi. Écoutez, je sais que j'ai l'air d'une vieille petite bonne femme indiscrète, mais je *sais* aussi que quelque chose de mal se passe dans cette maison. »

« Merci, madame, » dit Bryers, en regardant en direction de la maison. « Nous allons aller vérifier. »

« Ce serait une bonne chose, » dit la vieille dame.

Bryers et Mackenzie retournèrent sur le trottoir et se dirigèrent vers la maison que la vieille dame leur avait montrée. « Tu la crois ? » demanda Mackenzie.

« Je ne sais pas. Mais je pense que ça vaut vraiment la peine d'aller vérifier. Tu ne penses pas ? »

Mackenzie hocha la tête, bien qu'il y ait quelque chose dans tout ça qui la dérange. Si ce type était coupable de quoi que ce soit qui implique de jeunes filles, c'était probablement purement sexuel. Illégal et malsain bien sûr, mais ce n'était pas un modus operandi qui correspondait à l'homme qu'ils recherchaient.

Cependant, après avoir frappé à la porte de la maison située juste à côté de celle de la vieille dame et que personne ne réponde, ils se dirigèrent vers la maison en question. Comme la vieille dame l'avait mentionné, il y avait une voiture garée le long de la maison, en partie sur l'allée pavée. Ils n'y jetèrent qu'un coup d'oeil alors qu'ils traversaient le jardin et se dirigeaient vers le porche d'entrée. Le porche se limitait à un petit carré sale en bois, jonché de mégots de cigarette, d'insectes morts et de crasse.

« Tu es prête ? » demanda Bryers.

Elle confirma d'un signe de tête. Elle prit soudain vraiment conscience de la présence du bébé Glock dans son dos.

Bryers leva le bras et frappa à la porte. Ils restèrent silencieux, attentifs à tout mouvement. Mackenzie entendit un léger bruit mais elle était presque certaine que ça ne venait pas de l'intérieur.

Ça venait de l'*extérieur*. Et si ses oreilles avaient correctement entendu, elle était presque certaine que le bruit venait de l'arrière de la maison.

« Tu as entendu ? » demanda-t-elle.

« Non, » dit Bryers. « Quoi ? »

Mackenzie attendit un instant, pour savoir si le bruit se faisait toujours entendre. Quand elle l'entendit, elle se précipita vers les marches du porche.

« À l'arrière, » dit-elle. « Quelqu'un essaie de s'enfuir. »

CHAPITRE VINGT-SEPT

Au moment où elle se précipita sur le côté de la maison en direction du jardin arrière, elle se rappela l'ordre que lui avait donné McGrath de se transformer en fantôme. D'être invisible. De rester en retrait et hors du chemin. Elle savait que poursuivre quelqu'un qui essayait de s'enfuir par la porte de derrière allait directement à l'encontre de cet ordre mais pour l'instant, elle ne savait pas quoi faire d'autre.

Au moment où elle entendit Bryers la suivre, elle vit les deux hommes en bordure du jardin. Le jardin se prolongeait en un petit champ étroit avant que ne commence le jardin arrière d'une autre propriété. Quand Mackenzie vit les deux hommes, ils traversaient en courant le petit champ en direction de l'Ouest. Un d'entre eux la vit se ruer dans le jardin arrière et ils se mirent à accélèrer la cadence.

Mackenzie savait qu'elle était rapide et qu'elle avait une meilleure endurance que la moyenne des gens. Elle était sûre qu'elle pourrait rattraper les hommes. Mais et puis quoi ? Elle avait le bébé Glock de Bryers attaché dans son dos mais si elle le sortait, McGrath en finirait avec elle.

Elle se tourna rapidement vers Bryers, cherchant une forme de confirmation ou d'approbation. « Tu penses que tu peux les rattraper ? » demanda-t-elle.

Il fronça les sourcils, en regardant les deux hommes s'éloigner d'eux à chaque seconde. En le voyant courir, elle sut qu'il aurait du mal à suivre.

« J'en doute, » dit-il.

Mackenzie regarda de nouveau en direction des hommes et émit un grognement de frustration.

« White ? » dit Bryers. « N'y pense même… »

Mais elle était déjà en mouvement. Ses jambes retrouvèrent instantanément cette vitesse idéale à laquelle elle était parvenue durant ces six dernières semaines, en s'entraînant à la course d'obstacles et sur des chemins en forêt. La seule différence, c'était que ses muscles étaient maintenant gonflés d'adrénaline alors qu'elle se précipitait à travers le jardin, en direction du champ. Derrière elle, elle entendit Bryers laisser échapper un juron étouffé. Sans prendre la peine de regarder par-dessus son épaule, Mackenzie savait qu'il était derrière elle et tentait de la suivre.

À chaque foulée qui la rapprochait du champ et des silhouettes des deux hommes qui couraient devant elle, elle sentait son avenir s'effondrer. Elle savait que c'était une situation perdue d'avance et durant un instant, elle méprisa les hommes qui s'étaient réunis en coulisses pour la placer dans ce genre de situation. Si elle avait vu les deux hommes s'enfuir et ne les avait *pas* poursuivis, on lui aurait reproché ça comme un échec. Mais de l'autre côté, poursuivre ces hommes allait à l'encontre de tout ce que McGrath lui avait ordonné de faire.

Elle se dit qu'elle mettrait de l'ordre dans tout ça une fois que tout serait terminé. Pour l'instant, un homme qui avait potentiellement tué au moins quatre personnes était en fuite. Et il était hors de question qu'elle le laisse s'échapper.

Elle courait avec une telle rage qu'elle faillit trébucher quand ses pieds passèrent de l'herbe lisse du jardin à l'enchevêtrement du champ. Elle retrouva rapidement l'équilibre mais quand elle leva les yeux, elle vit les hommes devant elle arriver au bout du champ et couper à travers le jardin d'un voisin. Ils étaient bien plus rapides qu'elle ne l'avait pensé et la poursuite serait rude si elle trébuchait à nouveau.

Elle parvint à jeter un coup d'oeil en direction de Bryers au moment où elle atteignit le champ. Il était à environ vingt mètres derrière elle et courait de toutes ses forces mais il était clair qu'il n'était pas habitué à l'effort physique. Elle concentra à nouveau son attention sur les hommes devant elle et retrouva la zone de confort qu'elle avait développée alors qu'elle s'habituait aux entraînements rigoureux de l'académie. Elle courait vite, ses jambes ne ressentant pas la fatigue et ses poumons oeuvrant tels de parfaites petites machines.

Elle perdit les deux hommes de vue durant un instant mais elle continua à fixer du regard le jardin à travers lequel ils s'étaient échappés. Il se trouvait à sa droite et consistait en un bout de pelouse séchée derrière une maison en piteux état. Une vieille corde à linge et une balançoire rouillée s'y trouvaient. Alors qu'elle regardait le jardin, en essayant de l'examiner en détail tout en continuant à courir, elle vit à peine le mouvement qui provenait de l'autre côté de la maison.

Un des deux hommes s'était arrêté et caché derrière la maison. Il s'élançait maintenant dans sa direction, les épaules en avant et la tête baissée tel un défenseur de football américain. Elle s'arrêta net, en dérapant légèrement. Alors qu'elle se repositionnait en se tournant vers la gauche, elle sut qu'elle n'aurait pas le temps de sortir l'arme de Bryers. Alors, elle serra ses deux mains ensemble pour former un poing, leva les bras et les abaissa violemment.

Elle lui asséna le coup au moment où l'épaule épaisse de l'homme lui rentrait dans l'estomac. Elle perdit son souffle en tombant au sol. Mais elle était parvenue à lui asséner un solide coup juste en-dessous de la nuque et quand ils tombèrent au sol, il gémit de douleur en essayant de se remettre tout de suite debout.

Mackenzie parvint à se remettre sur pieds, tout en luttant pour retrouver son souffle. Elle fut bien plus rapide que lui et au moment où elle se retrouva debout, il était encore en position accroupie. Elle se rua sur lui et le plaqua au sol, tête la première. En ne perdant pas une minute, elle lui enfonça un genou dans le creux du dos et appuya aussi fort que possible son avant-bras dans sa nuque.

Quand il essaya de se libérer de son étreinte, elle renforça la pression de son genou dans son dos et de son avant-bras dans sa nuque. C'était une prise simple mais efficace – une des premières prises qu'elle avait apprises. Toute tentative de se libérer causerait de fortes douleurs dans le dos et de nombreuses égratignures au visage.

« Où est l'autre type ? » demanda Mackenzie, alors qu'il se débattait sous son poids. « Où est ton pote »

« Va te faire foutre, » reçut-elle pour toute réponse.

Elle répondit en appuyant plus fort sur son genou. Il gémit de douleur sous son poids et essaya de se relever en utilisant ses bras. Mackenzie attrapa son bras gauche et le replia dans son dos. Il retomba au sol au moment où elle lui remonta le bras vers le haut. Il laissa échapper un autre cri étouffé qui fut assourdi par le bruit de Bryers qui arrivait à ses côtés. Il était hors de souffle et son visage était rouge lorsqu'il s'agenouilla à côté d'elle.

« C'est bon, je m'en occupe, » dit-il en sortant une paire de menottes de sa ceinture.

Quand il mit les menottes aux poignets du type, il parut accorder très peu d'attention à Mackenzie. Il la bouscula même un petit peu en le faisant et elle faillit tomber au sol. Sentant qu'il était clairement fâché, Mackenzie s'éloigna et se mit debout pendant que Bryers relevait le suspect.

« Tu veux que je poursuive l'autre ? » demanda Mackenzie.

« Non, » dit Bryers d'un ton sec et visiblement irrité. Il se mit alors à secouer le type menotté et lui fit face. « Où se cache l'autre type ? »

L'homme se contenta de hausser les épaules. L'expression de son visage montrait de l'inquiétude mais il était également clair qu'il allait être du genre têtu.

« C'est ta maison ou c'est la sienne ? » demanda Bryers, en désignant d'un signe de tête la direction d'où ils venaient.

L'homme ne dit toujours rien. Il se contenta de les fixer l'un après l'autre du regard.

« Alors, on va juste le laisser partir ? » demanda Mackenzie.

L'homme menotté sourit à ces mots. Il adressa à Mackenzie un regard rempli de mépris. Ce qui poussa Bryers à lui faire à nouveau face et à lui rendre son sourire.

« Il y a quelque chose qui t'amuse ? Il me semble à moi que tu devrais être un peu effrayé par une femme qui vient juste de te botter le cul. »

Le sourire disparut du visage de l'homme. Il baissa les yeux au sol pendant que Bryers le menait en direction du champ. Mackenzie suivait, envahie par l'incertitude, pendant que Bryers était clairement occupé à mettre de l'ordre dans ses propres pensées.

« Tu as ton téléphone sur toi ? » lui demanda-t-il soudain.

« Oui. »

« Fais un rapport à McGrath. Dis-lui que j'ai arrêté le suspect et qu'il y en a un autre en liberté. Dis-lui aussi que nous avons besoin d'un mandat pour fouiller la maison de ce type. »

« C'est pas ma maison, mec, » dit l'homme menotté.

« Finalement, il a retrouvé sa langue, » dit Bryers.

Mackenzie sortit son téléphone et afficha le numéro de McGrath alors qu'ils traversaient le champ et retournaient vers la maison en question. Avant même que la sonnerie ne retentisse, Mackenzie était déjà certaine de deux choses. Une : la remarque spontanée du type menotté disant *c'est pas ma maison* signifiait qu'il y avait quelque chose dans cette maison qui allait attirer un tas d'emmerdes à *quelqu'un.* Deux : aucun de ces deux hommes n'était le tueur qu'ils recherchaient.

Leur tueur semblait plus méthodique et presque prévisible. Il aurait un plan de fuite infaillible et facile si la police venait frapper à sa porte. Et elle ne pensait pas qu'il serait le genre de type à sortir par derrière et à se mettre à courir.

Bien entendu, elle garderait ces observations pour elle jusqu'à ce qu'ils voient l'intérieur de la maison. Si elle faisait part de ce que lui disait son instinct et qu'il s'avérait qu'elle se trompe, cela changerait beaucoup la manière dont McGrath et Bryers la considéraient.

Alors pour l'instant, elle se contenta de faire un rapport à McGrath sur les derniers événements, pendant qu'elle retraversait le champ avec Bryers et le suspect menotté. Mais bien qu'ils aient techniquement détenu un suspect, Mackenzie avait toujours l'impression que le temps jouait contre elle.

CHAPITRE VINGT-HUIT

La dernière chose à laquelle elle s'était attendue, c'était que McGrath lui donne accès à la maison une fois que le mandat serait obtenu. Elle était à nouveau vraiment surprise par la rapidité avec laquelle tout s'était déroulé. Moins d'une heure s'était écoulée depuis le moment où elle avait passé l'appel et l'arrivée d'une petite équipe à la maison de la rue Black Mill. Elle avait l'impression que Bryers avait insisté pour qu'elle fasse partie de la fouille mais elle ne lui posa aucune question. Elle se contenta de faire ce qu'on lui disait de faire et rejoignit l'équipe de quatre agents qui se tenaient sur le petit porche devant la dernière maison qu'ils avaient visitée lors de leur enquête dans le quartier.

Elle resta à proximité de Bryers pendant que la porte était enfoncée à l'aide d'un petit bélier. La porte s'ouvrit facilement mais resta suspendue par la charnière supérieure. Mackenzie se tint en retrait pendant que deux agents prenaient la tête des opérations, armés de simples Glocks. Ils prirent un moment pour vérifier l'endroit, s'assurant que personne ne soit tapi dans les coins, en embuscade.

« RAS ! » dit l'un d'eux.

Bryers fit un signe de tête à Mackenzie et elle le suivit, fermant la marche. Elle n'avait plus d'arme maintenant vu que Bryers lui avait retiré le bébé Glock après qu'elle ait appelé McGrath. Elle avait déjà désobéi en ignorant l'ordre de se comporter en fantôme et Bryers n'allait pas tenter sa chance en lui permettant de rester armée sur une affaire dont elle n'était même pas sensée faire partie.

Vu qu'elle formait l'arrière du petit groupe, Mackenzie observa la maison comme le ferait un simple visiteur. La porte d'entrée menait à un salon spacieux au milieu duquel trônait un énorme écran plat accroché au mur. Il avait été laissé allumé durant la tentative de fuite et un menu Netflix de films d'action s'affichait à l'écran. Une bière presque pleine était posée sur la petite table du salon devant le divan.

Ils traversèrent le salon et arrivèrent à une cuisine adjacente. De la vaisselle était empilée dans l'évier. Un sachet de chips était ouvert sur le plan de travail. Une bouteille de vodka et quelques verres à shot étaient éparpillés un peu partout.

De la cuisine, ils continuèrent leur visite par le hall, où la seule salle de bains de la maison et les deux chambres à coucher commençaient à indiquer que quelque chose de vraiment ignoble *avait* de fait eu lieu entre ces murs.

Dans la salle de bains, ils remarquèrent les premiers signes corroborant les dires de la voisine âgée. Une boîte vide de préservatifs se trouvait dans la poubelle, avec des flacons d'oxycodone et plusieurs boîtes d'Ambien. Il y avait également quelques canettes de bière vides dans la poubelle, ce qui en soit ne signifiait rien mais prenait une toute autre signification avec la présence des autres médicaments.

Dans la première chambre à coucher – la chambre principale apparemment – le lit était défait, les draps étaient en tas au pied du lit. Sur la table de nuit, se trouvait un autre flacon de médicaments et des menottes doublées de velours. Au sol, se trouvait une pile de vêtements qui n'attirait pas de premier abord le regard jusqu'à ce que Mackenzie remarque un rebord de couleur rose autour de la manche d'un t-shirt.

Elle donna un coup de pied à la pile pour éviter de laisser ses empreintes où que ce soit. Un jeans tomba du tas, révélant un t-shirt blanc avec le motif d'une étoile brillante sur l'avant. Toute une série de rayures roses décoraient les manches. Sans regarder l'étiquette à l'intérieur de l'encolure, Mackenzie sut que ce t-shirt appartenait à une jeune fille – probablement pas plus âgée que douze ou treize ans.

« Bryers, » dit-elle.

Il se retourna et elle lui montra le t-shirt du doigt. Son visage resta calme durant un instant, puis il lui fit un léger signe de la tête et tourna à nouveau son attention vers le reste de la perquisition. La petite équipe retourna dans le hall et se dirigea vers la deuxième chambre à coucher. La pièce était vide, à l'exception d'une petite commode et d'un miroir qui pendait à peine au mur. Un des agents qui menait le groupe, ouvrit un petit placard à l'arrière de la pièce et lâcha un « Oh merde. »

L'un après l'autre, ils rentrèrent dans le placard. Ce qui avait l'air de n'être qu'un petit placard vu de l'extérieur, s'ouvrait en fait sur une petite pièce qui ne faisait que trois mètres de long sur deux mètres de large. Ils s'y tenaient tous les quatre, serrés épaule contre épaule, et prenaient presque toute la place. Un des agents tira sur le cordon qui pendait du plafond et une simple ampoule s'alluma. C'était une lumière faible, éclairant une scène, identique à certaines scènes dont Mackenzie avait entendu parler mais qu'elle n'avait jamais vues.

Un petit matelas simple gisait sur le sol et une autre paire de menottes doublées de velours gisait à côté de lui. Un petit miroir était fixé au mur devant le matelas. Une couverture Mon Petit Poney était jetée en boule dans un coin, à côté de quelques gobelets jetables. Un des agents prit l'un des gobelets et le renifla.

« Alcool, » dit-il.

Ils étaient tous les quatre silencieux. Mackenzie pouvait presqu'entendre le tourbillon de leurs pensées. Bien sûr, il n'y avait encore aucune preuve *tangible* prouvant que la voisine avait raison mais tout ce qu'ils voyaient ici ne faisait que le confirmer.

L'agent qui menait les opérations se tourna vers Bryers. Mackenzie fut impressionnée par l'absence d'expression sur son visage. Aucune pitié, ni colère, rien du tout. « Nous allons appeler une équipe pour fouiller l'endroit à la recherche d'empreintes ou de tout autre indice. C'est bon pour vous ? »

« Oui, je pense que oui. »

L'agent et son partenaire hochèrent la tête et sortirent lentement du placard. Alors que Bryers les suivait, Mackenzie continua à observer l'endroit. Bryers se tint un moment près de la porte, à l'attendre.

« Ne te fais pas de tort pour rien, » dit-il. « Pour l'instant, nous devons nous concentrer sur le type qui s'est enfui. »

« Oui, » dit Mackenzie. Elle commença à s'éloigner mais au moment où elle le fit, son attention fut attirée par quelque chose. Elle entra plus profondément dans le placard et s'accroupit juste devant le petit matelas.

« Qu'est-ce qu'il y a ? » demanda Bryers.

« Regarde, » dit-elle, en tendant la main et en touchant presque le petit miroir fixé au mur.

Dans le coin inférieur gauche, le verre était brisé, révélant le revers fin en métal. Le bout en spirale d'une petite vis sortait sur une longueur d'environ soixante millimètres.

« Et quoi ? » demanda Bryers.

Mackenzie n'avait aucune envie de dire ce qu'elle pensait car ça allait à l'encontre de son très fort pressentiment qu'il ne s'agissait pas du tueur. Il s'agissait d'un individu dérangé, c'était sûr… mais pas du type qui avait tué des gens qui faisaient du porte à porte et jeté leurs cadavres dans une décharge.

« L'égratignure sur le haut du crâne de Trevor Simms, » commença-t-elle à dire.

« Oh, » dit Bryers. Puis, après un instant, il le dit à nouveau, sur un ton démoralisé. « Oh. Tu ne penses pas qu'il s'agit de notre tueur, c'est ça ? »

« Ce type recherchait des petites filles, » dit Mackenzie. « Et d'après ce que j'en ai vu, il ne les tuait pas. Il faisait juste… enfin, tu sais. Notre type, par contre… il n'est pas difficile. Et ses victimes étaient des adultes. »

« Mais le quartier coïncide. Et si ce type est aussi malade que *ça,* » dit-il, en montrant le placard du doigt, « on ne sait pas ce qu'il est capable de faire d'autre. »

« Oui, mais… »

« On doit continuer avec ce qu'on a, » l'interrompit Bryers. « Et pour l'instant, cet endroit, c'est plus que probablement du tangible. Alors relax, White. On dirait bien qu'on a attrapé notre type. »

Mackenzie se retourna vers le placard et regarda la vis qui dépassait. Elle sut sans aucun doute possible qu'il avait tort.

CHAPITRE VINGT-NEUF

À dix-sept heures trente de l'après-midi, l'homme qui s'était enfui devant Mackenzie et Bryers fut appréhendé. La maison lui appartenait et il devenait de plus en plus évident que l'histoire de la voisine s'avérait être vraie. Il n'avait fallu qu'un peu de pression et d'interrogation sur le premier type arrêté pour le faire craquer et révéler qu'ils s'occupaient de trouver de jeunes pré-adolescentes ou adolescentes dans un but sexuel. Parfois, les parents les vendaient eux-mêmes, louant les services de leurs propres filles pour un montant de quatre cents à mille dollars. Mais la plupart du temps, les filles venaient de leur propre gré, soit par rébellion envers leurs parents, soit à la recherche d'une forme de sécurité.

Par contre, aucun des deux hommes n'avoua les meurtres de Shanda Elliot, Susan Kellerman, Trevor Simms ou Dana Moore.

Moins de quatre-vingt-dix minutes après avoir découvert le placard sordide, le suspect qui s'était échappé fut localisé, officiellement arrêté et emmené en garde à vue. Mackenzie était assise sur les marches devant la maison et regardait la voiture de police s'éloigner, légèrement émerveillée par la rapidité et l'effacité des derniers événements.

Bryers se tenait sur le trottoir et était impatient de retourner vers leurs voitures. « Je vois que tu n'as toujours pas l'air convaincue, c'est ça ? » demanda-t-il.

« Je suis heureuse qu'on ait attrapé un type qui s'attaque à de jeunes filles, » dit-elle. « C'est toujours une victoire. Mais ce type n'est pas notre tueur. »

Bryers soupira et hocha la tête. « Il est possible que tu aies raison. Mais tant que je ne reçois pas un ordre direct de McGrath de continuer à chercher un suspect, on continue sur ce qu'on a. Et ce qu'on a, c'est un type tellement dérangé qu'il est capable de tout et de *n'importe quoi,* à mon avis. »

« Donc, même si tu as un doute… tu es capable de passer outre aussi facilement ? » demanda Mackenzie.

Bryers ferma les yeux durant un instant et Mackenzie vit qu'il s'efforçait de lui répondre sur un ton diplomatique. Quand il répondit, il prononça ses mots lentement et de manière délibérée.

« Au risque de ne pas avoir l'air très sympa… on n'est pas au département de police locale du Nebraska ici. Au FBI, si tu franchis les limites, il y a toujours des conséquences. Notre marche de manœuvre est limitée et il y a des règles à suivre. Tu comprends ça, n'est-ce pas ? »

« Oui, je comprends » dit-elle. « On reste assis à ne rien faire en attendant que McGrath se rende compte que notre tueur coure toujours. »

« En résumé, c'est ça, » dit Bryers. « Je pense qu'il s'en doute déjà. Mais il va d'abord s'en assurer à cent pour cent. Je m'attends à ce que nous en sachions plus dès ce soir. Mais pour l'instant, il n'y a rien d'autre à faire que de partir d'ici. Tu as bien bossé aujourd'hui, White. Reste là-dessus. Allez, viens, on y va. »

Sans attendre qu'elle ne réponde, Bryers commença à marcher sur le trottoir, en direction de l'endroit où étaient garées leurs voitures. À contrecoeur, Mackenzie fit de même et elle suivit Bryers. Elle se retourna vers la maison qu'ils venaient juste de quitter et, pour la première fois, elle se demanda si elle avait fait une erreur en suivant les conseils d'Ellington et en quittant le Nebraska.

***

Alors qu'elle était assise derrière le volant de sa voiture et regardait Bryers engager son véhicule sur la route, Mackenzie réalisa qu'il était impossible pour elle d'en rester là. Elle était incapable de laisser une telle interrogation sans réponse. Elle serait incapable de garder la tête haute en *sachant* qu'elle avait potentiellement laissé courir un tueur alors que son lieu de résidence se trouvait probablement dans un rayon d'un kilomètre de là où elle se trouvait.

Elle démarra sa voiture et veilla à ne s'éloigner du trottoir que lorsque Bryers eut passé le carrefour qui se trouvait plus loin devant elle. Dans un pâté de maisons, il allait tourner à gauche, dans une rue qui menait à une bretelle qui le ramènerait à Quantico. Mackenzie n'avait aucune intention de le suivre.

Elle traîna jusqu'à l'intersection qu'il venait juste de dépasser, en espérant qu'il la verrait dans son rétroviseur. Elle resta là immobile durant un instant jusqu'à ce qu'elle perde sa voiture de vue.

Puis elle tourna à droite.

La rue Estes n'était qu'à un pâté de maisons. Elle vit le panneau vert indiquant le nom de la rue avant même de tourner. C'était la rue où Trevor Simms avait dit qu'il se rendrait et ça lui semblait totalement insensé de l'ignorer, tout simplement parce qu'ils venaient de procéder à une impressionnante arrestation vingt minutes plus tôt.

Elle parcourut rapidement toute la rue, afin d'en connaître la géographie. Elle faisait huit pâtés de maisons de long avant de se terminer sur un rond-point décrépit d'un côté et de devenir la plus animée Parks Avenue de l'autre côté. Elle roula de nouveau sur la rue Estes et se gara au carrefour des rues Estes et Sawyer, pour commencer au même point où ils avaient commencé à sonder la rue Black Mill avec Bryers.

Le quartier était assez similaire à ce qu'ils avaient vu dans la rue Black Mill. Certaines maisons étaient mieux entretenues et la plupart des pelouses étaient en meilleur état. Mais elle se sentait tout de même très vulnérable sans arme. Ce n'était pas spécialement parce que le quartier avait l'air louche et dangereux, mais c'était plutôt dû au fait qu'elle était persuadée – par un pressentiment indéniable – que le tueur vivait dans une des maisons qui l'attendaient le long de la rue Estes.

Alors qu'elle remontait l'allée menant à la première maison, elle sentit à nouveau qu'elle se tenait en équilibre au bord d'un précipice et qu'elle mettait en danger son avenir et sa carrière. Elle savait qu'elle pourrait tomber à tout moment et qu'il y avait quelques directeurs et superviseurs qui ne rechigneraient pas à lui donner la dernière petite impulsion pour la faire tomber. Elle sentit le poids de cette réalité peser sur ses épaules mais elle décida de continuer.

Il était dix-sept heures cinquante quand elle frappa à la première porte. Elle s'ouvrit quelques secondes plus tard et un homme noir d'âge moyen apparut. Il portait une salopette de mécanicien et il avait l'air assez fatigué. Comme la plupart des habitants de la rue Estes, il venait probablement de rentrer du boulot, d'arriver chez lui et il avait probablement remarqué toute l'agitation impliquant des voitures de police dans la rue Black Mill.

« C'est pourquoi ? » demanda l'homme, d'une voix fatiguée.

« Je suis désolée de vous importuner, » dit Mackenzie, en essayant de la jouer finaude. « Je suis consultante avec le FBI. Je ne sais pas si vous avez remarqué ce qui se passait dans la rue Black Mill mais nous sondons actuellement les quartiers environnants, à la recherche d'un homme en fuite. Avez-vous remarqué quelqu'un courant à travers jardins ou dans les rues ? »

L'homme secoua la tête. « Non, je n'ai rien vu. Je viens de rentrer, j'ai ouvert une bière et je me suis endormi sur le divan. Je n'ai rien vu du tout. »

Mackenzie hocha la tête et observa rapidement la maison derrière lui. Elle vit un salon et un hall. La maison était propre et sombre et le murmure d'une télévision venait de quelque part à l'intérieur.

« Merci, monsieur, » dit-elle.

Il se contenta de hocher la tête, puis referma la porte. Mackenzie descendit les marches devant sa maison et continua à s'avancer dans la rue. Elle se demanda combien de temps ça prendrait à Bryers pour se rendre compte qu'elle était restée en arrière. Une petite partie d'elle-même (probablement la partie qui savait que cette désobéissance pourrait très bien lui coûter sa carrière au FBI) avait envie de mettre son téléphone en mode silencieux afin de ne pas l'entendre sonner au cas où il appelait pour lui demander ce qu'elle foutait. Mais bien sûr, ce serait immature de sa part et il était hors de question qu'elle fuie les problèmes qu'elle était bien consciente de se créer elle-même.

Alors, elle continua à faire du porte à porte. Parmi les cinq premières portes où elle frappa, trois d'entre elles s'ouvrirent. Dans l'une de ces maisons, la porte fut ouverte par une jeune fille, n'ayant probablement pas plus de douze ans. Mackenzie entendit directement le bruit d'une forte dispute entre les parents, venant d'une autre pièce. La fille avait l'air irritée et Mackenzie se sentit mal à l'aise avec la situation. Et ce sentiment de gêne l'accompagna jusqu'à la sixième maison de la rue. Elle commençait à penser que tout ça n'était qu'une très mauvaise idée de sa part.

Elle frappa à la porte de la sixième maison. Elle entendit un mouvement de l'autre côté et la voix d'une femme retentit. *« Une minute, j'arrive ! »*

Mackenzie attendit une vingtaine de secondes avant que la porte ne s'ouvre. Une femme âgée et obèse apparut. Elle avait l'air d'avoir été fatiguée par le simple fait d'être venue ouvrir la porte.

« Je peux vous aider ? » demanda la femme, d'une voix fatiguée mais enjouée.

Mackenzie sortit rapidement le même baratin qu'elle avait sorti aux autres personnes avec lesquelles elle avait parlé ces dix dernières minutes. La femme eut l'air préoccupée par ce que Mackenzie lui racontait mais elle secoua la tête.

« Non, je n'ai rien vu de pareil, » dit-elle. « Mais en même temps, je suis généralement dans ma chambre à coucher. Je suis clouée au lit depuis quelques semaines. Je ne me sens pas très bien dernièrement, alors je m'enferme dans ma chambre. »

« Je suis désolée d'entendre ça, » dit Mackenzie. Puis, en se rappelant que la très sensible Becka Rudolph s'était plainte de sa froideur et de sa distance, elle ajouta : « J'espère que vos problèmes de santé ne sont pas trop graves. »

« Pas trop graves, non, » dit la femme. « Rien qu'une alimentation saine et un meilleur style de vie ne puissent solutionner. Il faut juste que je perde un peu de poids. » Elle le dit sur un ton qui disait clairement qu'elle ne s'attendait pas vraiment à faire ce genre de chose.

« Alors, je souhaite que tout aille au mieux pour vous, » dit Mackenzie. « Merci pour le temps que vous m'avez consacré. »

« Mais c'est normal » dit la femme. « J'espère vraiment que vous finirez pas attraper l'homme que vous recherchez. »

Moi aussi, dit Mackenzie en s'éloignant de la femme et en se dirigeant vers la rue.

Au moment où elle s'éloigna, elle eut l'impression d'entendre quelque chose… mais peut-être que ce n'était rien de plus que le bruit sourd de la porte refermée par la vieille dame. C'était un bruit étouffé, à peine audible.

Tu sursautes au moindre bruit, se dit-elle à elle-même. *Arrête de te faire des idées.*

Mais Mackenzie resta cependant là immobile durant un instant. Elle regarda en direction de la maison, à l'affût du bruit qu'elle avait entendu mais il ne se répéta pas.

Mais ce qu'elle *entendit* par contre, ce fut son téléphone qui sonnait dans sa poche. Elle l'attrapa et vit que c'était Bryers qui l'appelait.

« Merde, » dit-elle.

Elle prit une profonde inspiration, regarda à nouveau en direction de la maison et répondit à l'appel.

***

Lauren Wickline ouvrit les yeux et ne vit que l'obscurité. Elle cligna rapidement des yeux et fut rassurée de se rendre compte que l'obscurité était naturelle – c'était juste l'absence de lumière, elle n'était pas devenue aveugle. La dernière chose dont elle se rappelait, c'était le coup de poing qu'elle avait reçu. Et maintenant, elle était là, dans l'obscurité.

Elle essaya de hurler mais elle n'y parvint pas. Elle essaya d'ouvrir la bouche mais elle était obstruée par quelque chose. Elle tendit la langue en avant de manière experte et sentit une sorte de tissu serré contre ses lèvres. Elle sentit aussi quelque chose de dur en-dessous de son dos et elle réalisa qu'elle était couchée. Elle roula sur le côté et s'agenouilla, puis essaya de se relever. Elle ne put que se mettre à moitié debout avant que sa tête ne heurte quelque chose de dur qui la fit retomber en arrière. Elle étendit son bras et parvint à protéger son visage à la dernière minute.

J'ai été kidnappée, pensa-t-elle, d'une manière presqu'absente. *Je savais que j'aurais dû rester loin de ce quartier... Merde, Lauren, où avais-tu la tête ?*

Elle se rappelait à peine du visage de l'homme qui lui avait ouvert la porte mais elle se rappelait très bien qu'elle s'était sentie mal à l'aise quand il lui avait parlé. Il l'avait attaquée et maintenant elle était là, capturée et confinée dans un petit espace obscur qui sentait la poussière et la crasse.

Elle se dit de ne pas paniquer, de ne pas pleurer, mais les larmes lui venaient déjà aux yeux. Une autre pensée lui traversa soudain l'esprit.

Il m'a sûrement assomée. Et si c'est le cas, quelque chose a dû me tirer de mon étourdissement. J'ai dû entendre quelque chose, j'ai dû...

Puis elle entendit la voix d'une femme. Elle ne parvenait pas à discerner les mots, c'était comme un léger murmure. Puis elle se rappela… c'était comme essayer de remettre en place les souvenirs d'un rêve au moment du réveil. Ce qui l'avait réveillée, c'était la voix d'une femme. Une voix fragile.

« Une minute, j'arrive... »

C'était ce qu'elle avait entendu. Quelqu'un avait crié ces mots. Quelqu'un qui se trouvait très près d'elle.

Dans l'obscurité, Lauren se mit à gémir. À travers le tissu qui était noué sur sa bouche, ce gémissement ressemblait plus à de l'air s'échappant d'un ballon. Elle essaya de desserrer le tissu mais il était bien trop serré sur sa bouche. Ses doigts ne parvenaient pas à en défaire le petit nœud. Elle écarquilla les yeux dans l'obscurité ét elle gémit de plus en plus fort tout en essayant de ne pas s'abandonner à la panique qui commençait à l'envahir. Devant elle, elle vit un très faible éclat de lumière. Elle rampa jusqu'à lui, en gémissant à travers le bâillon.

Alors qu'elle rampait, elle commença à mieux prendre conscience du sol qui se trouvait en-dessous d'elle. On aurait dit du bois poli. Il y avait aussi des traînées de crasse de parts et d'autres. Elle eut l'impression d'être dans une sorte de structure inachevée. En sentant la crasse, elle pensa aussi qu'elle se trouvait peut-être dans une cave avec des araignées et des serpents dans tous les coins, qui s'approchaient peut-être déjà d'elle en rampant.

Elle atteignit le faible éclat de lumière et vit qu'il ne s'agissait que d'un tout petit peu de lumière filtrant à travers une petite porte. Elle inspecta la porte à tâtons, à la recherche d'une poignée, mais il n'y en avait pas.

Elle frappa des mains contre la porte, qui était faite dans le même genre de bois que celui qui se trouvait sous ses genoux. Elle hurla aussi fort que possible contre le bâillon qui lui enserrait la bouche. Ses propres cris étouffés résonnaient dans sa tête mais elle savait qu'ils ne seraient jamais assez forts que pour être entendus par quelqu'un se trouvant de l'autre côté de cette porte.

Elle s'interrompit et tendit l'oreille, entendant à nouveau le bruit assourdi d'une femme qui parlait. C'était toujours un son étouffé mais soudain, une deuxième femme se mit à parler. Cette femme était plus près d'elle, sa voix était claire et totalement audible.

« Mais en même temps, je suis généralement dans ma chambre à coucher. Je suis clouée au lit depuis quelques semaines. »

Lauren crut comprendre ce qui se passait. Quelqu'un avait frappé à la porte. La femme qui se trouvait plus près d'elle avait dít *Une minute, j'arrive !* Maintenant, elle parlait avec une autre femme. Et peut-être que, osa-t-elle espérer, cette autre femme était là pour elle, peut-être qu'elle la recherchait. Peut-être qu'elle pourrait l'aider.

Lauren frappa contre la porte jusqu'à ce que ses mains deviennent douloureuses. Une de ses articulations s'était entaillée et le sang coulait maintenant. Elle arrêta de frapper contre la porte quand elle réalisa que ça ne servait à rien. Elle recula et se retourna pour placer ses pieds face à la petite porte. Elle plia les genoux et commença à donner des coups de pied contre la porte comme si elle faisait du vélo – un pied après l'autre.

La porte ne bougeait pas d'un poil et elle ne la sentit même pas fléchir sur ses gonds. Elle essaya à nouveau de hurler en lançant un dernier coup de pied qui lui causa une douleur au genou.

Quand elle s'arrêta, elle écouta de nouveau la conversation des deux femmes.

Mais elle perdit espoir quand elle se rendit compte qu'il n'y avait plus aucun bruit.

CHAPITRE TRENTE

« Tu essayes *vraiment* de te faire virer du Bureau, c'est ça ? » cria Bryers au téléphone.

Mackenzie n'avait jamais entendu Bryers aussi fâché. Quelque part, c'était pire que d'entendre la voix enragée de McGrath. C'était peut-être aussi parce que Bryers avait pris sa défense d'une manière dont personne ne l'avais jamais faite auparavant et qu'elle avait l'impression de l'avoir laissé tomber.

« Tu as dit toi-même, » se défendit Mackenzie, « que j'avais été placée dans une situation impossible. J'essaye juste de la rendre un peu plus gérable. »

« Je ne suis pas ton boss, » dit Bryers, « mais je te dis tout de suite que si tu ne ramènes pas tes fesses chez toi dans l'heure à venir, tu vas te retrouver dans la merde. Et qu'est-ce que tu pensais faire, de toutes façons ? Chasser ce type toute seule ? »

« Non, je… »

« Pendant tout ce temps, je pensais que les éloges qu'on te faisait concernant le tueur épouvantail ne te montaient pas au cerveau. Et bien, je me suis trompé. Ça t'est monté à la tête, c'est ça ? Mais tu n'es pas invincible, White. Et peut-être que tu n'es pas un aussi bon élément que ce que tout le monde te dit… et tu n'es certainement pas aussi *intelligente* que je pensais que tu l'étais. »

« Tu as fini, Bryers ? »

Il eut un rire exaspéré. « Oui, de fait. Et j'ai bien peur que ce soit toi qui sois finie, White. Je déteste cette idée mais si tu ne me donnes *maintenant* ta parole que tu vas rentrer chez toi, je fais un rapport au Bureau. »

« OK, » dit Mackenzie, sans se soucier d'avoir l'air d'un enfant gâté. « Et si je retourne maintenant jusqu'à ma voiture, que le tueur est ici et qu'on lui donne quelques heures de plus pour se trouver une autre victime, alors quoi ? »

« Ce n'est pas à toi à t'en tracasser, » dit Bryers.

Mackenzie fut tellement frustrée par sa réponse qu'elle lui raccrocha au nez. Elle remit le téléphone en poche et bien que ça la rende malade, elle se dirigea vers sa voiture. Elle n'était pas du tout d'accord avec la manière qu'avait Bryers de voir les choses mais elle savait aussi qu'il avait raison. Non seulement elle courait un réel danger potentiel, mais en plus elle faisait littéralement tout son possible pour désobéir à un ordre direct d'un superviseur qui faisait ce qu'il pouvait pour s'assurer qu'elle ne soit pas expulsée.

Elle redescendit la rue Estes. Alors qu'elle était sur le point de traverser vers la rue Sawyer, qui l'amènerait jusqu'à sa voiture garée dans la rue Black Mill, elle s'arrêta pour laisser passer une camionnette. Le conducteur lui jeta un regard torve, un regard qui était à la limite de la mater d'une manière sexuelle. Elle leva les yeux au ciel, regarda la camionnette passer, puis traversa la rue.

Une idée lui traversa soudain l'esprit. Quelque chose à côté de laquelle elle était passée quelques instants plus tôt… juste avant qu'elle ne pense avoir entendu un bruit sourd au moment où la vieille dame refermait sa porte d'entrée.

Elle pensa à la vieille dame et à la brève conversation qu'elles avaient eue. La femme avait affirmé qu'elle n'était pas en très bonne santé – enfin, pas vraiment *mauvaise* mais immobilisée en tout cas. Elle avait été jusqu'à dire qu'une diète plus saine et un meilleur style de vie lui seraient probablement bénéfiques. Et elle était obèse… assez obèse.

Il serait dès lors possible qu'elle ait appelé Dana Moore et ses Remèdes Naturels Santé à la rescousse. Et si elle ne se sentait pas très bien, c'était également plausible qu'elle ait appelé Avon… pour utiliser les effets bien souvent thérapeutiques du maquillage afin de se sentir mieux. Et Becka Rudolph n'avait-elle pas également dit que Dana projetait de rendre visite à une femme obèse qui vivait dans ce quartier ?

Tout d'un coup, le bruit sourd qu'elle pensait avoir entendu prit une toute autre importance.

Indécise, Mackenzie se trouvait littéralement à une croisée des chemins alors qu'elle se tenait à l'intersection de la rue Sawyer. Elle se retourna pour regarder de nouveau la maison où la vieille dame avait ouvert la porte. Bien qu'elle n'ait certainement pas l'air d'une tueuse, il pouvait y avoir d'autres facteurs en jeu dans cette situation, qu'elle n'aurait pas pu appréhender en ne parlant qu'une minute avec cette femme.

Elle était là… et elle pouvait voir la maison de là où elle se tenait. Est-ce que ça empirerait *vraiment* sa situation si elle reportait le conseil de Bryers de cinq minutes supplémentaires ?

Elle se tenait au carrefour et regardait la maison, de manière indécise. Elle savait que son avenir était en jeu. Elle pouvait s'avancer et retourner vers une zone de sécurité.

Ou elle pouvait revenir en arrière et courir le risque d'être virée, d'être renvoyée au Nebraska.

Mackenzie prit une profonde inspiration et mit son téléphone en mode silencieux.

Elle fit demi-tour et retourna sur ses pas.

CHAPITRE TRENTE ET UN

Quand Mackenzie arriva à hauteur de la maison, elle s'arrêta et l'observa. Elle ne vit rien d'intéressant sur le côté droit de la maison. Juste une pelouse desséchée et quelques bouts de bois de construction. Elle s'avança de la manière la plus nonchalante possible le long du trottoir jusqu'à arriver sur le côté gauche de la maison. Elle y vit ce qui ressemblait à une annexe, construite après coup. Elle était fabriquée en contreplaqué et un revêtement en vinyle bon marché en recouvrait la plus grande partie.

D'après ce qu'elle put en voir, il n'y avait aucune fenêtre à l'annexe. Une seule porte s'ouvrait dans le mur sur la gauche. Des escaliers tordus en béton en descendaient. Bien que la structure en elle-même ne soit pas un véritable motif d'inquiétude, elle la trouvait bizarre et comme déplacée. Elle remarqua également que le bas de l'annexe était composé de toute une série de planches et d'une sorte d'enduit bon marché qui avait été peint de couleur noire.

Elle pensa à appeler Bryers pour lui en faire part mais elle savait qu'il serait encore plus fâché sur elle. Elle marchait déjà sur des braises, alors il n'était pas nécessaire que Bryers et McGrath attisent le feu.

Mackenzie détourna le regard de l'horrible annexe et regarda en direction de la porte d'entrée. Elle supposa qu'elle pourrait à nouveau y frapper et demander à entrer pour poser quelques questions. Mais s'il y *avait* vraiment quelque chose de louche dans cette maison, frapper à la porte lui ferait perdre l'effet de surprise. La course poursuite dans la rue Black Mill en était une preuve.

Plus que jamais consciente de ne pas être armée, Mackenzie s'arma de courage et s'avança dans le jardin. Elle gardait les yeux sur la maison, afin de s'assurer que personne ne la regarde par les fenêtres ni ne sorte par la porte d'entrée. Elle se déplaça furtivement vers le jardin arrière, les yeux fixés sur l'arrière de la maison où se trouvait l'horrible annexe qui semblait réclamer son attention.

***

Sa mère était sortie de sa chambre. Il supposa qu'elle avait faim. C'*était* l'heure du dîner et le seul moment où elle sortait de son plein gré de son dongeon de chambre, c'était pour enfourner de la nourriture. Elle était assise dans le divan lorsqu'il entra dans la maison et elle lui jeta un regard bienveillant.

« Je commencerai à préparer le dîner dans un instant, » dit-il. Il se dirigea vers la cuisine et posa le sac qu'il avait ramené de sa camionnette sur la table. Quand il avait mis l'adolescente dans le cagibi, il s'était rendu compte que le bâillon qu'il utilisait s'effilochait. Alors il était allé au Wal-mart pour acheter quelques écharpes bon marché.

« Tu n'es pas mon esclave, Jim, » dit-elle. « Je peux très bien préparer mon dîner. »

« La dernière fois que tu as essayé de préparer à dîner, tu as tout brûlé et les alarmes à incendie se sont déclenchées, » dit Jim. « Ne t'inquiète pas, je m'en occupe. »

« OK, » dit-elle d'un ton absent.

C'était le type de relation qui les unissait. À un certain moment lors de la déchéance de sa mère, il s'était rendu compte qu'une vie d'amour, de mariage et d'amitié ne serait jamais pour lui et les rôles s'étaient inversés. C'était elle l'enfant aujourd'hui et Jim, c'était le parent aigri qui aurait aimé que les choses soient différentes.

Alors qu'il sortait une boîte de spaghetti de l'armoire, elle lui parla depuis le salon. « Tu as vu des voitures de police sur la route ? » demanda-t-elle.

« Non, » dit-il. Une alarme se déclencha en lui et résonna dans sa tête. « Pourquoi tu demandes ça ? »

« Une femme est passée par ici, elle travaille avec le FBI, » dit la mère. « Elle m'a dit qu'ils cherchaient un suspect qui était en fuite ou quelque chose dans le genre. »

Il laissa retomber la boîte toujours fermée de spaghetti sur le plan de travail et revint rapidement vers le salon. « Elle est passée il y a longtemps ? » demanda-t-il.

Elle haussa les épaules, comme si ce n'était pas très important. « Il y a cinq minutes ? » dit-elle. « Peut-être dix ? »

Jim pensa à la femme qu'il avait vue au moment où il avait quitté la rue Sawyer pour tourner dans la rue Estes. Elle lui avait paru bizarre, comme si elle était perdue. Il avait même souri intérieurement en pensant qu'elle était peut-être occupée à vendre quelque chose en porte à porte.

« Il y a quelque chose qui ne va pas ? » lui demanda sa mère.

Il se précipita vers le divan et ouvrit les rideaux. Le jardin devant la maison était vide, tout comme la rue (à l'exception de sa camionnette). Il n'y avait aucun signe en vue de la femme qu'il avait dépassée – ou de qui que ce soit d'autre, d'ailleurs.

Paranoïaque, pensa-t-il. *C'est un quartier mal famé. Il y a des centaines de raisons pour lesquelles des agents du FBI pourraient se trouver dans cette zone.*

Il avait envie d'y croire mais il y avait quelque chose qui sonnait… faux.

Il essaya de penser à autre chose. Il retourna dans la cuisine et se mit à faire bouillir une casserole d'eau pour les pâtes. Mais avant que la première bulle n'apparaisse, il sentit son estomac se nouer de stress. Il resta là, debout et immobile, avec une poêle en main.

Il regarda en direction du salon. Sa mère feuilletait un magazine et avait l'esprit ailleurs.

« Je reviens tout de suite, » dit-il, en serrant fort la poêle en main.

Il se sentit soudain presque malade. Mais derrière l'angoisse qui lui serrait le ventre et la pression qu'il ressentait dans son crâne, il y avait également un sentiment d'excitation. Un sentiment similaire à ce qu'il ressentait quand il étranglait les personnes qu'il gardait captives. C'était cette sensation qui le poussa à se rendre à l'arrière de la maison de sa mère, en direction de sa petite annexe.

CHAPITRE TRENTE-DEUX

Mackenzie s'approcha de la porte et ne fut pas du tout surprise de la trouver verrouillée. La porte en elle-même était assez fragile, faite en bois creux et bon marché. Quand elle agrippa la poignée et secoua avec force, la porte bougea légèrement sur ses gonds. Elle réfléchit à la possibilité de la défoncer à coups de pied. Un ou deux coups bien placés devraient suffire.

Si elle avait été armée, elle aurait probablement choisi cette option. Elle s'éloigna de la porte et jeta un coup d'œil autour d'elle. Elle alla vers l'arrière du bâtiment et vit des morceaux de bois de construction éparpillés. La plupart d'entre eux étaient moisis et pourris, vu qu'ils traînaient probablement là depuis le moment où l'annexe avait été construite. Elle chercha silencieusement parmi les morceaux et trouva un solide madrier dans le fond. Au moment où elle le retira du tas, le haut de la pile glissa et entrechoqua le côté de l'annexe.

Le bruit sourd émis par le bois entrechoquant le mur extérieur était étrangement familier.

Mackenzie se mit à genoux et frappa légèrement au niveau des planches. Au moment où elle le fit, elle pensa aux égratignures qu'elle avait vues sur le crâne de Trevor Simms et à la conversation concernant la possibilité d'une sorte de cage ou d'une forme d'unité de confinement.

Ou peut-être une sorte de cagibi, pensa Mackenzie, en regardant la construction bâclée le long du bas de la structure. Avec l'enduit et la manière dont il avait été peint, c'était un peu comme si quelqu'un avait cherché à rendre *cette* partie plus sécurisée que le reste.

Elle frappa plus fort cette fois. Elle entendit comment le bruit de ses coups étaient assourdis par l'enduit, la peinture et les planches.

Mais cette fois-ci, elle obtint une réponse – un bruit qui lui envoya un choc électrique à travers le corps.

C'était un cri étranglé – une femme, d'après ce qu'elle parvint à entendre.

Elle attrapa le madrier et se remit debout. Elle se tourna vers la droite, ayant pris la décision de défoncer la porte.

Et c'est à ce moment-là qu'elle vit l'homme – juste une seconde trop tard.

*

Elle n'était pas sûre de savoir ce qu'il tenait en main, mais elle vit que ça arrivait rapidement en direction de sa tête, guidé par le poing de l'homme. Au moment où l'objet heurta son visage, un grand *clang* se fit entendre.

Une poêle, pensa-t-elle, au moment où une douleur intense lui envahit le côté droit du crâne. *Est-ce qu'il vient vraiment de me frapper avec une poêle...*

Durant un instant, Mackenzie vit un rideau noir s'abattre devant ses yeux au moment où elle tomba au sol. Elle essaya de se relever mais l'homme était déjà sur elle, la plaquant à terre.

Son visage était familier. C'était le type de la camionnette. Et il était grand – comme l'indiquaient ses larges mains qui entouraient maintenant la gorge de Mackenzie et la serraient de toutes ses forces.

CHAPITRE TRENTE-TROIS

En quelques secondes, Mackenzie fut moins préoccupée par le fait d'être étranglée à mort que par le fait d'avoir la nuque brisée. Le rideau noir qui s'était abattu devant ses yeux quelques instants plus tôt s'était transformé en torches sombres qui explosaient tel un feu d'artifice. Le visage de l'homme qui se tenait au-dessus d'elle commençait à devenir flou et ses poumons avaient de plus en plus de mal à se remplir d'air.

Elle tâtait frénétiquement le sol, à la recherche de quoi que ce soit qui lui permette de riposter. En cherchant, elle se retourna l'ongle de l'annulaire mais la douleur était infime comparée à celle causée par l'horrible étau que l'homme exerçait sur sa gorge. Elle luttait en-dessous de lui mais pas de trop. Elle savait qu'elle dépenserait toute son énergie en luttant – une énergie dont elle aurait besoin pour mener une attaque avec force quand l'opportunité se présenterait.

Ses mains continuaient à chercher une arme quand elle toucha le bord du madrier qu'elle tenait en main avant d'être attaquée. Elle le tira vers elle, l'agrippa fermement et rassembla toute la force qui lui restait. Elle frappa avec le madrier aussi fort qu'elle le put, contente de l'avoir trouvé du côté de sa main droite, plutôt que du côté gauche, beaucoup plus faible.

Le madrier atteignit l'homme sur le côté du crâne. Il eut l'air plus surpris que blessé. L'étau qu'il exerçait sur le cou de Mackenzie se relâcha un peu et il fut désorienté l'espace de deux secondes – assez longtemps pour qu'elle puisse le frapper à nouveau avec le madrier. Elle le fit en oblique cette fois et le madrier l'atteignit à la joue et au nez. Elle était quasiment sûre que le craquement qu'elle avait entendu provenait du nez de l'homme et non pas du morceau de bois.

Il chancela, tout en essayant de garder l'équilibre. Mackenzie attrapa ses bras et le bouscula violemment. Il perdit l'équilibre et s'étala de tout son long contre le côté de l'annexe. Mackenzie essaya de se remettre sur pieds mais ses jambes flageolaient sous son poids. Elle toussait à chaque inspiration. Elle avait la sensation que son cou gonflait déjà de l'intérieur et sa vision était entachée de points sombres clignotants de douleur et de panique.

Elle se releva à l'aide du madrier et sentit une douleur au niveau des paumes de ses mains. Elle baissa les yeux pour regarder et se rendit vaguement compte qu'il y avait deux clous rouillés et tordus qui dépassaient du morceau de bois. Ils s'étaient enfoncés dans la paume de ses mains, y provoquant des gouttes de sang. Elle prit le madrier par l'autre bout et boîta vers l'homme. Il se relevait lentement, la main placée devant son nez qui saignait abondamment. Du sang coulait le long de son visage. Ses yeux trahissaient la douleur et la colère.

Avant qu'il ne soit complètement debout, Mackenzie parvint à faire une large enjambée dans sa direction. Elle leva le genou et le frappa violemment en-dessous du menton. Un bruit sec se fit entendre au moment où ses dents s'entrechoquèrent. Ses yeux vacillèrent au moment où il pencha en arrière et s'effondra au sol.

Elle était quasiment sûre qu'elle l'avait assommé mais elle n'avait pas de temps à perdre à vérifier. Ses jambes retrouvant un peu de leur force, Mackenzie se précipita vers les escaliers en béton menant à l'annexe. Elle leva la jambe droite et donna un coup de pied aussi fort qu'elle le put. Elle rata la poignée de sept centimètres mais la porte bon marché s'effondra tout de même de l'intérieur. Une charnière et un verrou médiocre la maintenaient cependant encore en place. En toussant à chaque fois qu'elle inspirait de l'air à travers son cou endolori, elle recula et défonça la porte de l'épaule.

La porte fut propulsée vers l'intérieur au moment où les charnières lâchèrent. Mackenzie tomba en avant en suivant le mouvement, dérapant sur le sol d'une manière presque comique. Alors qu'elle se remettait sur pieds, elle observa l'endroit où elle se trouvait.

Elle était dans un tout petit espace central. Une chambre en désordre se trouvait devant elle, de la taille d'une chambre d'université. À sa droite, il y avait une collection de vieux casiers de lait remplis de magazines et de divers papiers. À sa gauche, il y avait une petite porte. Elle faisait à peine un mètre de haut et soixante centimètres de large. Elle était faite en métal, bien plus solide que les modestes murs en contreplaqué qui l'entouraient. Une poignée simple en forme de U servait à l'ouvrir.

La porte était verrouillée de l'extérieur avec un simple mécanisme de crochet, mais de taille imposante – pas du genre des petits crochets qui se trouvaient sur les portes moustiquaires, mais plutôt le type industriel utilisé sur les hayons de camions. Il était accroché à une plaque en acier robuste qui se trouvait au niveau de l'embrasure de la petite porte.

Réalisant qu'elle tenait toujours le madrier en main, elle le laissa tomber au sol. Elle s'agenouilla et prit en main le large crochet en fer. Il lui fallut exercer un peu de force mais elle parvint à le libérer du loquet. Puis elle ouvrit la porte, en se préparant du mieux qu'elle put à ce qu'elle pourrait y trouver de l'autre côté.

Au début, elle ne vit que l'obscurité. Mais dès la première seconde, elle sentit quelque chose qui remuait à l'intérieur, déplaçant l'air chaud et poussiéreux contenu dans l'espace confiné. Elle vit tout de suite qu'il s'agissait d'un cagibi. Des morceaux de plancher en bois en mauvais état en couvraient en grande partie le sol, mais il y avait aussi des endroits où la terre était encore visible.

Mackenzie regarda à l'intérieur et mouilla ses lèvres pour essayer de faire sortir un mot de sa gorge douloureuse.

Ce fut à cet instant qu'un visage diaphane sortit soudain de l'obscurité dans sa direction. Alors que Mackenzie tombait en arrière de surprise, elle réalisa bien entendu qu'il s'agissait seulement d'une personne – une jeune fille – qui rampait dans sa direction depuis les coins les plus éloignés de l'obscurité.

La fille avait un bâillon sur la bouche et un bleu sur le côté gauche de la tête. Ses yeux étaient glacés et remplis de peur. Elle murmura quelque chose à travers le bâillon et Mackenzie se rendit tout de suite compte que la fille n'était plus qu'à un pas de sombrer dans un profond état de panique incontrôlable.

« Tout va bien, » dit Mackenzie. Les mots sortaient difficilement de sa gorge. « Je suis là pour t'aider. Tu peux sortir de là en rampant ? »

La fille hocha de la tête. Ses yeux étaient toujours écarquillés et terrifiés. Mackenzie tendit la main dans l'obscurité afin de l'aider. Leurs doigts se touchèrent et Mackenzie prit sa main dans la sienne.

Il y eut soudain un bruit de craquement derrière elle.

Elle lâcha la main de la fille et se retourna. L'homme se dirigeait vers elle à travers la porte d'entrée. Il titubait un petit peu, toujours sous le choc du coup de genou reçu au menton. Il se lança lentement et maladroitement vers elle. Mackenzie profita de la situation, pensant qu'elle aurait *juste* assez de temps pour riposter.

Elle attrapa le madrier et se mit à genoux. Elle prit le morceau de bois par le bas, avec les deux clous rouillés dépassant sur le haut. Elle frappa en oblique et cette fois-ci, le bois se *brisa* lorsqu'il atteignit le visage de l'homme. Mackenzie fut recouverte de petits éclats de bois au moment où elle tomba contre le mur, projetée par la force de son mouvement.

La réaction de l'homme fut instantanée. Il tomba au sol, en hurlant de douleur. Il donnait des coups de pied dans le vide, dans une faible tentative de représailles ou en réponse à la douleur, Mackenzie n'en était pas vraiment sûre. Elle vit qu'un morceau de bois d'environ quinze centimètres de long était accroché sur le côté de sa mâchoire, maintenu en place par les clous qui avaient transpercé sa chair.

Mackenzie se retourna rapidement vers la porte qui donnait sur le cagibi et tendit la main à la fille. Elle était hésitante au début puis finit par sortir rapidement. Quand elle fut à portée de main, Mackenzie la prit dans ses bras et l'emmena à l'extérieur.

Derrière eux, l'homme continuait à gémir, ses mains tâtant le morceau de bois cloué à son visage.

Mackenzie prit la tête de la fille entre ses mains et la regarda dans les yeux. « Écoute, » dit-elle. « Il y a des marches en béton devant cette porte. Assieds-toi là et *attends-moi*. J'arrive dans une minute. »

La fille hocha de la tête et au moment où elle le fit, Mackenzie lui retira le bâillon. L'écharpe effilochée tomba au sol et la fille laissa échapper un cri étouffé.

« Vas-y, maintenant, » dit Mackenzie.

La fille obéit, tituba vers la porte d'entrée et laissa Mackenzie seule avec le tueur. Étant donné qu'il se trouvait toujours au sol, Mackenzie n'eut pas beaucoup de mal à le maîtriser. Elle ramena ses deux bras derrière son dos, en se souciant très peu des articulations de ses épaules.

On aurait dit qu'il abandonnait de toute façon. Dès qu'elle eut menotté ses poignets derrière son dos, son corps cessa de résister.

« Tu vas faire exactement ce que je te dis, » lui dit-elle. « Si tu résistes, j'attrape ce morceau de bois cloué à ton visage et je le tire rapidement vers le haut. Tu m'as compris ? »

Il ne dit rien, alors elle appuya avec force sur ses poignets. Ses épaules se cabrèrent davantage en arrière que n'est supposé le faire le corps humain. Il poussa un cri et hocha de la tête.

Elle le mit sur pieds, le retourna et le poussa en direction du cagibi toujours ouvert. « À genoux, » dit-elle.

Il secoua furieusement la tête et essaya de faire un pas en arrière. Mackenzie le poussa légèrement et le fit trébucher. Il tomba en avant et elle le prit par l'épaule au moment où il tomba à genoux. Puis elle plaça sa main sur le bout de bois qui pendait de son visage. Le sang coulait mais il n'y en avait pas autant qu'elle ne l'aurait imaginé, venant d'une blessure aussi horrible.

« Rentre là-dedans, » dit-elle.

L'homme gémit et entra dans le cagibi. Lorsqu'il fut à moitié dedans, Mackenzie lui donna un coup de pied dans le dos qui l'envoya ramper dans l'obscurité. Mackenzie ne perdit pas une minute et claqua la porte derrière lui. Elle verrouilla le crochet au loquet et lorsque tout fut en place, elle réalisa seulement qu'elle s'était mise à pleurer à un moment donné.

Elle essuya ses larmes et inspira profondément à plusieurs reprises. Elle chercha son téléphone dans sa poche et se dirigea vers la fille qui se trouvait dehors sur les escaliers. Elle s'assit à côté d'elle et l'entoura d'un bras rassurant. Derrière eux, Mackenzie entendit l'homme hurler dans le cagibi.

« Ça va ? » lui demanda Mackenzie.

La fille ne dit rien. Elle se contenta de hocher la tête, puis se mit à pleurer. Mackenzie la serra contre elle et utilisa sa main libre pour afficher le numéro de Bryers.

Au moment où elle mit le téléphone à l'oreille et entendit les sonneries, elle n'eut plus du tout peur des conséquences qui l'attendaient.

En fait, elle n'avait pas peur de grand-chose à cet instant présent.

Alors pourquoi es-tu à nouveau sur le point de pleurer ?

Elle ne connaissait pas la réponse à cette question.

Mais quand Bryers décrocha, la question n'eut plus vraiment d'importance. Et quand l'appel fut terminé quarante-cinq secondes plus tard, elle jeta son téléphone dans l'herbe, posa sa tête sur l'épaule de la fille et pleura avec elle – sans avoir besoin de réponse.

CHAPITRE TRENTE-QUATRE

Quatre jours plus tard

Mackenzie était enfin capable de manger tout ce qu'elle voulait. Durant les trois jours qui avaient suivi la libération de Lauren Wickline, le médecin lui avait dit qu'elle ne pouvait manger que de la nourriture liquide comme des soupes, du yogourt et des jus. Mais bien qu'elle soit contente que son cou soit presque guéri (juste quelques hématomes et une légère tension le long du côté gauche), elle n'avait toujours pas vraiment envie de manger. Elle n'avait pas vraiment eu beaucoup d'appétit depuis qu'elle avait cloué ce madrier dans le visage du tueur.

Le tueur s'appelait Jim Parkerson. D'une manière assez naturelle, il avait admis les assassinats de Shanda Elliot, Susan Kellerman, Trevor Simms et Dana Moore dans l'heure qui suivit son arrestation. Il dit également qu'il y avait deux autres victimes que personne n'avait jamais découvertes mais il refusa d'en dévoiler les noms et les dates auxquelles il les avait tuées.

Mackenzie était au courant de tout ça parce que Bryers l'avait appelée pour l'en informer. Il avait d'ailleurs appelé à plusieurs reprises. La plupart du temps, c'était pour vérifier si elle allait bien. Il n'en disait rien mais elle savait qu'il se sentait coupable de l'avoir laissée seule dans la rue Estes. Il aurait dû rester avec elle et s'assurer qu'elle le suive. Mais il n'en parla jamais.

Elle consultait ses emails, lisant les mises à jour concernant l'affaire Jim Parkerson, quand quelqu'un frappa à sa porte. *Ça y est, le moment est arrivé,* pensa-t-elle, en s'éloignant de son ordinateur portable. *C'est*

Bryers ou McGrath qui vient m'annoncer que je suis officiellement virée.

Mais quand elle ouvrit la porte, elle ne se retrouva face à aucun d'entre eux. C'était Harry. Il lui adressa un sourire timide qui la remplit étonnemment de joie.

« Comment vas-tu ? » demanda-t-il.

« Juste une gorge douloureuse, » dit-elle, en lui retournant son sourire. « Viens, rentre ! »

Il obtempéra et regarda autour de lui comme un adolescent nerveux qui rentrerait dans la chambre d'une fille pour la première fois.

« J'ai entendu parler de ce qui s'est passé, » dit Harry. « En fait, je pense que *tout le monde* a entendu parler de ce qui s'est passé. »

« Et ils le prennent mal ? » demanda-t-elle.

« Pas du tout. La jalousie que tout le monde ressentait à ton égard quand tu es arrivée… et bien, ça s'est en quelque sorte transformé en admiration. Tu es maintenant devenue la fille qui assure à fond. »

Elle s'assit dans le divan. « Ce n'est pas comme ça que je me sens, » dit-elle. « Je me sens plutôt totalement lessivée. »

« Tu n'en as vraiment pas l'air, si ça peut te rassurer. »

« Oui, ça me rassure un peu, » dit-elle avec un léger sourire.

« Il y a quoi que ce soit que je puisse faire pour toi ? » demanda-t-il.

Elle eut l'impression d'être guidée par une force étrange lorsqu'elle tendit la main vers lui. Il la prit et elle le guida gentiment vers le divan. Il s'assit à côté d'elle et avant qu'il ne soit totalement installé, elle se pencha vers lui et l'embrassa. C'était un baiser assez ferme, sans chaleur particulière. Leurs lèvres ne s'ouvrirent même pas, bien que le baiser dure au moins cinq secondes.

« C'était en quel honneur ? » demanda Harry lorsqu'elle éloigna son visage.

« Pour moi, » dit-elle. « Pour… Je ne sais pas. »

Harry hocha la tête, en lui tenant toujours la main. « Tu te sens seule dans tout ça, c'est ça ? » demanda-t-il.

« Oui, » dit-elle. Ce n'était pas quelque chose de facile à admettre mais c'était le cas.

« Et bien, je serai toujours là si tu as besoin de moi. Pour un baiser ou quoi que ce soit d'autre dont tu aies besoin. » Il lui adressa un autre sourire, plutôt nerveux et incertain cette fois.

Elle ouvrit la bouche pour lui répondre mais elle fut interrompue par quelqu'un qui frappait à la porte.

« Et bien, on dirait que tu ne vas pas te sentir seule très longtemps, » dit Harry sur un ton sarcastique. « Tu reçois toujours autant de visites ? »

« Non, jamais, » dit-elle sur un ton confus.

Elle alla ouvrir la porte et se retrouva face à trois hommes qui se tenaient de l'autre côté. Leurs visages lui étaient familiers mais la sensation qui lui étreignit l'estomac ne fut pas agréable.

Bryers, McGrath, et Ellington se tenaient là et la regardaient. Leurs visages étaient solennels mais après un instant, Bryers lui décocha un large sourire.

« On peut entrer ? » demanda-t-il.

« Bien sûr, » dit-elle, en ouvrant la porte tout grand.

Ils entrèrent, la suivant en file indienne. Comme Harry l'avait fait précédemment, ils jetèrent un oeil autour d'eux. McGrath fut le premier à se mettre à l'aise et s'assit dans un petit fauteuil en face du divan. Il regarda Harry avec hésitation, puis il soupira.

« Agent Dougan, c'est bien ça ? » dit McGrath. « Harry Dougan ? »

« Oui, monsieur. »

« Est-ce que je peux vous demander de nous laisser seuls, s'il vous plaît ? » dit McGrath. « Nous avons besoin de parler avec mademoise White en privé. »

Harry hocha la tête et regarda en direction de Mackenzie. Il avait l'air de lui demander ce qu'elle allait faire ensuite. Il se mit debout et durant une fraction de seconde, il échangea un regard assez tendu avec Ellington. Quand Harry arriva à la porte, il se retourna et dit au revoir.

« On se voit bientôt, » dit-il.

« Oui, à très bientôt, » dit Mackenzie.

Quand Harry eut refermé la porte, le silence s'installa dans la pièce pendant un long moment. Bryers se dirigea vers le divan et s'assit là où Harry se trouvait il y a peu. Ellington resta debout, devant la porte.

« On n'aurait pas pu faire ça tout simplement par téléphone ? » demanda Mackenzie.

« Quoi, ça ? » demanda McGrath.

« J'ai dépassé les limites, » dit-elle. « Je les ai plus que dépassées, je les ai ignorées. J'ai désobéi à plusieurs ordres directs. Je dois me rendre à l'évidence, je comprends. »

« Oui, c'est vrai, vous avez fait tout ça, » dit McGrath. « Et j'étais vraiment furieux sur vous durant au moins deux jours. Mais… c'est vrai que vous êtes responsable de tout ça mais vous avez également capturé un type qui a avoué les meurtres d'au moins six personnes et vous avez sauvé la vie d'une fille de dix-sept ans. Alors au vu de tout ça, c'est difficile de rester fâché très longtemps. »

« Et il y a plus, » dit Ellington. Il la fixait d'un regard qui la mit mal à l'aise. Quand elle le regarda, elle vit durant un instant l'homme qu'elle avait de manière maladroite essayé de séduire au Nebraska.

« C'est vrai, » dit McGrath. « Durant ces deux derniers jours, il y a eu beaucoup de discussions concernant votre avenir. À la base, se trouvait votre penchant apparemment naturel à désobéir. »

« Je suis désolée, » dit Mackenzie. « Comme je vous le disais, je… »

« Non, ce n'est pas ce que tu crois, » dit Bryers. Il regarda McGrath avec impatience.

« Je veux que vous retourniez demain à l'académie, » dit McGrath. « Si votre blessure au cou vous le permet. Je veux que vous terminiez votre formation et je veux que vous le fassiez brillamment. Je veux que vous soyiez la première de votre classe. Vous pensez pouvoir le faire ? »

« Oui, monsieur. »

« Quand vous aurez terminé l'académie, vous aurez le choix concernant votre avenir. »

« Comment ? » demanda-t-elle.

McGrath regarda en direction d'Ellington, l'invitant à prendre la parole. « Il y a un nouveau programme pour les agents les plus brillants sortant de l'académie. On est seulement occupé à le mettre sur pied mais nous pensons que tu serais la personne idéale pour le tester. »

« Quel type de programme ? » demanda Mackenzie.

« On ne peut rien vous en dire pour l'instant, » dit McGrath. « Pas tant que vous êtes à l'académie. »

Elle hocha la tête, stupéfaite par la situation mais n'ayant aucune envie de questionner leurs décisions.

« Vous avez vraiment fait du bon boulot, » dit McGrath. « C'était risqué et vous avez mis votre vie en danger de façon inutile mais vous avez accompli votre travail. Vous l'avez fait seule et non armée. C'est le genre d'histoires qui *resterait* gravé dans toutes les mémoires. Mais… comme je vous l'ai dit au moment où je vous ai réassignée à l'enquête, vous ne pouvez pas vous en attribuer le mérite. Officiellement, vous n'étiez même pas là. »

Elle hocha la tête, comprenant ce qu'il voulait dire, ne se souciant aucunement du mérite. Tout ce qui lui importait, c'était d'avoir sauvé la vie de cette fille. Elle pouvait encore voir son regard reconnaissant, se rappeller leurs pleurs et c'était tout ce qui lui importait.

« Bien que, » dit Bryers, « on dirait que la vérité sur cette histoire se soit propagée parmi vos camarades. »

« Et bien, » dit McGrath en se levant, « réfléchissez-y. Investissez-vous dans ces dernières quatre semaines à l'académie, puis contactez-moi. Ce poste est à vous si vous le souhaitez. »

Sur ce, McGrath se dirigea vers la porte et l'ouvrit. Il lui fit un signe d'au revoir et s'en alla comme s'il venait de lui rendre visite pour parler du temps. Ellington s'approcha d'elle et la serra maladroitement dans ses bras avant de partir. Bryers le suivit et au moment où il atteignit la porte d'entrée, il se retourna vers elle.

« Je suis vraiment fier de toi, White. C'était vraiment du bon boulot. »

Bryers lui fit un large sourire, puis referma la porte derrière lui, laissant Mackenzie seule.

Et pour la première fois depuis qu'elle avait quitté le Nebraska, elle se sentit bien.

AVANT QU'IL NE CONVOITE
(Un mystère Mackenzie White—Volume 3)

Voici le volume 3 de la série mystère Mackenzie White par Blake Pierce, l'auteur à succès de UNE FOIS PARTIE (bestseller n°1 ayant reçu plus de 600 critiques à cinq étoiles).

Dans AVANT QU'IL NE CONVOITE (Un mystère Mackenzie White – Volume 3), la toute nouvelle agent du FBI Mackenzie White obtient son diplôme à l'académie de Quantico et se retrouve plongée dans une affaire urgente de tueur en série. Des cadavres de femmes apparaissent dans un parc national reculé de Virginie Occidentale alors qu'elles étaient parties faire du camping. Mais le parc est immense et il n'y a aucun lien évident entre les victimes.

En même temps, Mackenzie reçoit un appel du Nebraska qui l'incite à vouloir rentrer chez elle. Après de nombreuses années, un nouvel indice est apparu au sujet du meurtre de son père. Vu qu'il ne s'agit plus d'une affaire classée, Mackenzie tente désespérément d'offrir son aide pour la résoudre.

Mais le tueur du FBI fait monter la tension d'un cran et aucune distraction n'est possible avec le nombre croissant de disparitions de femmes lors du jeu psychologique du chat et de la souris qui s'ensuit. Ce tueur est plus diabolique – et plus intelligent – que Mackenzie ne l'avait imaginé. En suivant un chemin qu'elle redoute – profondément dans sa propre psyché – elle se retrouve face à un double rebondissement auquel elle ne se serait jamais attendue.

Un thriller psychologique sombre avec un suspense qui vous tiendra en haleine, AVANT QU'IL NE CONVOITE est le volume n°3 d'une fascinante nouvelle série, et d'un nouveau personnage, qui vous fera tourner les pages jusqu'à des heures tardives de la nuit.

Le volume n°4 de la série mystère Mackenzie White sera bientôt disponible.

Également disponible du même auteur Blake Pierce : UNE FOIS PARTIE (Un mystère Riley Paige – Volume 1) - bestseller n°1 et téléchargement gratuit !

Blake Pierce

Blake Pierce est l'auteur de la série à succès mystère RILEY PAGE, qui comprend les thrillers à mystère UNE FOIS PARTIE (volume 1), UNE FOIS PRISE (volume 2), UNE FOIS DÉSIRÉE (volume 3) et UNE FOIS ATTIRÉE (volume 4). Black Pierce est également l'auteur de la série mystère MACKENZIE WHITE et de la série mystère AVERY BLACK.

Lecteur avide et admirateur de longue date des genres mystère et thriller, Blake aimerait connaître votre avis. N'hésitez pas à consulter son site www.blakepierceauthor.com afin d'en apprendre davantage et rester en contact.

LIVRES PAR BLAKE PIERCE

SÉRIE MYSTÈRE RILEY PAIGE
UNE FOIS PARTIE (Volume 1)
UNE FOIS PRISE (Volume 2)
UNE FOIS DÉSIRÉE (Volume 3)
UNE FOIS ATTIRÉE (Volume 4)

SÉRIE MYSTÈRE MACKENZIE WHITE
AVANT QU'IL NE TUE (Volume 1)
AVANT QU'IL NE VOIE (Volume 2)

SÉRIE MYSTÈRE AVERY BLACK
MOTIF POUR TUER (Volume 1)
MOTIF POUR S'ENFUIR (Volume 2)

www.ingramcontent.com/pod-product-compliance
Lightning Source LLC
LaVergne TN
LVHW021947220826
846091LV00015B/4112

9781640297258